El precio de la fuga
David Unger

David Unger

EL PRECIO
DE LA FUGA

Traducción del inglés de
Javier Mosquera Saravia

El precio de la fuga
David Unger

© David Unger
© Javier Mosquera Saravia, de la traducción
© Esta edición F&G Editores
Diseño de portada: Jason Harvey
Foto del autor: Miriam Berkley

Publicado bajo acuerdo con Akashic Books, New York
(www.akashicbooks.com).

Impreso en Guatemala
Printed in Guatemala

F&G Editores
31 avenida "C" 5-54 zona 7,
Colonia Centro América
Guatemala, Guatemala
Telefax: (502) 2439 8358 - 5406 0909
informacion@fygeditores.com
www.fygeditores.com

ISBN: 978-9929-552-79-1

Guatemala, noviembre de 2013

PRÓLOGO

Samuel Berkow pudo haber enviado a cualquiera de sus empleados a preguntar por qué los cinturones *Martin* no habían sido entregados aún en la tienda, pero tenía ganas de salir. La bodega estaba en el distrito St. Pauli, cerca de los astilleros del Elba, a poca distancia. A pesar de los almacenes y los bares ruidosos, a Samuel le gustaban los muelles. Era el único lugar donde todavía podía sentirse alguna resistencia a los nazis; al menos los trabajadores, ya hartos, todavía tenían las agallas suficientes para protestar.

Aunque era junio, al sol no se le veía por ningún lado. De hecho, parecía un día de enero. No llovía, pero el humo y la niebla enturbiaban el ambiente y el hollín escupido por los cargueros y las fábricas se convertía en una llovizna que resbalaba por las paredes de los edificios. Samuel caminó de prisa. Pasó frente a las pescaderías, los restaurantes, una que otra cervecería y los hoteles baratos, alineados en las calles tristes que daban al río. Cuando ya estaba cerca de los muelles, vio la torre del edificio Landungsbrücken en las orillas del Elba. El reloj marcaba las cuatro en punto. Tenía tiempo, había quedado en reunirse con su tío Jacob a las siete.

El área del puerto, después del atardecer, era un lugar peligroso para un desconocido. Estaba lleno de marineros, espías y agentes; eso, sin contar los carteristas y los ladrones que se aprovechaban de los inmigrantes, la mayoría venidos de Europa del este y que pagaban precios exorbitantes por vivir en los hoteles. Presas fáciles, pues escondían oro y plata, zurcidos en el interior de sus chaquetas, para pagar a contrabandistas sospechosos que les prometían embarcarlos en transbordadores hacia Londres o Rotterdam.

Fue aquí, cerca del embarcadero Überseebrücke, al lado de la costa, donde empezaron los problemas, según dijeron en la radio. Una de las fábricas de municiones estaba produciendo muy por debajo de su cuota y los obreros (comunistas y anarquistas, según el locutor) reclamaban que habían estado trabajando sin parar y no les pagaron en cinco semanas. Tampoco tuvieron un solo día libre y se sentían indebidamente obligados a sacrificarse por los soldados en el frente.

Samuel llegó a la plaza y se percató de la agitación. Un grupo de obreros, con overol verde, se habían reunido frente a las oficinas de aduana y embarque cerca del edificio Landungsbrücken y construido una improvisada tarima fabricada con plataformas de carga y planchas de madera prensada, tomadas de las bodegas cercanas. A través de los altavoces se escuchaban discursos que enardecían a los trabajadores y los agitaban.

Una docena de estibadores, en traje azul, procedentes de los astilleros al otro lado de la plaza, se sumaron a los obreros. Samuel, con un elegante impermeable sobre su traje, estaba fuera de lugar allí y decidió observar la manifestación desde una marquesina de madera, cerca de un muelle de carga vacío. A su derecha vio a dos hombres, vigilando la protesta; uno de ellos fumaba lentamente un cigarrillo en el estribo de un auto negro y miraba a través de binoculares. El otro hablaba animadamente por una radio inalámbrica y parecía informar lo que sucedía.

Fuera de eso, la plaza estaba ominosamente vacía.

Desde su posición, Samuel vio que los manifestantes tenían palos, tubos y puntales de madera en sus manos. Unos pocos, además, con el suficiente valor para sostener carteles en donde se denunciaba la falta de pago o para levantar, entre varios, un gigantesco puño.

Las reuniones masivas estaban prohibidas por las autoridades y en muchas ocasiones los huelguistas y manifestantes fueron golpeados o asesinados. La protesta era una evidente provocación al gobierno. Nada bueno iba a resultar de esto.

Muy pronto el viento sopló más fuerte y las voces callaron. Samuel oyó el crujido y el roce de los cables de las grúas en los astilleros al otro lado del río y una o dos sirenas aullando en la distancia.

También escuchó el aleteo de las banderas que ondeaban en los mástiles de algunos edificios.

Sintió la sangre correrle más de prisa y luego oyó un estruendo detrás de él. El ruido aumentó en intensidad, haciendo que sus tímpanos vibraran. De pronto vio las botas, golpeando el adoquinado casi al unísono, como el correr de los toros en estampida. Una docena de hombres con brazaletes nazis pasó frente a él con porras y rifles en las manos.

Si se hubiera cruzado en su camino, lo habrían pisoteado sin miramientos.

Un grupo más grande de policías apareció del otro lado de la plaza y empezó a perseguir a los manifestantes. Daba la impresión de que salían de la nada, pero evidentemente estaban escondidos en el túnel Altereb que conectaba los muelles de Hamburgo a través del Elba, en espera, únicamente, de la señal para atacar.

Los estibadores repentinamente se movieron hacia atrás, sacando sus armas escondidas, y empezaron a disparar. Los obreros fueron rodeados, sin un lugar por dónde escapar. Balas y porras empezaron a volar y a los trabajadores no les quedó más que hacer lo posible por protegerse con sus carteles y palos. Uno o dos trataron de escalar las paredes del edificio de aduana, pero fueron abatidos. Sonaron sirenas y cinco o seis jeeps entraron a la plaza.

Esos soldados ya no fueron necesarios. La masacre había terminado. Samuel sólo percibía sombras debido al humo azul y a la niebla, pero aún así contó treinta o cuarenta obreros acribillados en el suelo.

Inmediatamente después, vio que un hombre y un muchacho se dirigían a la plaza tomados de la mano, vistiendo traje oscuro, camisa blanca y sombrero negro. Les hizo un vago gesto tratando de que retrocedieran, pero caminaban rápido y hablaban el uno al otro. El nazi con el radio inalámbrico le guiñó un ojo a su colega y sacó una pistola del bolsillo de su chaqueta. Sin vacilar, disparó tres o cuatro tiros a quemarropa y los judíos ortodoxos se desplomaron.

Samuel se recargó en la pared. Escuchó risas y aplausos. Su garganta y lengua estaban resecas. Le dolía el pecho. No podía creer lo que acababa de suceder. Dos personas asesinadas en un instante, como si fueran la ceniza sacudida a un cigarrillo.

Sintió asco, pero nada pudo hacer. Si los nazis lo hubieran visto, lo habrían acribillado a él también.

El auto se marchó, Samuel se levantó el cuello del impermeable y corrió de vuelta a la tienda por el mismo camino por donde había venido.

Debía ver a su tío Jacob en unas horas. ¿Qué iba a decirle? ¿Que estuvo a punto de ser asesinado o que los cinturones *Martin* nunca llegaron de Inglaterra?

***

—Entra, entra —le dijo Jacob a su sobrino, dándole la bienvenida en el vestíbulo de su apartamento, un poco más tarde.

Sus anteojos para leer estaban acomodados sobre las profundas arrugas de su frente. Ayudó a Samuel a quitarse el impermeable y lo colgó en el perchero, detrás de la puerta principal.

—¿Cómo están las cosas allá afuera?

Samuel sabía que su tío no se refería al clima de Hamburgo.

—Lo uso más por el frío que por la lluvia.

—No bromees. Sabes de lo que estoy hablando. Escuché la radio.

Samuel chasqueó los dientes.

—Hubo un enfrentamiento entre obreros de las fábricas y los S.S. Varios fueron asesinados cerca de los muelles; por lo menos eso oí.

—Sí, y la semana pasada en un mitin nazi afirmaron que ningún país en el mundo aceptaría a los judíos polacos, a los que Hitler está dispuesto a deportar con mucho gusto. Mezcla cerveza con estupidez y antes de darte cuenta, diez judíos habrán muerto.

Samuel movió la cabeza con preocupación, sin decir nada de lo que había visto.

—La única opción que nos queda es marcharnos, pero se nos acaba el tiempo rápidamente —señaló su tío.

Lo condujo de la mano hacia el despacho donde a su primo y a él nunca se les permitió jugar cuando eran niños. El cuarto no había cambiado mucho: un viejo piano vertical descascarado, que ya nadie tocaba; libreras llenas de libros polvorientos, encuadernados en cuero dorado y café; dos sillones de brazos en donde su padre y su tío se sentaban cuando necesitaban discutir asuntos en privado. En la pared, dos aguafuertes de Durero, con la imagen de prensas de imprenta, vistas desde diferentes ángulos.

Al pasar frente a la cocina, su tío dijo:

—Lottie, trae té al despacho. Dos tazas. Mi sobrino está aquí. Y algunas de esas galletas inglesas que hemos guardado.

—Sí, señor Berkow —respondió.

Samuel se sentó en el sillón azul que solía ocupar su padre. Jacob se sentó frente a él. Retiró sus anteojos de la frente y los puso en la mesa.

—Te llamé, Samuel, porque quiero que te vayas de Alemania cuanto antes. Creo que te pueden arrestar en cualquier momento.

Las cortinas estaban descorridas y enrolladas en unos ganchos. El aire frío de junio entraba en el cuarto; su tío siempre dejaba las ventanas ligeramente abiertas. Samuel podía ver la fila de castaños alineados en la calle Lutterothstrasse bajo el departamento de Jacob. Al otro lado había un pequeño parque lleno de árboles. Samuel jugaba con su primo en ese parque, tomándose de los barrotes de hierro, riendo y gritando de la misma manera que lo hacían al girar en el carrusel rojo. Aquellos fueron días más inocentes.

Samuel quería decirle a su tío lo que vio, pero no podía.

—No sé si estoy listo para marcharme.

Jacob puso su mano en la pierna de su sobrino.

—Le escribí a Heinrich para decirle que vas para allá. La Ciudad de Guatemala, obviamente, no es Hamburgo, pero Heinrich parece creer que es un entorno acogedor para los judíos. Una cosa es cierta: no puedes permanecer aquí. Ya te compré un pasaje en el barco a Panamá.

—Tío Jacob, ¿no crees que tengo derecho a opinar sobre este asunto? Ya soy un hombre adulto.

—Le prometí a tu padre cuidarte. No hay otra opción.

—Puedo irme a Palma, a la casa de mi madre y mi hermana. Mallorca es tranquila y Franco ha ignorado las órdenes de Hitler de arrestar a los judíos.

Su tío negó con la cabeza.

—Tienes que dejar Europa, Samuel. Cuando Franco consolide su poder empezará a acorralarnos.

Jacob se acomodó en el sillón, tratando de encontrar una posición más confortable.

—Además, tu madre regresa a Hamburgo esta semana. He tratado de disuadirla, pero ella y tu hermana, cómo decirte, son tan parecidas que no congenian. ¡Ja, ja! Dos años con tu hermana son suficientes. Estoy seguro de que sabes a qué me refiero —dijo sonriendo.

Samuel asintió. Nunca entendió a su madre. ¿Por qué se rehusó a regresar para el funeral de su esposo después de treinta y cinco años de matrimonio?

—No hay futuro para ti allí.

—¿Y qué harás tú, tío? —preguntó Samuel, tratando de cambiar el tema—. ¿Te reunirás con Erna y Greta en Londres?

Jacob vestía el mismo traje de casimir de tres piezas que había llevado al trabajo dos días antes.

La única diferencia eran sus pantuflas negras en lugar de los zapatos.

—No, debo quedarme a cuidar la tienda. Si me voy, los nazis van a confiscarlo todo, así como lo hicieron en Berlín. Y puedes olvidarte de compensaciones. Todo el tiempo y el dinero que tu padre, Dios guarde su alma, invirtió allí, se esfumarían.

—Si yo puedo irme, tío, tú también puedes.

—Ya soy un hombre viejo. ¿Qué ganaría con mudarme a Londres? El solo hecho de cambiar de ciudad podría matarme. No, voy a quedarme. Además, necesito sacar de aquí a tu madre.

—Esa es mi responsabilidad.

—No, no, no —replicó el tío—. Le recuerdas mucho a tu padre. Ya empecé a hacer planes para mandarla a Cuba a donde su hermana, tu tía. Voy a embarcarla en el St. Louis, te lo prometo.

Lottie vino sosteniendo un azafate en el que traía una tetera con tapa, dos tazas disparejas y un pequeño plato de las galletas inglesas. La empleada llegó desde Leipzig hacía treinta años, ya desde entonces delgada y cansada, y se había cansado y adelgazado más con el paso del tiempo. Cuando Gertie, la esposa de Jacob, murió, ella se convirtió en un integrante más de la familia y se encargó de cuidarlos, a él, a su hijo y a sus tres hijas. Ahora que todos los niños se habían ido, Lottie estaba a cargo de Jacob.

El tío se puso de pie para recibir el azafate.

—Puedes irte ahora, Lottie. Es tarde.

La empleada vio a Samuel y le ofreció una leve sonrisa, cercana a la gratitud. Él no podía entender cómo su tío la había tolerado todos estos años, si siempre estaba de mal humor. Raramente hablaba, y cuando lo hacía, siempre era bruscamente.

—Su cena está en la estufa. Carne curada y repollo. Si no la come antes de las ocho, después será una mezcolanza aguada.

—Gracias —dijo Jacob, palmeándole la mano.

Puso el azafate en la mesita de centro.

—La veré mañana a las nueve, como siempre.

—Como siempre —repitió ella, destapando la tetera y sirviendo el té en las tazas.

Era una infusión de menta, la tradición familiar. El aroma dulce reconfortó a Samuel.

Tan pronto como la empleada estuvo lo suficientemente lejos, el tío le dijo:

—Pagué mucho para obtener tus visas a Panamá y Guatemala. En otros tiempos a esto se le hubiera llamado soborno. Me tomó un mes conseguirlas, tal vez más.

Samuel no sabía qué decir, acababa de presenciar un asesinato. Jamás sospechó el trato que se les iba a dar a los judíos en Alemania, hasta la "Noche de los cristales rotos". Siempre hubo antisemitismo, es cierto, desde comentarios sospechosos, insinuaciones extrañas, hasta declaraciones directas. Pero nunca se imaginó ser testigo del odio y el asesinato de la comunidad judía, ahora convertido en una política de estado. Incluso había rumores de campos en los cuales los judíos eran obligados a realizar trabajos forzados y en donde los mataban de hambre. A pesar de todo, él todavía no quería creerlo, no en la Alemania por la cual luchó, por la que casi había muerto durante la Gran Guerra.

—Himmler sólo está tratando de impresionar a Hitler.

Jacob levantó una ceja.

—Samuel, tú mismo viste los ladrillos y las cajas lanzadas contra las ventanas de nuestra tienda en Berlín. Las esposas de nuestros clientes estaban allí, con sus caniches, vitoreando y aplaudiendo... Himmler es la cabeza de las S.S. Él es el hombre que está detrás de todo esto. El arquitecto de la Solución Final. Escúchame: tienes que despertar, hijo.

—Estoy despierto, tío —dijo Samuel, irritado.

Estaba a punto de contarle lo que acababa de ver en los muelles, no sólo para evaluar la reacción del viejo, sino para convencerlo de que sabía exactamente lo que estaba sucediendo.

—Estoy consciente de tus malas experiencias en la guerra, tu encarcelamiento... La situación con Lena, todo debió haber sido muy doloroso. ¿Puedo ser sincero?

Samuel encogió los hombros.

—Tienes treinta y siete años. Yo, a tu edad, ya estaba casado y con hijos. Tú caminas por allí, en espera de un cambio en tu vida, algo inesperado que llene el gran vacío dentro de ti. Todos te amamos, pero este amor se convertirá en lástima a menos que hagas algo con tu vida. Sé de lo que estoy hablando. Piensas que tu historia ya está escrita, pero no es así. Si tan sólo dejaras de ser tan precavido te sorprenderías al descubrir tus capacidades. No sé, tal vez los seis meses de estancia en el hospital, después de la guerra, te arrancaron la vida.

Samuel caminó hasta la ventana y miró hacia afuera. La luces de la calle estaban ya encendidas y pudo ver el tranvía parado en la intersección de las calles Luterothstrasse y Hagenbeckstrasse. Algunas personas lo abordaban, rumbo al centro.

Sí, había visto suficiente: como soldado, como un veterano herido, como gerente de la tienda de su padre después de que Hitler se convirtiera en presidente y después en canciller. Lo que su tío decía acerca de él era cierto. Fue testigo de demasiado sufrimiento. ¿Qué significaría otra partida? Si se iba ahora, nunca volvería a Alemania.

—Sé que tu madre está enojada porque tu padre me dejó a mí la tienda, pero, después de todo, yo era su socio. Tu padre sabía que yo te cuidaría. Berta le hubiera dado todo el dinero a tu hermana o a alguna estúpida causa en pro de la salvación de los perros salchicha o de los caniches.

—Nunca entendí a mi madre.

Samuel sabía lo extraño que era decir una cosa así, pero su madre sólo mostraba emociones cuando tocaba la *Appasionata* de Beethoven una y otra vez en el piano. Nunca acarició una mano humana con el mismo sentimiento con el que tocaba las teclas. Era incapaz de expresar afecto, mucho menos amor. Su padre mereció miles de medallas por aguantarla todos esos años.

Samuel regresó a sentarse y vio el fallido intento de su tío de tomar la tetera. Perdió la agarradera. Samuel ya se había percatado de esto en la tienda. Los ojos de Jacob empezaban a fallar.

—¿Te sirvo más té?

Su tío lo alejó.

—Puedo cuidarme solo —tomó la tetera y sirvió. Aunque la mano le temblaba, dio en el blanco.

—Samuel, debiste haber nacido con más astucia.

—¿A qué te refieres, tío?

Jacob sonrió.

—Eres muy confiado. Siempre lo has sido. Una persona de buen corazón, para quien sólo existe una manera adecuada de comportarse, alguien a quien la gente considerara un tipo demasiado correcto.

Samuel sorbió el té caliente, tomó una galleta y la mojó en la taza. Su mano temblaba también, sentía la cabeza ardiendo, pero no contradijo a su tío.

—Tomaré eso como un cumplido.

Jacob sonrió de nuevo.

—Por supuesto que es un cumplido. Mira a mi hijo Heinrich. No tiene nada que ver contigo, todo astucia y nada de corazón.

—Eso no es justo, tío.

—Por favor, Samuel. Creo que conozco a mi propio hijo.

Si bien él defendía a su primo, Jacob tenía razón. Además, Samuel sospechaba que de alguna forma contribuyó a esa peculiar naturaleza de Heinrich. Sí, hubo una vez en la que lo dejó en una situación desesperada, aunque nunca quiso admitirlo. De hecho, traicionó a su primo y sabía muy bien que antes de que Heinrich moviera un dedo para ayudarlo, era preciso disculparse por esa traición. Y necesitaba hacerlo en cuanto se reunieran en Guatemala.

Así es como debía ser.

Capítulo Uno

Cuando la lancha se acomodó al lado del carguero, aparecieron dos marineros morenos, vestidos con harapos sucios. Tomaron la maleta de cuero de Samuel Berkow, su sombrero de fieltro gris y su paraguas, mientras él subía por la escalera de metal hasta la cubierta superior del *Chicacao*.

—Gracias, muchas gracias —les dijo nerviosamente en inglés.

Samuel extendió su mano derecha, pero ellos la dejaron allí, en el aire. Se inclinaron torpemente y se marcharon. Cuando los llamó, ya bajaban por otra escalera hacia un nivel inferior.

Era de noche y Samuel no estaba seguro de qué hacer. Puso su paraguas y el sombrero sobre la maleta y esperó al capitán del barco para saludarlo. En la cubierta había algunas cuerdas flojas, cadenas, carretes de alambre, engranajes oxidados, herramientas y una media docena de salvavidas amarillos apilados alrededor de la chimenea central.

El *Chicacao* era un viejo carguero, simplemente descuidado. Necesitaba una buena limpieza y pintura nueva. No se parecía en nada al buque de línea que acababa de dejar. Aún así, éste iba a Puerto Barrios, en Guatemala.

El viaje de ocho mil millas hacia las costas de Panamá a bordo del *Das Bauernbrot,* con sus candeleros de cristal, valses de Schubert, comedores lujosamente alfombrados y camarotes elegantes, tomó diez días. Muy poco tiempo para dejar atrás Europa. Las comodidades del barco permitieron a Samuel recordar lo mejor de Hamburgo: las anchas avenidas; la casa del té del *Alster Pavilion,* donde la tarta *Linzer* se servía en porcelanas pintadas a mano, al final de la tarde; algún viaje en bote por el Elba; el zoológico *Hagenbeck.*

El traje de lana lo sofocaba. Se aflojó la corbata, desabotonó el saco y lo dobló sobre su antebrazo. Usó el pañuelo que guardaba en el bolsillo para secarse de la frente el sudor que le resbalaba por el rostro.

¿En dónde diablos estaba?

De pronto, un hombre bajo y grasoso apareció.

—No esperaba compañía en este viaje —dijo con una amplia sonrisa—, pero cuando mi piloto me dijo por la radio que uno de los pasajeros del barco de línea necesitaba llegar de prisa a Guatemala, me dije a mí mismo, ¿por qué no? Yo me dirijo a la costa. Vamos a anclar un poco al norte de aquí esta noche. Dígame, ¿habla inglés?

Por la manera en la que el hombre hablaba, Samuel supuso que era de los Estados Unidos.

—Lo aprendí cuando fui prisionero de guerra en Inglaterra, en la Gran Guerra —dijo Samuel, levantando un dedo en el aire.

Se preguntó cómo reaccionaría este hombre si caía en la cuenta de que él peleó del lado alemán contra Estados Unidos.

—No en mis tiempos, estoy seguro —el hombre sonrió.

Tenía unos ojos pequeños y llorosos y sus mejillas colgaban de su cara como pequeñas ubres. Las mangas cortas de su camisa apretaban sus brazos. Parecía uno de los típicos rufianes de camisa café que se arrastraban borrachos por los muelles de Hamburgo, olfateando los problemas, listos para pelear.

—Mi nombre es Alfred Lewis, pero mis amigos me dicen Alf. Qué lujo de vestimenta trae, señor, ¿va camino a la ópera? —sonrió de nuevo y levantó el brazo.

—Samuel Berkow. Gusto en conocerlo —Samuel estrechó su mano.

Normalmente ni siquiera le hubiera hablado a alguien como Lewis, era claro que no tenían nada en común.

—Debo agradecerle el llevarme. No sé lo que hubiera hecho en Panamá.

Lewis retorció la cara.

—Lo que todos hacen...

—¿Y qué sería eso?

—¡Joderse e ir a joder por allí! —dijo, riendo—. ¿Qué otra cosa se puede hacer en un maldito lugar caluroso y lleno de negros? Sí, un país muy bueno si uno tiene un excelente trabajo en la Compañía del Canal, pero si no, mierda, hasta los malditos mosquitos huyen de aquí. Dígame, ¿de dónde viene? Tiene usted un divertido acento europeo.

—Soy de Alemania.

—¿Judío, eh?

—Sí —admitió Samuel, con alguna reserva.

Los últimos años, con Hitler como canciller, lo condicionaron a esconder la verdad, aunque no hubiera razones para mentir. Pero aquí, en el Nuevo Mundo, se sentía diferente.

—Bueno, su gente se ha estado embarcando para salir de Alemania, Polonia y Rusia. Imagino que no les gusta la fiesta en Europa.

—Difícilmente podría llamarla una fiesta —dijo Samuel.

—Ah, eso no conducirá a nada. No puedo imaginar que todo ese asunto de soldados marchando con "paso de ganso" y saludando con el brazo en alto, prospere demasiado. ¡Espere a que "nosotros" entremos en la guerra!

—Ojalá tenga razón.

Lewis asintió con la cabeza.

—Bienvenido a bordo, Samuelito. Yo soy de Pittsburgh, por lo menos originalmente, aunque ahora soy una especie de glorificado muchacho errante, si usted quiere. Durante los últimos diez años he estado bordeando de arriba para abajo esta costa, haciendo trabajos ocasionales para la Compañía Frutera —paró de hablar y abrazó a Samuel por la cintura con su brazo izquierdo—. Bien, podemos platicar abajo. Apuesto que está muerto de hambre.

—La verdad, no tengo mucha.

—Bueno, es justo la hora de la comida. Venga, bajemos al comedor. ¡Si no está hambriento, me puede ver comer!

—¿Qué va a pasar con mi valija? —preguntó Samuel.

Lewis miró la descascarada maleta de cuero.

—¿Eso es qué?, ¿una valija? Déjela allí. Uno de mis muchachos la bajará.

—Pero...

—Relájese, Berkow —dijo Lewis, dándole un ligero tirón—. Ya le dije que mis muchachos se encargarán. Les di instrucciones —dejó caer su mano, caminó balanceándose hacia el centro de la cubierta y bajó a saltos por las escaleras, en medio del barco.

Ocho escalones abajo, entraron en un comedor forrado con paneles de caoba y adornado con todo tipo de objetos de navegación, aparatos de latón y varias filas de trofeos fijados con alambre a las paredes recién barnizadas. El cuarto olía a cera de jazmín.

—Una sala hermosa —dijo Samuel, inquieto, como un intruso en una fiesta privada.

—Sí, es mi orgullo. Algunas de estas baratijas tienen trescientos o cuatrocientos años de antigüedad. Como este catalejo y esta brújula, por ejemplo. Pertenencias de Barba Azul y Francis Drake. Estoy especialmente orgulloso de esos trofeos. Si mira mi gordo trasero apuesto que no me imagina como un gran jugador de boliche, pero allá en casa yo era el "Campeón". No había tiro imposible para mí. Le mostraré mi técnica más tarde.

Un oleaje repentino golpeó el barco, azotando a Samuel contra la pared. Lewis sacudió la cabeza.

—Tiene que lidiar con las olas, es necesario desarrollar el sentido para saber cuándo llegan.

Casi inmediatamente, otra golpeó el buque. Esta vez Samuel trastabilló unos pasos, pero no perdió el equilibrio.

—Así está mejor, señor Samuelito. Venga, siéntese —dijo Lewis, tomando un banco anclado a la pared. Estiró el cuello hacia una abertura en el lado derecho—. Lincoln, ¿dónde está la comida? Tengo hambre. ¡Y traé otro servicio y cubiertos para nuestro invitado! —volteando hacia Samuel, añadió—: No son de plata, pero, ¡qué demonios! Sostienen los alimentos— y luego rió entre dientes.

Un muchacho descalzo, con no más de catorce años, vino desde la cocina con una cacerola que puso sobre un plato de metal en el centro de la mesa. El olor del guiso de pescado y las cebollas flotó en el ambiente. Acomodó una campana de plata cerca del señor Lewis y desapareció.

—Entonces, ¿qué lo trae a Centroamérica, Samuelito? —preguntó Lewis, atrapando un pedazo de pescado de la cacerola—. ¿Amor o fortuna?

—Nada de eso, en realidad. Estoy buscando un trabajo decente.

—Espero que no piense quedarse en Puerto Barrios. Me agradaría la compañía de alguien como usted, no lo dude, pero ese pueblo es un hoyo de mierda. Disculpe mi "francés".

—No, voy en camino a la ciudad de Guatemala. Mi primo Heinrich vive allí. Ojalá él me ayude a instalarme.

—Ya veo —dijo Lewis, algo desinteresado, sirviendo el guiso en cada uno de los platos, con un cucharón.

Samuel tomó el tenedor, revolvió la salsa y ensartó un pedazo de pescado. Cuando casi había metido el tenedor en su boca, vio a Lewis limpiarse la salsa blanca de la barbilla con un pedazo de pan y por poco vomita.

—¿Es su primo uno de esos barones del café? He oído que los alemanes son dueños de todas las plantaciones en Guatemala.

—No. Heinrich tiene una tienda de ropa.

—Ah, ahora entiendo, ¡el lujo en el vestir viene de familia! Espero que no le moleste que se lo diga, pero a ustedes los judíos de seguro les gusta usar tejidos finos...

—Sí —respondió Samuel, con la cara sudorosa.

—Estoy contento de que no me haya ocultado su origen. En realidad no me importa si usted es judío o no. De todas maneras, tengo buen olfato para reconocer estas cosas —puso más guiso en su plato, aunque no había terminado lo servido en un principio—. Según mi forma de pensar, los judíos son gente, es lo que siempre digo. ¡Zemurray, el jefe de la Compañía, allá en Boston, es un judío de Rumania! Sam, "el amo del banano". Algunos dicen que es un presumido, pero eso a él no le importa, creo yo... Demonios, este pescado está deeeeelicioso. Pargo. Ese Lincoln Douglas finalmente aprendió algo.

Samuel no dijo nada.

Si la apariencia exterior determinaba el carácter, Alfred Lewis parecía no tenerlo. Los dueños de las tiendas, en Alemania, les decían a sus vendedores que la gente juzga por lo que se lleva puesto. De todos modos, Samuel tendría que aguantar a este hombre, para bien o para mal, las horas venideras.

—Yo comería algo, si fuera usted.

—En realidad, almorcé tarde en el barco antes de llegar a Colón...

Samuel se sintió un poco desganado, ¿cuál era la necesidad de hablar?, ¿por qué simplemente no decía que estaba exhausto, se excusaba y se iba al camarote?

—Aproveche. Ésta podría ser su última buena comida.

—Justo eso fue lo que me dijeron en el *Das Baurenbrot*.

—¿Ese fue el barco que lo trajo a Panamá? Apuesto que se alimentó bien allí. Cuatro comidas sustanciales al día. Debe ser interesante viajar con estilo, con todos esos pingüinos esperando sus órdenes... Sí, pero eso no es para mí. No soy bueno haciendo el papel de hombre elegante, nunca lo he sido.

No sólo era la crudeza de Lewis, sino, además, esos anillos negros en su cuello. Samuel sospechaba que el hombre se vestía con la suciedad de la misma forma en la que podría usar una corbata de seda o una bufanda de lana. A lo mejor Lewis pensaba que la mugre era el símbolo de su franqueza. Ciertamente, alardeaba de ella como cualquier otra persona lo haría de un collar de diamantes.

De pronto estiró los brazos y eructó escandalosamente.

—Ah, nada como un buen bocado para mantener a un hombre contento —Lewis miró a Samuel como si esperara que él reavivara la conversación.

—¿Cuál es exactamente su línea de trabajo, señor Lewis?

—Alf, Alf.

—Sí, Alf.

Lewis se chupó los labios.

—Usted, por supuesto, habrá oído acerca de la *United Fruit Company*.

—No, no hasta ahora.

—Ellos son mis jefes. Puerto Barrios es mi base, pero dedico mi tiempo a recorrer los puertos de Guatemala, Honduras, Nicaragua y Panamá. Le indico a la oficina central qué necesitamos en términos de maquinaria y cosas por el estilo. Algún día se lo explicaré. Pero, principalmente, superviso el embarque de bananos.

—¿Y para dónde los embarcan?

—Bueno, generalmente van a Nueva Orleans, en donde son pesados, empacados y despachados a otros destinos en el norte. Pero hago mucho más que escribir números en una libreta. Mire, la Compañía es una red muy complicada. Operamos trenes, barcos mercantes, plantaciones, comisariatos... En realidad, nos encargamos de pueblos enteros, miles de personas. Yo me aseguro de que las cosas marchen correctamente en el puerto. Si hay algún problema, estoy autorizado a intervenir. Tengo mi propio sistema de telégrafo instalado en este barco. Le voy a decir algo, Samuelito. No hay nada que no pueda hacer. Reventar una huelga, sobornar, pagarle a alguien para sofocar una insurrección...

—Lewis chasqueó los labios—. Uno debe hacer lo necesario para mantener el negocio operando... Y usted sabe, esa clase de cosas suceden a menudo...

—Puedo imaginarlo.

—Imagíneselo y déjeme contarle otro pequeño secreto. El año pasado, nosotros, o sea, la Compañía, le dimos al presidente del Congreso de Guatemala ochenta mil mordidas de a dólar con tal de conseguir los votos necesarios para aprobar un proyecto de ley en el que se nos concedía la exclusividad del arrendamiento de cincuenta millas de tierra a lo largo del río Motagua. ¡Cincuenta millas! Se pueden sembrar muchos bananos allí, déjeme decirle. Suficientes para alimentar a todos los Estados Unidos. Fue una jugada astuta. En la Oficina Central aún murmuran acerca de ello. Ochenta mil verdes.

—¿Y usted tuvo algo que ver en eso?

—Ah, podría aceptar todo el crédito, pero sólo hacía mi trabajo. El viejo Sam, "el amo del banano", me mandó a felicitar por mi ayuda y me dieron un bono, para comenzar.

—Pero, ¿no tiene miedo de que alguien lo pueda chantajear más adelante?

Lewis deslizó su plato debajo del que Samuel ni siquiera había tocado. Estiró hacia atrás su negro y brillante collar.

—¿Asustado, Samuelito? ¿Por qué iba a estar asustado? —explotó en carcajadas.

—En Alemania estas cosas no suelen pasar. Y si suceden, bueno, nadie habla de ello. Sobre todo, no con alguien a quien se acaba de conocer.

—Amarre sus caballos, Samuelito. No está más en Alemania, ni siquiera cerca. Tampoco en los E. U. de A. Éste es un mundo diferente. Aquí usted necesita engrasar algunas palmas (y no me refiero a las palmeras). Unos dólares aquí y allá y de pronto las cosas que no podían hacerse, se hacen. Si actúa con debilidad, dará la oportunidad a los habitantes de este lugar a pasar encima de usted, y lo harán —las pupilas de Lewis se contrajeron—. Déjeme decirle algo: aquí tiene que ser como un zorro, ¡rápido y astuto! Los nativos son muy avispados, siempre en busca de obtener algo a sus costillas. Es necesario estar un paso adelante de ellos. Además, están esos sindicalistas metiches, también llamados comunistas, husmeando alrededor, agitando a los lugareños. Todo el tiempo estamos alerta. Si ellos planean una reunión en el campo, invitamos a los recolectores a una barbacoa y otras cosas por el estilo. ¡Usted es alemán! Estoy seguro de que tienen la misma clase de problemas por allá. Ese tipo, Hitler, sabe cómo resolver estos asuntos.

—Perdóneme, señor Lewis, pero no creo que pueda comparar a Hitler...

Lewis lo interrumpió.

—No es un problema fácil de resolver. Los campesinos no tienen nada, o casi nada, y los rojos les ofrecen el cielo. Pero los más aguzados saben muy bien que, o trabajan para nosotros con el salario que ofrecemos, o se mueren de hambre. ¿Y sabe qué, Berkow? ¡Tienen razón! De seguro podemos tratar de ayudarlos un poco, una escuela aquí, un hospital por allá, pero, ¿qué bien les puede hacer eso? La mayoría de esta gente sólo piensa con el estómago y con el pito, y un par de golpes en la cabeza los ayudan a entrar en razón —hizo una pausa durante un segundo—. Lo he impresionado, Samuelito. ¿A lo mejor tiene usted ideas más liberales?

Antes de que Samuel pudiera contestar, Lewis examinó el comedor y se le acercó.

—Cuando yo vine aquí, era como usted. Pensaba que si se mantenía la barriga de un hombre llena, su casa abastecida y se le daba incluso un descanso, probablemente se convertiría en una buena persona. Esas ideas me duraron poco tiempo. Las cosas son muy diferentes por acá. Las reglas del juego son completamente distintas. He estudiado la situación hasta casi convertir mis observaciones en una ciencia. Se lo aseguro, un pequeño dolor en la panza ayuda a estos hombres a trabajar mejor. Un leve tirón en las tripas los hace rogar por la siguiente comida. Aquí ningún paseo es gratis. Es indispensable estar seguro de que los enemigos no tienen ni idea de sus planes.

Lewis enganchó un pedazo de pescado frío del plato de Samuel. Lo sostuvo frente a su nariz y lo sacudió como si fuera un señuelo.

—Por este pedazo —empezó a susurrar—, por este simple pedazo de pescado, un hombre sería capaz de matar por usted —sostuvo por un momento más el alimento que aún goteaba salsa, y después se lo tragó.

Samuel se movió en su asiento. El mundo que este hombre le describía parecía una pesadilla. Debería haberse quedado en Panamá, habituarse al terreno y a las costumbres, pensó. Mejor aún, debió permanecer en Europa hasta encontrar la manera de subirse en un barco, rumbo a Londres o Amsterdam.

—La vida es muy diferente aquí —dijo Samuel, sin estar muy seguro de sus propias palabras—. Puedo verlo, Señor Lewis... Alf. Aprecio sus consejos.

—No es sino la voz de la experiencia. Toma tiempo ajustarse a la manera en la que se hacen aquí las cosas. Puedo decirle, Berkow, mientras más rápido lo haga, menos problemas tendrá en el futuro. Necesita acostumbrarse a los golpes. Usted sabe: en Roma se hace lo que hacen los romanos. Si me permite otro consejo, para empezar, quítese ese saco. Póngase algo más informal. Vestido así, está pidiendo ser apuñalado por cualquier basura.

Lewis se estiró apoyándose contra la pared y bostezó.

—Diablos, estoy cansado. ¿Algún licor?

—Tomaría una taza de café, si hay —respondió Samuel. Se quitó la corbata y la puso en sus piernas.

Lewis le guiñó un ojo.

—Eso está mucho mejor, Samuelito —hizo sonar la campana y el criado que les sirvió el guisado, reapareció.

—Lincoln Douglas, un café para el caballero, ¿escuchaste? —dijo al muchacho en español.

—Sí, señor —respondió y dio la vuelta para marcharse.

—¡Hey, no tan rápido!

El muchacho encogió los hombros.

—¿Cuántas veces te he dicho que no cocinés demasiado el pescado?

—Pero, señor Lewis...

—¡Callate! —gruñó Lewis—. Odio tus malditos lloriqueos. ¿Cuánto tiempo lo cocinaste?

—Lo que usted me dijo. Veinte minutos.

—Bueno, el pescado estaba chicloso y el caldo no tenía sabor.

El muchacho balbuceó alguna disculpa, pero Lewis volteó la cara. Puso los platos en la orilla de la mesa. El muchacho tuvo que apresurarse para que no cayeran al suelo. Lewis sacudió una mano en el aire como si espantara moscas.

—¡Llevate esto, ahora!

El empleado apiló los platos sin levantar los ojos. En cuanto estuvo lo suficientemente lejos, Alfred sonrió triunfalmente.

—Estoy mejorando mucho en esto —sacó un grueso cabo de puro y fósforos de una gaveta de la mesa—. ¿Se le ofrece un bourbon? Me trajeron una caja de Kentucky la semana pasada.

—No, gracias.

—Como guste.

Lewis escarbó la cajita tratando de sacar un fósforo. Encendió el puro y dio tres rápidas fumadas. Entonces se agachó y sacó una botella de *Jack Daniel's* y un vaso de un gabinete, detrás de él. Se sirvió un gran trago y sonrió feliz.

Samuel sintió que se estaba contagiando con malaria o cólera o alguna de esas enfermedades. Sentía frío y calor alternativamente. Cuando empezó a pararse, se sintió poca cosa.

—Si no le importa, me voy a...

El fornido brazo de Lewis lo detuvo. Empezó a tararear *Camptown Races* y movía la mano con el cigarro mientras cantaba, "*Doodah, doodah*".

Después de cada fumada, se servía otro trago. Luego de cuatro vasos de bourbon, su lengua, cansada de tragar, hizo una pausa.

—Sabe, Berkow, algunas veces extraño mi hogar. Pittsburgh. Incluso las apestosas chimeneas que eructan humo. Me dan ganas de regresar, establecerme de nuevo. La vida acomodada, una buena esposa para mantenerme abrigado, la rutina del café y las pantuflas. Hay días en los que no me importaría... ¿Alguna vez estuvo casado, Samuelito?

—Sí, hace muchos años —respondió Samuel. Y justo en ese momento apareció la imagen de Lena en su mente, poniéndose el abrigo de chinchilla sobre el vestido de cuentas, el de espalda baja. Su vestido de fiesta favorito.

—No duró mucho tiempo, ¿verdad?

—No —confesó Samuel. La herida todavía estaba abierta.

—Se nota. Yo también estuve casado —balbuceó.

—¿Lo estuvo?

—Apuesto que no lo cree.

—¿Por qué no habría de hacerlo?

—Sí. Duró casi diez años. Sin hijos, aunque a menudo hablamos de ello, Esther y yo. Un tren en el cruce de una vía... La mató. ¡Uf!

—Siento oír eso —dijo Samuel, apesadumbrado de verdad—. Debió ser un golpe terrible para usted.

Transcurrieron largos segundos. Lewis tenía los ojos cerrados. Asintió con la cabeza. A Samuel le picaba la nariz, pero rehusó escarbársela. Se escuchó un escándalo de platos en la cocina. Deseó estar en cualquier lado, menos aquí.

Cuando Lewis abrió de nuevo los ojos, éstos nadaban en sus cuencas, sin salvavidas.

—Usted creyó lo que le dije, ¿no es cierto, Berkow?

—¿Disculpe?

—No puede creer todo lo que escucha —Lewis canturreó, levantando su vaso en el aire—. Bueno, todo fue una maldita mentira, toda esa mierda acerca del cruce de vías. Nunca he dicho la verdad a nadie. Pero usted, Berkow, es alguien en quien creo que puedo confiar.

—Gracias —Samuel sintió que Lewis jugaba con él.

—No me lo agradezca, Samuelito. Es sólo que ahora sé cosas sobre usted, y de la clase que lo hacen estar en mi bolsillo.

Samuel no sabía qué decir. Se preguntaba a qué se refería. ¿Al hecho de ser judío?

Lewis siguió hablando.

—Mire, amigo, allá en Pittsburgh yo trabajaba en una fundidora moldeando rieles de ferrocarril. Un trabajo duro y peligroso y tan caliente como el infierno, se lo puedo asegurar. Bueno, un día uno de los rieles de acero, sostenido por un gancho y una cadena, de repente resbaló y aterrizó en mi pecho. Tuve una conmoción cerebral, quemaduras de segundo grado a través de mis tetillas y me rompí siete costillas. De milagro no me aplastó. Estuve seis semanas en el hospital, pero sobreviví. Esther y mi mejor amigo, Red, me visitaban cada noche. Me trajeron de vuelta a la vida, podría decirse. Estaba muy agradecido con ellos. Pero al final de mi estancia en el sanatorio, sentí que algo extraño estaba sucediendo. Había demasiadas miradas entre ellos, y de esa clase de miraditas, como si los acabaran de descubrir con las manos dentro del bote de galletas...

—No entiendo.

—¡Estaban cogiendo a mis espaldas! —gruñó Lewis, agitando su vaso enfrente de la cara de Samuel—. ¿Entiende eso, mi pequeño repollo? —antes de que Samuel pudiera decir una palabra, Lewis continuó el relato—. Bien, el día de mi salida del hospital, se suponía que ellos vendrían juntos a recogerme y a llevarme a casa. Yo aún necesitaba una silla de ruedas y Red se había ofrecido a cargarme hasta el carro. Estuve esperando en mi cuarto, bañado y afeitado, pero los bastardos nunca llegaron.

—¿Lo abandonaron?

—Imagínese cómo me sentí. A veces un hombre tiene que olvidar ciertas cosas, pero nunca pude. Todavía no he podido hacerlo. Sigo escuchando sus voces alentándome, animándome a caminar con las muletas. Eso me corroe. Del hospital me enviaron a mi casa vacía y tuve que aceptar la ayuda de los vecinos y soportar sus sonrisas. Todos lo sabían... Curaban mis heridas, hacían las compras, me cocinaban, como si fueran los apóstoles... ¿Lo estoy aburriendo, Berkow? Si es así, cierro la boca.

—No, por favor, siga —tal vez la muestra de un poco de simpatía era lo que él quería.

La cara de Lewis estaba roja como una remolacha. Tomó por el cuello la botella de bourbon y se la empinó directamente en la garganta.

—Juré que si volvía a ver, aunque fuera un pelo de alguno de esos dos, los mataba. Pun, pun, pun, justo en el medio de sus malditos ojos mentirosos...

»Pasé un par de años sin saber de ellos —Lewis levantó los hombros con indiferencia—. No supe nada. O mejor dicho, nada importante... Pero entonces, un día se envalentonaron y enviaron una tarjeta de Navidad a uno de mis vecinos. El matasellos era de Canton, Ohio. Los muy pendejos. Así no tuve más que revisar las listas de contribuyentes y los directorios telefónicos para encontrar la dirección donde vivían, junto a una pequeña niña. Ese enero hice un tranquilo viaje a través de las líneas estatales. Estacioné afuera de su pequeño y perfecto hogar y esperé. Esperé mucho tiempo, hasta que una mañana, cuando Red salió de la casa, simplemente descargué una tonelada de plomo dentro de él. Debieron ser tres o cuatro disparos. ¡Capún, capún, capún, capún!

»Esther supo quién lo había hecho, pero no le dijo nada a los policías. Red era un contrabandista de licores con muchos hombres a su cargo y eso fue lo que detuvo la investigación policial. No me avergüenza lo que hice, Berkow, lo haría de nuevo. Ninguna vergüenza, sea lo que sea.

—¿Entonces nunca sospecharon de usted?

Lewis rió entre dientes.

—¿Piensa que me quedé sentado a esperarlos? Demonios, no, me largué al carajo de allí. Sólo paré a respirar cuando ya estaba en Honduras... No sé por qué le estoy contando esto, Berkow. Tal vez porque usted es un judío de mierda y no sabe en dónde carajos está, y además, muy asustado, como todos, de estar aquí. No le va a decir una puta palabra de esto a nadie, ¿verdad?

Samuel agitó su mano.

—Eso es —dijo Lewis, recogiendo los brazos en la mesa y apretando los ojos—. Algunas veces pienso en la pequeña niña. Ella no tuvo nada que ver con esta traición, pero entonces veo a Esther. No puedo decir si aún la amaba en ese entonces, pero la puta realmente se lo mereció. ¿Usted aún ama a su esposa, Berkow?

Samuel se puso rígido.

—A menudo pienso en ella, si es eso a lo que se refiere.

—¿Pero la ama todavía?, digo, ¿después de todos estos años?

—Tal vez —no había mucho más que él pudiera admitirse a sí mismo acerca de Lena.

—Sí —asintió Lewis—, eso es lo que lo empeora.

Capítulo dos

Los dormitorios eran dos cubículos cerca del comedor. El cuarto de Lewis estaba a un lado y, cruzando una sala, el de huéspedes; un camarote con una mesa, dos literas y un ojo de buey, abierto. La maleta de Samuel estaba apoyada en una de las paredes y la litera inferior había sido preparada para él. Una vela corta y gruesa se consumía en la mesa.

Samuel se quitó el traje y lo extendió en la litera superior y puso la camisa de manga larga encima. Normalmente se pondría su pijama, pero la tórrida noche lo hacía imposible, aun con la ventana abierta. Después de semanas en el mar y del calor sofocante que había soportado desde su llegada al Caribe, anhelaba el frío invierno de Hamburgo, el aliento helado, el edredón y las gruesas almohadas de plumas.

Fue al baño, en el fondo de la sala y escuchó a Lewis, a través de la puerta cerrada, roncar como una caldera descompuesta.

De vuelta en su cuarto, Samuel apagó la vela y se acomodó en la cama. Presionó la cabeza contra la almohada, la golpeó con el puño para hacerle un agujero a fin de acomodarse bien. Se sentía exhausto, pero por algún motivo no podía dormir. ¿Sería la cama, estrecha y llena de bultos? ¿Estaría demasiado cansado? Debió haber aceptado el bourbon de Lewis para relajarse.

Después de veinte minutos de dar vueltas, se levantó. Se puso la camisa, se deslizó dentro de los zapatos y se arrastró fuera del cuarto. Cruzó el comedor y subió por las gradas de vuelta a la cubierta superior.

Estaba medio desnudo, pero, ¿a quién le importaba?

La opresión en el pecho cedió y al fin pudo respirar.

Fue hacia la baranda del vapor, anclado a unos cuatrocientos metros de la costa. Las estrellas se derramaban del cielo oscuro. Si hubiera habido luna, Samuel podría haber visto algo más que el destello ocasional de las luces de las chozas en la costa y lo que parecía ser el baile de las sombras contra una lámpara de la calle.

Sintió un ligero frío y apretó su camisa en torno a él.

La confesión de Lewis y toda la charla acerca del matrimonio lo habían descompuesto. Al cerrar los ojos, Lena apareció de pronto, juguetona, como aquella primera vez cuando la conoció en el *Alsterpavillion*, una tarde de enero. Lena era muy delgada y tenía como marca de identidad aquella boquilla de coral que casi siempre parecía colgar de sus labios o su mano, con o sin un cigarrillo en ella. Samuel no fumaba, pero cualquiera toleraría este vicio tan sólo por estar a su lado y oler su perfume.

Apretó fuerte la baranda. Había pasado una docena de años, veinticuatro veces la duración de su matrimonio, y su corazón aún era carne viva. Parecía una solitaria cuerda de violín a punto de romperse. Vio a Lena en una serie de instantáneas: cenando con él y con su hermano en Hamburgo; coqueteando en un salón vienés en la avenida Kurfürstendamm de Berlín... Abrió los ojos. Algunas nubes esponjosas se posaron en el horizonte y el agua silenciosa salpicaba los flancos del carguero.

La conoció en una fiesta de disfraces. En ese tiempo Samuel vivía en Berlín, pero había asistido a la celebración en Hamburgo, a pedido de su padre, para ver si podía tomar algunas ideas de la moda para la nueva temporada de primavera en sus tiendas. Encontró toda clase de mujeres vestidas llamativamente con plumas y lentejuelas. Se topó con Lena en la mesa de toallas, cerca de los baños del piso inferior. Tenía un bronceado radiante.

—Oh, lo siento mucho —debió decir ella.

—Todo está bien —respondió Samuel, tocando accidentalmente su brazo.

—¿No es usted Charles Laughton, verdad? —ella acaso rió—. Se parece mucho a él, ¡sólo necesita un cigarro!

—Eso y mucho más. Desafortunadamente, no fumo.

Lena llevaba un sombrero de terciopelo cubriendo su cabello negro y un delgado velo de encaje sobre su rostro. Linda y fresca en la plenitud de sus diecinueve años. Él sobrevivió a la Gran Guerra, era un veterano con mucha experiencia: guapo y saludable, en verdad, pero por lo menos diez años mayor que ella.

—No, usted es como él, ¿lo ha visto en *Picadilly*? Sólo las películas británicas llegan a Ciudad del Cabo —dijo medio tomada, levantando su velo. Tenía los ojos azules.

—Así que usted es de Sudáfrica.

—Sí. Hago turismo por el continente con mi hermano mayor —dijo melancólicamente—. Max es mi protector. Nos hemos divertido tanto... Muchas fiestas, pero debo confesarle que no sé cómo soportan este miserable frío y la nieve. Nuestra siguiente parada es Berlín. Me han dicho que es mágico, pero todavía más frío.

Y así empezó. Si tan sólo se hubiera controlado en el *Alsterpavillion*, no habrían pasado de conocerse, intercambiar algunas palabras y luego, cada quien a lo suyo. Debió, simplemente, agradecer la cortesía. Él se parecía más a George Raft que a Charles Laughton, pero qué importaba, le habían enseñado a aceptar los cumplidos. De manera estúpida, correspondió diciéndole que ella le recordaba a Marlene Dietrich, en todo menos en el color del cabello. De alguna forma su caprichoso flechazo dio justo en el blanco. Lena gritó con alegría, saltó arriba y abajo, apretó su mano, lo abrazó fuerte y le dio un beso en los labios.

En medio de las repentinas ráfagas de viento que hacían crujir las amarras del barco, él pudo oler su perfume: lilas. Esa fragancia lo embrujó. En su cuello, detrás de los oídos, en sus muñecas.

Aquella noche se ofreció a servirle de guía los días que les quedaban en Hamburgo y luego, también en Berlín, donde él felizmente vivía.

Su romance fue una suerte de torbellino, la única vez en la vida de Samuel en la que se rindió a lo inmediato y actuó impulsivamente. A esa tarde en el *Alster* la siguieron dos semanas de loca alegría. Cenas elegantes, visitas a clubes de jazz, noches de cantar y bailar, finalizadas con copas de *Courvoisier* y *Grand Marnier*. Todo tipo de libertinajes. Lena amaba estar con un hombre mayor, uno que sabía cómo bailar y trataba a las mujeres con respeto, alguien que había peleado en la guerra, con cuatro heridas de bala y, además, sabía cómo hacerle el amor y complacer su cuerpo.

Y el día anterior al señalado para el regreso de Lena y su hermano a Sudáfrica, ella insistió en casarse de una vez. Así que lo hicieron. Max, encantado por los clubes homosexuales en Berlín, abandonó su labor de chaperón en cuanto apareció Samuel. Él estaba ocupado en sus propias escapadas y pensaba que al menos Lena, la loca e impulsiva Lena, había encontrado a un judío para casarse, una extravagancia en Ciudad del Cabo, y tal vez eso, sólo eso, podría evitar que sus padres lo mataran cuando retornara a Sudáfrica solo.

El día en el que su hermano se embarcó de regreso, Lena y Samuel se fueron en tren rumbo a Praga, Viena y Budapest de luna de miel.

Aún hoy, los trenes, los canales, los castillos y los cuartos en hoteles caros, tienen para Samuel el aroma de las lilas. Fue amor, no capricho, siempre lo ha creído.

Pero dos semanas después, regresaron a Berlín. Era febrero. El cielo estaba constantemente gris y triste y los días empezaban y terminaban con llovizna. Samuel tuvo que regresar a trabajar. El viento soplaba en fríos lengüetazos y Lena no tenía interés en visitar la Puerta de Brandenburgo o en ir a los museos, especialmente sola.

Sus críticas empezaron siendo muy inocentes: "Te ves tonto vendiendo corbatas detrás de un sucio mostrador", le decía cuando lo visitaba en la tienda. Después se volvieron más personales: "No me importan las visitas de tu padre, pero, ¿tiene que quedarse con nosotros tu amigo Klingman cada vez que viene a Berlín? Detesto sus ojos maliciosos. Todo lo critica y lo censura". Lena nunca escuchaba a Mozart o Brahms, nunca tomaba un libro para leer. "Samuel, ¿podemos mudarnos a un departamento más grande cerca de *Kurfürstendamm*? Cuando llego a las tiendas ya estoy congelada". Lena no tenía amigas y no había hecho nuevas amistades en Alemania después de la partida de su hermano. Aun así le decía: "Y bien, me siento humillada al tener que invitar a mis amigas a este oscuro y húmedo apartamento. ¿Podríamos buscar uno más grande y más iluminado?"

Para marzo, los reclamos empezaron a apilarse uno encima del otro: "Detesto este clima ártico. La gente aquí es rígida y fría. Todo lo que haces es trabajar y por las noches estás muy cansado para salir. No puedo quedarme aquí el día entero. Extraño a mis padres. Extraño la playa. Estoy pensando en tomar un crucero para visitarlos... Regreso en mayo, dentro de seis semanas..."

Samuel golpeó con su palma la barandilla del barco. Él se debió haber amarrado los pantalones y decir: "¡No! Tú tienes que quedarte conmigo, Lena, no puedes irte sola. Eres mi esposa. Si necesitas entretenerte en algo, ¿por qué no buscas un empleo o vas a la escuela?"

Pero estaba demasiado herido para decir algo como eso. Se enamoró de un rostro, un perfume, algunas conversaciones estúpidas y un par de ojos azules. La verdad de los hechos era que él, un hombre que había estado solo toda su vida, de pronto sintió miedo a la soledad.

—Por favor, Lena, por favor, no me dejes —le rogó cuando ella cepillaba su cabello oscuro sentada en el banquillo de su tocador.

Lena sólo tomó una bolita de algodón y empezó a quitarse el maquillaje de sus mejillas con un astringente.

—Son apenas seis semanas —replicó, sin mirarlo a través del espejo.

—No quiero que te vayas.

Ella levantó la vista y vio que Samuel tenía los ojos llorosos. Lejos de apaciguarla, el gesto la enfureció, terriblemente. Sin saber de dónde le salieron las palabras, dijo impulsivamente:

—Samuel, eres un hombre apuesto, pero francamente, también eres muy aburrido.

Samuel quedó anonadado. En vez de responderle o tocarla, simplemente se dio la vuelta y se fue a mirar hacia afuera por la ventana enrejada, al otro lado de la habitación. Apretó el puño como si quisiera apelmazar su corazón dentro de él.

Al día siguiente, Lena se fue.

Cuando Klingman lo vino a visitar unas semanas más tarde, estaba claro que ella empacó todas sus pertenencias en dos baúles y que no tenía planes de regresar a Berlín. Klingman le preguntó a su amigo por qué Lena se había ido y Samuel simplemente encogió los hombros. Entre murmullos respondió que a veces una planta saludable, cuando es trasplantada, se viene abajo debido a enfermedades insospechadas. "Es mejor regresarla a su suelo natal en vez de dejarla morir".

Samuel sintió soplar la cálida brisa y alzó la vista. Una gaviota estaba posada en el borde de la chimenea del barco, y aunque se escondía, acurrucada en sus propias alas, él sintió que el ave lo miraba, tal vez sonreía. Vestido sólo con una camisa de manga larga, ropa interior y zapatos de marca, era todo un espectáculo. Incluso un ave extraña se podía dar cuenta de eso.

Estaba cansado de pensar en Lena, cansado de Lewis, a quien acababa de conocer sólo unas horas antes. Toda esa plática acerca de lo que debía o no hacer, lo que debía o no conocer... El golpe de gracia fue la sórdida confesión de cómo asesinó al amante de su esposa.

El mar apestaba a podredumbre, no a lilas, una especie de sopa estancada de aceite, peces muertos y sueños putrefactos. Eran tiempos peligrosos, Samuel lo sabía. No era el momento de lloriquear y moquear. Dejó Hamburgo justo a tiempo. La *Kristallnacht* había sucedido sólo nueve meses antes. La "fiesta" en Europa, como la llamó Lewis, recién comenzaba.

Las últimas semanas en Hamburgo le mostraron que sólo la guerra podría detener a Hitler. Samuel ya había visto demasiado derramamiento de sangre, pero fue su tío Jacob quien lo forzó a entender, quien lo convenció de dejar Alemania y no la muerte a tiros de los dos judíos ortodoxos.

Por esa razón estaba a bordo de un carguero con destino a Puerto Barrios y, desde allí, tomaría un tren rumbo a la Ciudad de Guatemala, en donde su primo Heinrich lo ayudaría a conseguir un apartamento y un trabajo. Necesitaba honrar el momento: de una vez por todas plantaría sus pies firmemente en la tierra. No más excusas para la fuga, para el abandono, para cambiar de idea.

Samuel regresó a su habitación. Inmediatamente después de meterse en la cama, se quedó dormido.

Capítulo tres

—¿Por qué tardó tanto en el cagadero? —preguntó Lewis—. ¿Tiene diarrea?

Samuel apoyaba los codos sobre el lavabo y sus manos estaban sumergidas profundamente en agua jabonosa.

—Estaba enjuagando una camisa sucia —dijo, abriendo la puerta, sorprendido. "Ni buenos días, ni ¿cómo durmió?"

—¿Por qué está lavando?

—Siempre lavo mi ropa, desde que estuve en el ejército.

—No en mi barco, aquí no.

—¿Por qué?

—Porque lo digo yo. Un hombre blanco no debe lavar su propia ropa. ¿Tiene alguna idea de lo mal que se mira eso aquí? —Lewis escupió a través del ojo de buey, encima del lavabo—. Me sorprende, Berkow. Creí que era más listo.

—No sé qué es lo que tiene que ver esto con la inteligencia —podía sentir su sangre a punto de hervir.

Lewis tomó un trapo sucio que colgaba de un clavo.

—De acuerdo, no con la inteligencia, pero sí con lo que debe hacerse y lo que no. Ahora, enjuáguese las manos, Berkow. Mi muchacho terminará de lavar.

Samuel tomó la toalla y se rascó la cabeza. Lewis se volteó, silbó una canción desafinada, asomó su cabeza en la cocina y gritó algo en español, enojado.

Samuel terminó de vestirse. Se dirigió al comedor con la toalla en la mano y entró justo cuando el empleado aparecía con un azafate en el que traía dos tazas de café y una canasta con pan dulce.

—Poné el azafate en la mesa —le dijo Lewis—. Terminá de lavar la camisa que está en el lavabo y después le sacás brillo a mis trofeos.

—Sí, señor Lewis.

—¿Sabés donde colgarla para que se seque?

—Sí, al lado de la chimenea.

—Debajo de ella, debajo de ella, cabrón, o va a apestar a kerosene —dijo Lewis, golpeando al muchacho.

El criado se sobó la cabeza, se inclinó y se fue.

—Siéntese, Berkow. Tome un bocado. Apenas comió anoche. Y disculpe el haberle hablado así, pero ya debería saberlo. Tiene casi mi edad, Berkow, ya no es un niño tonto.

—No necesita decírmelo, señor Lewis. Yo me crié con camareras y mayordomos.

—De acuerdo, eso está muy bien, Berkow. Me complace saber que tuvo una vida confortable allá, con sus alemanes. Pero aquí, deje a mis muchachos hacer su trabajo. Sentémonos antes de que se enfríe el café.

Samuel se dio cuenta de que aún traía la toalla en la mano. Vio alrededor y empezó a caminar de regreso al baño. Lewis lo detuvo.

—Tírela en el suelo.

Afortunadamente para Samuel, Lewis tenía trabajo atrasado que hacer antes de llegar al puerto en Guatemala y permaneció en el escritorio de su cuarto. Samuel se pasó la mañana inspeccionando los artefactos y los trofeos en el comedor, ninguno de los cuales tenía mucho significado para él. Nunca se inclinó por la mecánica o la navegación y no sabía nada de boliche ni de ningún otro deporte.

Más tarde, regresó a su propio cuarto. Se cortó y limó las uñas y puso de regreso su traje dentro de la valija. Tomó una ducha fría en el baño, pero después de casi una vida bajo el chorro, el agua tibia que salía de la regadera no lo reanimó. Se rasuró, se puso colonia, un par de pantalones y una camisa de manga larga.

A pesar de los gestos amistosos de Lewis, Samuel no confiaba en él. Ya dos veces había visto cómo su superficie alegre se convertía en una rabia momentánea. Al norteamericano le agradaba su compañía, estaba seguro, y hasta cuidaba de él, pero ¿tendría otras motivaciones?, ¿no era esto demasiado sospechoso? Tal vez sería buena idea dejar sus verdaderos pensamientos bajo control y no revelar nada más. Lewis sabía que él era judío y eso era suficiente para mandarlo a apedrear o asesinar en Alemania. En cualquier caso, Alfred se sentía feliz al charlatanear, especialmente cuando el licor le soltaba la lengua. Podría ser una ventaja si el norteamericano tomaba su silencio como una especie de aprobación y un acuerdo sincero. Tal vez podría escapar asintiendo continuamente, jugando el papel de aprendiz devoto y obediente. Eso aseguraría que Lewis lo tomara como a un novato en la búsqueda desesperada de alguien para guiarlo. Sería muy tonto rechazar la amistad de Alfred, ofrecida tan abiertamente, especialmente sin saber qué trampas lo esperaban en Puerto Barrios.

Samuel se hartó de las fiestas, los valses, los cantos y la comedia rudimentaria en el *Das Bauernbrot*, de los cuales, en verdad, fue más testigo que participante. La jornada de diez días desde Hamburgo había sido una celebración estrafalaria, como si los trescientos pasajeros de la línea *Hamburg-Amerika* no tuvieran ni idea del apogeo de la guerra en Europa ni del traslado forzoso en trenes de los judíos hacia los campos de concentración. Gracias a su tío Jacob, su propia madre logró escapar de Hamburgo en el *St. Louis,* un mes antes, y aunque el barco fue obligado a volver desde Cuba y Miami, eventualmente ella conseguiría asilo en Rotterdam. Samuel hubiera querido que su madre fuera a Gran Bretaña, la tierra que él aprendió a amar después de estar internado en un campo de prisioneros de guerra, pero al menos en los Países Bajos su alemán sería comprendido.

Su padre había muerto, pero su madre estaba a salvo y él se dirigía al Nuevo Mundo.

El capitán navegó cerca de la costa el resto de ese día y el siguiente, en su ruta hacia el norte, algunas veces serpenteando entre islas. Hoy más que nunca Samuel deseaba ser tan pacífico como el agua serena, alrededor del *Chicacao*. Cuando un pensamiento molesto o una imagen desagradable venía a su mente, le bastaba aspirar una profunda bocanada de aire de mar para sentirse aliviado. Sólo podía ver arbustos y hojas desvanecidas en la costa y una ocasional serie de chozas de madera, alguna de ellas sobre pilotes, aun así, se sentía confortado al estar tan cerca de la tierra y de ser capaz de decir, allí, allí es. Cualquier cosa aquí debería ser mejor que el incendio de casas, negocios y lugares de culto de los judíos en Alemania. La incautación de sus propiedades, la expulsión forzada hacia los campos de trabajo, los golpes, las violaciones, el robo de millones de marcos alemanes.

Al tercer día, el *Chicacao* soltó anclas cerca de un pueblo de pescadores. Samuel temblaba de felicidad, a pesar del calor sofocante. Puerto Barrios no se miraba nada mal. Sin embargo, fue una falsa euforia. El barco se detuvo sólo a recoger una encomienda consistente en algunos paquetes y el correo de la compañía. La parada fue momentánea. Luego el vapor pasó a toda velocidad por encima de los arrecifes, con sus brillantes cuernos de alce y corales de fuego, como collares de ámbar bajo las aguas claras.

El barco progresó bien en el calmado clima de agosto y para el atardecer entró en la Bahía de

Amatique. La brisa se esfumó una vez que la máquina disminuyó el impulso y el vapor se deslizó sobre el mar. Los últimos rayos de sol eran oblicuos, tornando el agua de la bahía en un color verde lechoso. Mientras el buque se acercaba lentamente a tierra, la costa, a la derecha y a la izquierda, se acomodaba como brazos alrededor de la nave, dándole la bienvenida. En la distancia, Samuel podía ver barcos grandes, muchos edificios con techos de láminas y una media docena de bobinas quemando gas y algunos remolinos de humo de aceite en el cielo. Como si se tratara del final de una travesía en Viena o Budapest a través del Danubio a bordo de un buque de recreo, Samuel se sintió obligado a ir escaleras abajo y a ponerse su mejor traje. Su padre siempre se lo había dicho, desde que era un niño: "Vístete según la ocasión. Llegar a un pueblo desconocido es una ocasión."

Tomó su maleta y la subió escaleras arriba. Estaba seguro de que Alfred Lewis le reprendería por hacerlo él mismo. Esperó cerca de la barandilla en la proa. El crepúsculo estaba pesado; pudo sentir el sudor saliendo de su cuerpo. No importaba, sonreía abiertamente, agradecido por la perspectiva de finalmente estar en tierra. Sin embargo, aún sentía una persistente ansiedad. ¿Y si el Nuevo Mundo no era tan diferente?

Puerto Barrios estaba protegido en tres de sus lados por la tierra y tenía un simple muelle de madera que se extendía cuatrocientos metros desde la costa hasta aguas más profundas. La máquina del vapor fue apagada. Las olas lanzadas desde las hélices remolinearon en la proa y el bote se deslizó sobre las aguas llenas de hierba hasta el muelle. Tres barcos estaban anclados en la bahía. Samuel se estremeció al reconocer el rojo y negro de la bandera alemana, colgando inerte sobre uno de ellos; ¿estarían los nazis en todas partes?

El *Chicacao* derivó hacia sus amarres en el muelle. Samuel recorrió con la vista el vapor en busca de Lewis, pero no estaba en ningún lugar en donde pudiera verlo. Tres de los miembros de la tripulación, Lincoln Douglas entre ellos, estaban al otro lado de la cubierta riendo y saludando con las manos hacia un pequeño buque que resoplaba fuera del puerto. Samuel empezó a sudar. Un cuchuchito graznó, haciendo un sonido como el de un pequeño perro que ladraba. El olor pútrido del puerto invadió los agujeros de su nariz y casi lo hizo taparse la boca. Algunas luciérnagas brillaban en el atardecer.

Metió un dedo en el cuello de la camisa y se rascó. ¿Cómo se había imaginado Puerto Barrios? ¿Como un jardín tropical? ¿Acaso un club británico con canchas de tenis y un campo de golf de ocho hoyos, casas gigantescas y personas sonrientes vistiendo bermudas color caqui? ¿O tal vez esperaba playas sin fin, muchachas con claveles en el cabello remando en sus canoas para darle la bienvenida en tierra? ¿Ukuleles? ¿Piñas dulces? ¿Un comité de bienvenida y una banda?

Forzando la vista observó una amplia gama de barracas desvencijadas, sostenidas en pilotes de madera y pilares de piedra a lo largo de una playa pantanosa. Cultivos de plátano y banano casi hasta la orilla. Unos pocos edificios oxidados a punto de ser devorados por la densa vegetación. En vez de una suave brisa, vapores de gas quemaban su garganta y ojos. Vio algunos zopilotes, destellando sus alas rematadas en blanco, afiladas como estiletes, girando en el cielo ensombrecido. De pronto un montón de zancudos empezaron a zumbar en sus oídos, rodeando sus expuestas manos y cuello, buscando un punto en el cual aterrizar.

Mientras el buque se acercaba al embarcadero, Samuel vio a un grupo de estibadores cargando banano en otro barco del muelle. Sus negros cuerpos brillaban y trabajaban sin descanso como pistones engrasados. Sí, las chozas, los trabajadores, los sonidos como gruñidos no eran precisamente la bienvenida de un rey. Incluso las pocas palmeras que vio, azotadas por el viento, parecían sacudir sus cabezas delante de él. Así que esto era Guatemala. Samuel se estremeció, ningún paraíso tropical. Lewis le advertió acerca de la necesidad de bajar sus expectativas y tuvo razón. Necesitaba empezar a ajustarse al paisaje.

A pesar de ello, no tenía derecho a quejarse, eso sería grotesco, apenas había escapado de Hamburgo, gracias al soborno de su tío a unos cuantos oficiales alemanes. Allá en Europa, sus compañeros judíos estaban siendo atrapados, golpeados y llevados a campos de concentración en los congelados campos de Europa del Este. Y mientras tanto, Hitler anunciaba al mundo, a modo de justificación, que muy pocos países estarían dispuestos a aceptar judíos deportados, especialmente de Polonia.

Samuel golpeó la barandilla del vapor, como si por fin hubiera despertado: él era, después de todo, un refugiado, no un turista que regresaba una tarde después de un crucero por el Elba.

Capítulo cuatro

Tan pronto como la pasarela tocó tierra, un enjambre de niños descalzos corrió hacia la cubierta del carguero, cargados de higos y guayabas cristalizadas. Muchos de ellos rodearon a Samuel y le hablaron en inglés.

—*Shoe shine? Real cheap!*

—No les haga caso, señor. Ni siquiera usan betún.

—¿Taxi, señor? ¡El único en el pueblo! ¡Muy buen servicio!

Mientras tanto, la tripulación amarraba al *Chicacao* en los pilotes del muelle. Cuando los marinos terminaron, se agruparon y empezaron a comer la fruta que recién habían comprado y se divertían al ver los esfuerzos de Samuel por tratar de sacudirse a los niños con su paraguas.

—Por favor, déjenme solo.

Samuel necesitaba silencio para asimilar su arribo a Puerto Barrios. Deseaba poder amordazar a los chiquillos, así su arribo podría ser más placentero.

Un muchacho de brazos regordetes tiró de su saco.

—Hey, míster, ¿me da dinero para mi hermana enferma?

—Él no tiene hermanas, es un bastardo.

—¿Le gustan las mujeres negras? Yo lo llevo a Livingston.

—¡Shhhhhh! ¡Soooo! —Samuel carraspeó, alejándose de ellos.

—¡Shhhhhh! ¡Soooo! —lo remedó un muchacho delgado, mayor que los demás, con una sombra de bigote sobre el labio superior—. ¡Éste debe pensar que somos moscas!

—Por lo menos vos, Guayo —bromeó un niño medio encogido, con una prominente quijada inferior.

—Hagan sho, basuras, o les rompo el hocico —dijo Guayo, empujando al niño más pequeño al suelo—. Ustedes son un montón de moscas.

—Pero yo, por lo menos, soy mosca con cerebro.

—¡Sí, cerebro de mosca!

Los dos muchachos empezaron a perseguirse alrededor de Samuel, quien simplemente bajó al suelo su valija y se sentó en ella. El niño llamado Guayo le quitó el sombrero de la cabeza.

—¡Miren lo que tengo!, ¡miren lo que tengo! —lo lanzó por los aires y los demás corrieron detrás de él.

Samuel hizo un vago intento por pararse.

—Se los suplico.

—Hey, ¡váyanse! Dejen en paz al señor o les voy a sacar la mierda —tronó una voz desde las sombras.

De pronto, todo el movimiento en la cubierta cesó. El sombrero de Samuel quedó abandonado en el piso de madera. Lewis apareció y los chicos corrieron fuera del bote riendo y aullando. Tenía una maleta de piel de cocodrilo sobre el hombro y una escopeta de doble cañón en la mano. Sacudía su cabeza.

—Estos muchachos —refunfuñó—, no tienen otra cosa que hacer que molestar. ¡Me gustaría reventarles el cráneo!

—Gracias... —dijo Samuel.

Fue adonde estaba su sombrero, lo recogió, lo sacudió y se lo colocó de nuevo sobre la cabeza. Caminó hacia Lewis y extendió su mano.

Lewis se despidió con un gesto.

—Olvídelo, Berkow. No lo lastimaron, ¿verdad?

—No. Estoy bien. Todo esto es tan nuevo para mí —le dio vergüenza confesar que pensaba que su primo Heinrich iba a estar aquí, esperándolo para darle la bienvenida, tal como él lo hubiera hecho en Europa, o por lo menos algún oficial del consulado—. Para ser honesto, no sé qué esperaba.

—Nadie sabe lo que hay a la vuelta de la siguiente esquina —dijo Lewis—. Y este pueblo es peor. Se lo dije, Barrios es un agujero de mierda, pero aquí está ahora. Va a tener que lidiar con ello, Samuelito, cuidarse a sí mismo. Dígame, ¿en dónde piensa quedarse?

—En cualquier hotel decente.

—¡Uuuuh, ahora está deseando que le bajen la luna del cielo! —Lewis se tocó la barbilla con la culata de la escopeta—. Sólo hay un hotel, el Del Norte, pero es una porquería —apuntó hacia la oscuridad—. Su dueño es un alemán de Cobán, por lo menos eso dicen, pero que me maldigan si él alguna vez puso un pie en ese lugar. No se puede perder, Berkow. Siga derecho, después del muelle, está frente a un asqueroso parquecito. Parece una de esas haciendas del sur, transportada desde alguna plantación en Luisiana. Cualquiera de los mendigos del muelle puede llevarlo. Pero no espere manteles de lino, ni porcelana. Como le dije, es el internacional Hotel del Norte, pero de internacional no tiene nada.

—Gracias, señor Lewis —Samuel no podía llamarlo Alf, lo sentía una falta de respeto—. Estoy muy agradecido por todo. El viaje gratis, los consejos...

—Usted habría hecho lo mismo por mí —lo interrumpió Lewis, mientras pasaba frente a él. A media pasarela, se volteó—. Necesito hacer algunos trabajos en el comisariato, mandar algunos telegramas a la oficina en Boston y firmar algunos papeles. Eso me podría tomar un par de horas. ¿Por qué no nos reunimos a tomar un trago en su hotel, digamos a las ocho?

—Será un placer.

—Hasta más tarde, entonces. No tendrá ningún problema si no se aleja del camino. Tengo que correr, Berkow, si no yo mismo lo llevaría al hotel. Nos vemos —agitando la mano en el aire, siguió bajando por la pasarela.

Sin ver, Samuel bajó su mano izquierda para levantar su valija, pero se encontró con un hombro y saltó hacia atrás.

—Es a mí a quien está agarrando —dijo un pequeño hombre, apenas de un metro de alto.

—Disculpe.

—No se preocupe. Tengo una manera muy sigilosa de acercarme a las personas. Soy un guía turístico autorizado. Yo lo llevaré al hotel —observó el enano con un preciso y correcto inglés.

Samuel examinó al hombrecito. Con suerte llegaba a su cinturón y los ojos parecían cruzársele por el puente de la nariz. Su cabeza era casi la mitad de su cuerpo.

—¿Conoce el Hotel del Norte?

—Por supuesto —sacó una red con una correa de cuero para la cabeza de un bolsillo en su cintura y envolvió con ella el equipaje de Samuel. En un solo movimiento deslizó su frente de granito a través de la correa y acomodó la valija sobre un bulto de músculo y hueso que sobresalía en su espalda—. Sólo sígame —ordenó, tirando del saco de Samuel.

Se arrastró hacia abajo de la pasarela, como si fuera un caracol cargando una descomunal concha.

Con la sombrilla en la mano, Samuel descendió detrás de él, cuidando sus pasos para no tropezar en los travesaños de madera. Años atrás, recordó, tuvo que marchar a través del terreno congelado en los bosques Hallerbos en Bélgica, cargando su equipo militar, pero comparado con esto, aquello fue un juego de niños.

—¿Su primera vez por aquí? —preguntó el enano debajo de la carga.

—Sí, señor —respondió Samuel, pensando que sería la última. Mañana debería estar en la Ciudad de Guatemala, en donde mandaría a lavar y planchar sus camisas y su traje.

—¿Va a permanecer mucho tiempo en Puerto Barrios?

—Sólo lo suficiente para tomar el tren a la Ciudad de Guatemala. ¿Sabe usted cuándo sale el siguiente?

—No, no sabría decirle —resopló el hombre.

Al final de la pasarela, sus pasos se nivelaron y caminaron a lo largo del muelle en el que se apilaban jaulas de madera y lona verde. Una multitud se precipitó hacia ellos hasta que el enano gritó algo en una lengua que Samuel no comprendió.

Soplaban ráfagas de aire caliente y traían a su nariz un aroma de grasa y comida frita. Samuel no podía esperar a estar en el hotel para cambiarse.

—Quiero ir primero a la estación de trenes, por favor.

—¿De verdad, ahora? —dijo el hombrecito, sin aflojar el paso.

Las lámparas bañaban el muelle. Como a unos veinticinco metros del *Chicacao*, Samuel y el enano pasaron frente a seis o siete hombres caribeños que trabajaban afanosamente cerca de un gran refrigerador blanco acoplado a la parte más lejana. Vestían solamente tiras de trapos sobre su cintura y estaban subiendo pencas de bananos verdes de metro y medio de largo a gigantescas redes, las que eran elevadas por poleas hasta la cubierta de carga en donde otros estibadores ponían la fruta en cintas transportadoras que la depositaban abajo, en las bodegas ventiladas de la nave.

El pequeño hombre se paró a intercambiar algunas palabras con unos obreros que estaban descargando fruta apilada en plataformas de tren estacionadas a lo largo del muelle. Un sujeto bien vestido con el pelo negro y liso y una nariz del tamaño de una nuez, señalaba pilas de bananos amarillos y urgía a un trabajador a lanzarlos a las aguas del puerto con su horquilla. "Estos se van a pudrir antes de que el barco llegue a su destino", lo escuchó decir en inglés.

Samuel se sentía inquieto. Estaba entrando a un mundo en el cual toda su experiencia anterior no significaba nada. En las trincheras, durante la guerra, le sucedió lo mismo, pero allí siempre hubo algún teniente o capitán dando instrucciones a las tropas. Aquí nadie podía dirigirlo. Cerró sus ojos como si ese gesto, cual varita mágica, pudiera de alguna manera borrar el mundo delante de él. Pero el zumbido del generador que hacía funcionar la iluminación, burlaba sus esfuerzos. Era como una voz interior. Sus años como soldado, vendedor, agente de exportaciones, cajero de banco o empleado nocturno en un hotel de Berlín, terminaron. Nada lo había preparado para las lámparas, los abruptos gritos salvajes, los lugareños trabajando y gruñendo como esclavos en las galeras, el sudor, la inmundicia, este hombrecito que se encargaba de sus pertenencias...

Un grito irrumpió, electrizando la noche.

—¡Oh Señor, sálvame! —aulló un obrero, tomándose el antebrazo—. ¡El diablo me atrapó, hombre, el diablo me va a llevar lejos!

El herido se soltó el brazo y golpeó su cuerpo contra un carro de ferrocarril. Una serpiente de veinte centímetros de largo se deslizó, alejándose sobre los tablones de madera, tratando de apartarse de la luz. Samuel y el enano retrocedieron. En un solo movimiento, el obrero que lanzaba los bananos al agua, levantó su horquilla en el aire y la clavó en el suelo, perforando a la serpiente. El hombre que dirigía a los trabajadores le dio un machetazo y le cortó la cabeza. El cuerpo quedó retorciéndose.

El sujeto mordido por la serpiente se desplomó. Su cara estaba bañada en sudor; una espuma burbujeante salía de su boca. Sus ojos no enfocaban, simplemente daban vueltas dentro de las cuencas. Uno de sus colegas rasgó una parte de su taparrabos y apretó justo arriba de la mordida, en el brazo.

—Mala suerte —el trabajador murmuraba suavemente, revolcándose sobre la cabeza de la serpiente—. Me voy a morir. Olvidate vos, ya no hay remedio. El Señor ya me está tomando de la mano.

El colega que hizo el torniquete se inclinó y se hincó sobre el herido. Hizo un ancho y profundo corte a lo largo de la parte superior del brazo con la punta de un cuchillo de escamar. Puso su boca en la herida y empezó a chupar y escupir.

Una multitud de trabajadores, tratando de explicarse uno al otro lo sucedido, formaron un cerrado círculo alrededor de los dos hombres, bloqueando el espectáculo a la vista de Samuel. El hombrecito lo jaló del saco.

—Venga, vámonos. Ya sé lo que va a pasar después —dijo, sonriendo—. Puerto Barrios tiene algunas de las criaturas más extrañas, usted seguramente nunca ha visto nada así. Tenemos alacranes que pueden picar a través de la madera. ¡Y tarántulas también, más grandes y peludas que un coco!

—¿Usted cree que ese hombre se va a morir? —Samuel tragó saliva.

El enano vio a través del muelle.

—¿Se va a morir?, pregunta este señor... —giró la cabeza hacia sus costados, como si estuviera en un escenario, frente a una audiencia—. ¿Tengo que decirle la verdad? Claro que sí.

»Si hubiera sido yo el mordido, ya estaría muerto. O usted, mi amigo, también lo estaría y tendríamos que planear su funeral sin nadie de su familia. Pero estos caribeños tienen el cuero duro y la sangre más espesa que el lodo.

—Horrible, simplemente horrible —Samuel pasó su sombrilla a su mano izquierda y sacó el pañuelo de su bolsillo trasero para secarse la cara.

A pesar del ruido del puerto, aún podía escuchar los gemidos entrecortados del hombre mordido. Samuel se remojó los labios con la lengua. Estaban salados debido al sudor que resbalaba desde sus mejillas. Tragó saliva abundantemente, para evitar el vómito.

El enano reasumió su tambaleante paso y Samuel se apuró para no quedarse atrás. Cuando llegaron a la orilla, el muelle se ensanchaba considerablemente para acomodar cobertizos de carga hechos de madera y lo que parecían ser las oficinas de la empresa de transportes y del telégrafo. Más adelante, Samuel vio el único edificio de concreto en el muelle. El anuncio de la *United Fruit Company* estaba claramente iluminado; Alfred Lewis probablemente trabajaba allí en ese momento.

Al final del muelle, un camino de tierra empezaba donde terminaban los tablones de madera. En una de las orillas estaba una pequeña guardianía. Cuando estuvieron cerca de la caseta, el enano susurró:

—Deme veinte dólares.

—¿Para qué? —preguntó Samuel.

—Para darle mordida a este tonto, ¿para qué más? ¿O quiere pasarse horas en la oficina de migración respondiendo cientos de preguntas estúpidas y encima tener que pagarle a otro? ¡Estoy tratando de ahorrarle tiempo y dinero! Ponga los billetes adentro del pasaporte. Asegúrese de que no se vean. ¿Me escuchó?

—¡Pero esto es soborno!

—Nada es soborno en este país, amigo —el pequeño hombre carraspeó, se dio vuelta y sonrió para sí mismo.

La correa que sostenía el equipaje se le encajaba profundamente en la frente. Samuel sintió una inesperada patada en la pierna.

—No sea estúpido, hombre. Puede pasarse aquí toda la noche. ¡Apúrese!

Samuel sacudió la cabeza. Abrió su billetera, sacó un billete de veinte dólares y lo dobló dentro de su pasaporte. Cuando llegaron a la caseta, el enano dejó que Samuel fuera delante de él; el guardia tomó el pasaporte y sonrió. Hojeó el documento, encontró lo que quería, examinó la visa y lo selló.

—Bienvenido a Guatemala, señor Berkow. Esperamos que le vaya bien.

—Gracias a usted, señor, por su gentileza —dijo Samuel en su mejor español. Sonrió cortésmente y deslizó el pasaporte de regreso al bolsillo de su saco. Esa visa, que sólo recibió un rápido vistazo, le costó a su tío miles de marcos...

El enano llegó a la puerta, y le indicó a Samuel que lo esperara más adelante.

—Noches, Tacho —le dijo al guardia.

—Noches, gusanito. ¿Por qué hay tanta bulla en el muelle?

—Lo de siempre. Una barba amarilla picó a uno de los cargadores.

—No me digás. ¿Y seguro que no fue un gusanito el que lo picó?

—No te creás. ¿Todo bien?

—Así es. Gracias por el pisto. Te debo una. ¿Querés tu parte ahorita?

—Después, después. Paso a verte más noche.

—Que les vaya bien.

Samuel comprendía el español por haber pasado dos meses con su hermana en Mallorca. Según pudo entender, el guardia y el enano estaban de acuerdo y planeaban repartirse los veinte dólares. Se sintió molesto por haber sido robado por esos dos. Pero se calmó y se convenció a sí mismo de dejar de preocuparse por detalles tan pequeños. Finalmente estaba en tierra. Pronto estaría en la Ciudad de Guatemala. No había por qué armar un escándalo.

Aliviado, Samuel empezó a caminar animadamente, pensando que el hombrecito lo alcanzaría. Pasó delante de varias carretas de mulas y de un viejo *Packard* negro que estaba a la orilla del camino. Al pasar frente al carro se percató de una calcomanía en forma de esvástica, pegada en la ventana de atrás.

Samuel se acercó para ver mejor.

—¿Taxi, míster? —dijo una voz en inglés, lanzando una bocanada de humo hacia él.

Samuel vio en el interior a un señor vestido de manera informal y desparramado en el asiento delantero. No pudo distinguir su rostro, debido al humo del cigarrillo.

Se sintió mal del estómago. Primero, el barco con la bandera alemana en el puerto y ahora esta esvástica en el carro. ¿Existirían nazis en cualquier parte del mundo?

—Es un largo camino hasta el pueblo...

—No, gracias —dijo Samuel.

Justo entonces el enano silbó. Samuel volteó y lo vio señalando hacia la izquierda.

—Por allí es el camino más corto a su hotel. Esa carretera fue construida por los hijos de puta de la frutera. Por eso va desde el puerto hasta la estación del tren y se aleja del pueblo.

Samuel se apresuró a regresar con él.

—¿Pero no le dije que quiero ir a la estación?

—Esa la cierran al atardecer.

—¿Está seguro de que no hay trenes hacia la Ciudad de Guatemala por la noche?

—Estoy totalmente seguro.

—Hace un rato me dijo que no sabía. Ahora está seguro. Me gustaría tomar el tren más próximo, si es posible.

El hombrecito se le quedó viendo.

—Le gustaría, pero, ¿puede? —el enano sacudió la cabeza—. Bueno, a mí también me gustaría ver la iglesia de Notre Dame. No me importaría tomar el ferry hacia Londres, pero es imposible. Así son las cosas. Como le dije, no hay trenes a la Ciudad de Guatemala esta noche. Tal vez haya uno mañana por la tarde.

—Seguramente debe haber un horario.

—Seguramente... Pero no me pagan por saberlo. Ahora dese prisa. ¿Acaso cree que su valija no pesa?

—Por favor. ¿Por qué no me deja cargar a mí la maleta?

—Yo la llevo, ¿no lo ve? Además, ¿cómo se imagina que se vería un hombre vestido como usted cargando su propio equipaje? No muy bien, por cierto. Ahora vámonos. Tenemos que apurarnos si queremos cruzar el puentecito de madera hasta el hotel. Cuando sube la marea se pone muy resbaloso.

Samuel siguió al hombre hacia tres escalones de madera, unidos con vigas laterales a una serie de tablones flojos apoyados en pilotes de piedra. El largo puente corría paralelo a la bahía y pasaba sobre las barracas de madera que él había visto desde el *Chicacao*.

Mientras caminaba por el puente, Samuel observó el interior de las viviendas. Candelas colocadas en pequeños platos proyectaban sombras fantasmagóricas en las paredes. Las risas y conversaciones se apagaban y eran acompañadas ocasionalmente por la algarabía de algún niño.

Las barracas elevadas formaban una ciudad dentro de otra ciudad y estaban conectadas por caminos flotantes de madera. Samuel se percató de que la última choza era la tienda del vecindario. Frascos de dulces baratos estaban puestos sobre un mostrador desvencijado; detrás de él se erguían estanterías inclinadas, con conservas enlatadas y alimentos de primera necesidad envueltos en papel. Un gato arañaba un par de cabezas de pescado en el piso de la tienda, que estaba cubierto de basura. Un perro se asomó por la puerta. Estaba cubierto de sarna y parecía tener una pierna rota.

—¿Cómo puede la gente vivir en esta inmundicia? —preguntó Samuel en voz baja. Sintió de nuevo un nudo en la garganta.

El enano siguió caminando.

—¿Cómo? Bueno, ¿qué esperaba? ¿Hermosas casitas con bardas y flores?

Puerto Barrios era una ciudad portuaria; Samuel, por supuesto, estaba consciente de ello antes de su llegada. Él había estado en muelles bulliciosos en Hamburgo y Rotterdam, pero esto no era más que un miserable surtido de chozas tambaleantes pegadas como fósforos a lo largo de la orilla del mar.

Más valía que su hotel fuera diferente.

—¿Todo Puerto Barrios es así?

—Mmmm, más o menos. Tiene bares y restaurantes y prostíbulos. Todo lo que un hombre necesita. Ya se acostumbrará. Créame.

"No planeo acostumbrarme a nada aquí", pensó Samuel.

Después de pasar la última barraca, caminaron en silencio. En circunstancias normales, Samuel hubiera querido preguntarle al enano muchas cosas. Su nombre, cómo se las arregló para instalarse en Puerto Barrios, dónde aprendió inglés. Estaría interesado, a su vez, en preguntarle al hombrecito su opinión acerca del señor Lewis. Y preguntas más personales también: ¿cómo es la vida de un enano? ¿Lo amaron sus papás como lo hacen los padres con un niño normal?

Por ahora, el silencio era mejor; bastante trabajo tenía con mantener el paso. Ciertamente habría preferido la ruta larga, que pasaba por la estación. Por ese camino, al menos, habría conseguido el horario del tren y visto una parte del pueblo, en vez de bordear los manglares. Pero se comprometió con el enano, quien ahora era su guía. Más que su guía, su único piloto, porque, la verdad, Samuel estaba completamente en sus manos.

De pronto un fuerte hedor les dio la bienvenida.

—Oh mi Dios, ¿qué es este olor?

—Muy bien —dijo el enano—. Prepárese, nos acercamos a las instalaciones sanitarias. Las letrinas. En lenguaje común y corriente, ¡los hoyos de mierda!

A su izquierda había cuatro sanitarios con sus asientos tallados y moldeados en un gran tronco de árbol. Debajo de él corría un arroyo que arrastraba los excrementos directamente a la bahía. Una ingeniosa idea, para ser honestos, pero algo andaba mal. O el arroyo fue desviado aguas arriba o se había secado. Como resultado la pestilencia era insoportable.

Samuel se aferró a la barandilla para no resbalar, pero se estrelló con el hombrecito quien se detuvo momentáneamente para acomodar la maleta más arriba en su espalda. Samuel tropezó y se fue de bruces, boca abajo, sobre los tablones del puente. Su paraguas terminó en el arroyo seco.

—¡Hey! —gritó el enano, cayendo de rodillas—. ¿Quiere que me caiga dentro de la mierda? ¿Acaso piensa que no tengo orgullo?

Samuel se puso de pie, ileso, y miró al hombre. Se limpió despacio la boca con su pañuelo y contuvo la respiración. Se sintió avergonzado por su torpeza. De seguro las letrinas en el ejército apestaban de la misma forma y él las toleró. ¿Había olvidado ya aquella broma de los oficiales, cuando orinaron sobre él y sus compañeros mientras dormían en la fría noche?

—Lo siento mucho —se excusó inquieto, inhalando y exhalando a través de la boca—. Me estaba asfixiando. ¿Se lastimó?

La luna empezó a asomarse sobre la bahía, en el este. Una enorme luna, como una gigantesca perla, inundaba la oscuridad con luz blanca. Realmente estaba hermosa.

Samuel se quedó viendo al enano. La correa de cuero se clavaba en su cabeza con forma de melón. Sudaba profusamente y sus ojos se asomaban como anzuelos brillando entre la grasa. "Mi Dios", pensó Samuel, "este hombrecito es monstruoso. Ninguno puede amarlo. Ni su madre, ni su padre... Nadie en el mundo".

—¿Qué es lo que mira ahora?

Samuel se pasó las manos por el pelo.

—Nada en realidad. Yo... Por favor, señor... Ni siquiera sé su nombre.

—Señor Price, para usted.

—Por favor, señor Price, déjeme cargar mi propia valija. No sé cómo le permití llevarla a usted. Sí, recuerdo lo que me dijo acerca de lo mal que se mira eso aquí. En Hamburgo es lo mismo. Pero, en verdad, estoy acostumbrado a cuidarme a mí mismo. Realmente no necesito ayuda. Lamento los inconvenientes.

—In-con-ve-nien-tes. Esa es una gran palabra para un alemán. Vaya, es usted muy educado, se nota —rió el enano, extendiendo los brazos como si fuera a dar dos pasos—. Tiene usted una gran habilidad con las palabras.

—Lo siento mucho...

—No lo haga. ¿Qué es lo que lo hace lamentarse todo el tiempo? ¿Nunca había visto a un enano? ¿Nunca antes olió la mierda? ¿Qué esperaba encontrar? ¿Calles empedradas y lámparas de gas? ¿Es eso, señor Berkow?

Samuel levantó las dos manos.

—No sé lo que esperaba.

—Por supuesto que no. Y por eso necesita confiar en mí. Puedo ver claramente que usted es un hombre confundido, alguien fuera de su elemento.

Samuel se estremeció. ¿Por qué aquel pequeño hombre decía eso?

—Tengo razón, ¿no es cierto? Usted no sabe quién es, no sabe en dónde diablos está o hacia dónde va. Usted podría estar en el desierto de la

China o en medio de África. Usted, mi amigo, está completamente perdido.

Samuel no dijo nada.

El señor Price palmeó sus manos.

—De acuerdo. Ahora que ya establecimos los hechos, movámonos. ¡Le sorprenderá saber que casi estamos en el exclusivo y único Hotel del Norte! —giró sobre sus talones y empezó a caminar de nuevo.

Bajaron algunos peldaños y tomaron un camino de tierra que atravesaba un área de árboles, ceibas y tamarindos. Samuel escuchó aullidos de animales sobre él. Miró hacia arriba, explorando las ramas, llenas de hojas. Después de ráfagas de ruido de follaje y más aullidos, algo cayó delante de ellos.

—Los saraguates están de fiesta —dijo el señor Price, se agachó y a tientas buscó algo en el suelo. Recogió un objeto pulposo y se lo dio a Samuel.

—¿Qué es esto? —preguntó, sosteniéndolo en sus manos.

—Fruto de pan. Se muele y luego se combina con coco seco para hacer pastelitos.

Samuel examinó el fruto. En cuanto lo presionó, se asomaron gusanos fosforescentes y él lo tiró al suelo con disgusto.

El hombrecito encogió los hombros.

—Arrégleselas usted mismo —dijo, y empezó a caminar de nuevo.

El camino los llevó a un parque sin muchos árboles, con una concha acústica de piedra en el medio. Un par de perros callejeros, más huesos que carne, tomaban una siesta en las gradas.

Detrás había un edificio verde, de madera, de tres pisos. Por encima de la entrada tenía un porche sostenido por dos columnas de piedra. Colgado de la parte superior de las columnas, un cartel en el que se leía Hotel del Norte.

El pequeño hombre se detuvo delante de los escalones. Miró alrededor como si admirara la gran arquitectura de un recién descubierto templo maya.

—El Ritz de Puerto Barrios —dijo.

Samuel asintió. Empezaba a entender el extraño sentido del humor del señor Price y eso lo puso contento. Y lo puso más feliz saber que cumplió su palabra. Lo trajo al hotel rápido y seguro y sin ningún tipo de engaño.

El Hotel del Norte podría estar derrumbándose, pero para Samuel no importaba cómo estuviera, era exactamente lo que necesitaba.

Capítulo cinco

Samuel subió los tres escalones hasta el porche, detrás del enano, y entró al hotel a través de puertas de vaivén con tela para mosquitos. La recepción tenía pocos muebles. Lo que más destacaba era una media docena de sillas de madera, puestas una frente a la otra alrededor de una alfombra de yute. Cada silla estaba flanqueada por ceniceros de pie, metálicos, llenos de colillas de cigarrillos. Había murales dramáticos en ambos lados de la recepción, que representaban una misma escena maya: una mujer, con los pechos descubiertos, ofrecía libaciones y platos de comida a un jefe adornado con plumas de quetzal. Además, un mapa de ruta de la línea *Hamburg-Amerika* colgaba en la pared de atrás, por encima del mostrador.

No había nadie en la recepción. El enano trató de bajar la maleta de Samuel detrás de él, pero el peso lo hizo caer sobre sus espaldas. Agitó los brazos hacia los lados para recuperar el equilibrio y, para disimular su torpeza, rápidamente se zafó la correa de cuero, se incorporó y gritó:

—Hey, ¡George! ¿Dónde te escondiste? Salí, hombre. Es hora de trabajar. Te traje un cliente.

Unos segundos después, un hombre muy negro salió desde una cortina de algodón, detrás del mostrador. Se frotó la cara con sus grandes manos, sacudió la cabeza y bostezó ruidosamente.

—¿Cómo van las cosas, señor Price?

—Nada mal —el hombrecito dobló su red y la acomodó en el espacio entre su cintura y los pantalones—. No vienen muchos clientes desde que se habla tanto de la guerra. Pero bueno... Para ir al grano: a este caballero le gustaría pasar la noche aquí.

El empleado miró a Samuel.

—¿Cómo le va?

—Muy bien —respondió Samuel.

George sacó el libro de registro del hotel de debajo del mostrador y empezó a abrir las gavetas en busca de algo.

Samuel abrió el bolsillo de su saco.

—Tengo una pluma fuente, si eso es lo que está buscando. ¿Necesita mi pasaporte?

—No hace falta. Sólo tiene que escribir su nombre aquí y pagarme cuatro quetzales por el cuarto. También pueden ser dólares. Encontrará una toalla en la habitación y una pastilla de jabón.

—¡Todo lo que necesito es una cama! —anunció Samuel con euforia, feliz de estar de nuevo en la civilización, aunque fuera modesta.

El empleado levantó una ceja.

—Eso es lo que tendrá.

Samuel escribió su nombre, puso la pluma en el mostrador y sacó el dinero de su billetera. Su tío Jacob no sólo le compró el boleto sino, además, le dio cincuenta dólares en efectivo para que se las arreglara. Estaba a punto de regresar su cartera al pantalón, cuando sintió un jalón.

Vio hacia abajo y descubrió al señor Price abriendo y cerrando la mano como una almeja.

—Ponga algo de eso por aquí.

—¿Perdone?

—Lo perdono —se burló el enano—. Son cuatro dólares por mis servicios.

—¡Pero eso es imposible! Usted únicamente cargó una maleta. No estuvo conmigo más de quince minutos.

—¿Olvida que lo ayudé en la migración y lo salvé de ser asaltado por los muchachos y por el taxista? Mi tarifa es estándar.

—Pero esa cantidad es la misma que voy a pagar por el cuarto.

—A mí no me importan sus otros gastos. Como le dije, mis tarifas son estándar. Mejor me paga ahora o tendré que pedirle a George que llame a la policía.

—No me metás en esto, hombre —dijo el empleado, sacudiendo sus manos—. No quiero perder mi empleo.

—Oh, no te preocupes, Jorgito bonito, yo mismo llamaré a la policía. Son todos amigos míos. Es increíble lo que un poco de dinero puede hacer. Además, aquí en Guatemala no tenemos un gran amor por los extranjeros y menos por un alemán reacio a pagarle a un enano sus servicios regulares, eso se lo puedo asegurar.

—¡De acuerdo! ¡Usted gana! —Samuel tomó otros cuatro dólares y pensó que era más seguro hacer cuentas con un ladrón a verse envuelto en un lío.

El señor Price apretó los billetes en la mano.

—Es un placer hacer negocios con usted —metió el dinero en su bolsillo delantero—. ¿Y mi propina, George?

—En un momento, señor Price.

El empleado miró nerviosamente a Samuel.

—Necesito que firme al lado de donde escribió su nombre. Aquí, en esta línea.

Samuel destapó su pluma. Se dio cuenta de que en el libro había muy pocos registros recientes. En cuanto empezó a firmar, escuchó dos fuertes silbidos.

—¿Qué es eso? —preguntó, despreocupado.

—Es el tren para la capital, señor. Sale todas las noches a las siete —dijo George.

Samuel golpeó con el puño el mostrador.

—¡Pero yo quería irme en ese tren! —fulminó con la mirada al enano.

—Bueno, supongo que ya lo perdió —rió entre dientes el señor Price—. Todavía puede alcanzarlo, si toma un taxi a Bananera... También puede volar, si prefiere.

—Usted me engañó, señor Price.

El enano frunció el rostro con desdén.

—A mí no me pagan por recitar el horario del tren, sabe.

—Yo no le hice nada para merecer este trato.

—No piense que por tener un poco de dinero ya tiene derecho al servicio completo.

El labio superior de Samuel se empezó a crispar; sintió palpitar su cabeza y una leve presión en el pecho. Antes de que pudiera hacer nada, el empleado puso su palma sobre la mano de Samuel y dijo suavemente:

—No es tan malo permanecer una noche aquí. Algunas veces hay un tren por la mañana para el personal de la compañía frutera. Estoy seguro de que le permitirán abordarlo. Ahora, ¿desea un cuarto con vista a la bahía, o con vista a la selva, en la parte de atrás?

—¡Cuál es la diferencia!

—Le voy a dar uno con vista a la bahía sin costo extra —dijo el empleado y cerró el libro de registro.

—Estoy esperando, George —intervino el señor Price, taconeando el piso.

George lo miró con los ojos en blanco. Abrió la gaveta en donde había puesto el dinero de Samuel y le lanzó dos monedas grandes al enano.

El señor Price se lanzó para atrapar las monedas en el aire, una en cada mano. Su pecho golpeó el piso de madera y se deslizó por él. Se paró y se sacudió.

Samuel estaba furioso, pero decidió ignorarlo. Le estaba preguntando al empleado si el hotel tenía agua caliente, cuando el señor Price se puso de puntillas y le puyó las costillas con sus dedos. Samuel se sacudió, golpeando una mano en la orilla del mostrador.

El enano tenía una sonrisa desafiante en el rostro.

—Hey, ¿qué tal algo de compañía para pasar las horas esta noche? ¿Una muchacha?, o tal vez un chico, si lo prefiere. ¿Qué dice de un poco de diversión después de un viaje tan largo? —giró sus caderas regordetas y empezó a mover la pelvis de adelante hacia atrás.

—¡Aléjese de mí, pequeño bastardo repugnante! —gritó Samuel, tratando de tomar al enano entre sus manos.

El hombrecito se deslizó fuera de su alcance, pero se tropezó con la maleta.

—Por favor, no me golpee. Sólo estaba bromeando.

Samuel empujó con su pie la espalda del enano, lanzándolo junto con la maleta a través del piso de madera. Ambos terminaron a los pies de uno de los ceniceros.

El señor Price se incorporó suavemente. Tenía un pequeño corte justo debajo de la mejilla y polvo en su cara grasienta. El pequeño hombre sonrió, a pesar del dolor.

—¡Va a pagar por esto, europeo cabrón! —estiró el cuello y escupió hacia Samuel. Falló y la escupida fue a dar al mostrador—. Debí dejarlo solo en el muelle, con todos aquellos muchachos. Así tal vez entendería lo agradecido que debería estar. ¡Estúpido!, ¡tonto estúpido! —se limpió la boca con la manga de la camisa, sacudió sus pantalones y salió pausadamente del hotel.

—Señor, si usted quisiera...

—¿Qué es lo que quiere de mí? ¿Más dinero?

El empleado bajó los ojos. Levantó una parte del mostrador para salir hacia la recepción y caminó hasta donde estaba la maleta, para levantarla.

Samuel se le adelantó.

—No necesito su ayuda.

—Por favor, señor —le imploró el empleado con suavidad, tratando de ocultar la tonta sonrisa que se dibujaba alrededor de su boca cuando estaba nervioso—. Permítame ayudarlo con su equipaje. Yo no tengo nada que ver con ese pigmeo. Está un poco enfermo, ¿no se dio cuenta? —golpeó su sien con uno de sus dedos—. La mayoría de los pasajeros de los barcos también pierden el tren. Así ha sido por años. Es necesario planear, por lo menos, una noche de estancia en Puerto Barrios. Nunca sabemos la hora exacta a la que salen los trenes.

—Pero yo le dije al señor Price que quería ir antes a la estación.

—Sí, pero ya es tarde para eso. Mejor tómelo con calma. Ya no se enoje más, eso sólo hará que las cosas empeoren para usted.

Samuel vio a George con desconfianza. Ya no sabía en quién confiar. ¿En Alfred Lewis? ¿En George?

Se sintió perdido.

El empleado parpadeó varias veces.

—Permítame darle una mano.

Samuel finalmente cedió, dejando que George tomara su maleta.

—Tiene razón. Debo tranquilizarme. ¿Dice que a lo mejor hay un tren mañana por la mañana, no es así?

El empleado sacudió la cabeza.

—Nunca se puede estar seguro —advirtió, mientras caminaban hacia la escalera—. Aquí las cosas funcionan a la manera de Barrios. Usted no puede forzar a que se hagan de otro modo. A la Compañía le encantaría cambiar esto, pero no se puede con gente que en vez de trabajar prefiere ir a pescar con un sedal. ¿Usted no trabaja para la Compañía, cierto?

—¿La compañía frutera?, para nada, señor...

—St. Lawrence. Geoffrey Quincy St. Lawrence. Mi familia es originaria de las Bahamas, pero yo nací en Punta Gorda, Honduras Británicas. Mi madre es garífuna, de Honduras. Todos mis amigos me llaman George, el nombre de mi padre.

—Un placer conocerlo, George —Samuel sintió que tal vez finalmente había conocido a un caballero.

—Igualmente —los dos hombres se estrecharon las manos calurosamente en el descanso entre los pisos y luego continuaron ascendiendo—. ¿Cómo es que usted habla inglés, señor Berkow?

—También hablo español, pero no muy bien. Estuve en Inglaterra casi dos años, durante la Gran Guerra. Y hace algún tiempo mi hermana se mudó a Mallorca, una isla en las costas españolas. Bueno, la he visitado allí algunas semanas de vez en vez. Se puede decir que soy bueno para los idiomas. Por supuesto, hablo alemán, mi lengua materna.

—Interesante —apuntó el empleado—, muy interesante.

Al final de las escaleras, giraron a la izquierda y caminaron a lo largo de un ancho corredor protegido por un mosquitero de alambre. Al final de éste,

George bajó la valija al suelo. Sacó un llavero y dijo, "éste es". Buscó una de las llaves y la metió en el cerrojo; la cerradura rechinó e hizo clic. George mantuvo la puerta abierta para dejar que Samuel entrara a la habitación.

Samuel buscó a tientas el interruptor de la luz en la pared de madera.

—No está allí. Vaya al centro del cuarto y jale la cadena.

Samuel la encontró y tiró de ella. La bombilla encendió, inundando apenas la habitación con una luz mortecina.

George puso la maleta encima de una mesa de trabajo desvencijada.

—Imagino que no desea ser molestado, ¿no es así?

—Imagina bien —rió Samuel—. Nadie vendrá a buscarme —dijo estirándose. Entonces recordó—: En realidad, el señor Lewis puede pasar a eso de las ocho.

George frunció el ceño.

—¿Sucede algo malo?

Una débil sonrisa se dibujó en los labios del empleado.

—No, en absoluto. Voy a dejar que el señor Alfred Lewis suba a su cuarto. Por cierto, su toalla está en la cama y allí hay un pichel con agua, cerca de la palangana.

—¿Y la ducha?

—Al principio del pasillo, cerca de la escalera que tomamos. Allí están también los baños. El bar y el comedor están abajo, a la izquierda. Descanse, señor.

—Tome, esto es por su ayuda —dijo Samuel, sacando algunas monedas del bolsillo de su pantalón.

—Eso no es necesario, señor, soy el empleado nocturno, no el portero.

—Por favor, insisto.

—Bien, muy agradecido —el empleado guardó las monedas y se fue.

Samuel salió detrás de él.

—¿No me va a dejar la llave?

—No. Dejé la puerta sin seguro.

—¿Y los ladrones?

—No necesita preocuparse de eso aquí.

—¿Y los otros huéspedes?

George parpadeó y luego suspiró.

—No hay otros huéspedes, excepto un viejo sacerdote que no lo molestará.

—¿Nunca tienen huéspedes?

—Seguro, muchos, especialmente cuando llega algún barco de la frutera. Pero ninguno viene hoy, ni esta semana. Pero mantendremos la cocina abierta para usted. ¿Cenará aquí esta noche? Me imagino que estará con el señor Lewis.

Samuel asintió con la cabeza.

El empleado se fue.

En la privacidad de su cuarto, Samuel finalmente se sintió a gusto. Se quitó el saco, empapado de sudor, como si fuera una segunda piel, y lo dobló sobre la silla. Se encontró a sí mismo muy ligero y ensayó un pequeño vals alrededor del cuarto.

Se acercó a la cama, una pieza de tela tensada entre dos barras laterales con un colchón de paja encima, cubierto con sábanas de lino blanco. Empujó hacia abajo con los dedos y todo se hundió hasta quedar a unos centímetros del suelo. La almohada estaba, a su vez, rellena con plumas y era un poco plana. Trató de apelmazarla un poco, pero simplemente colapsó en sus manos.

Miró hacia arriba y vio a dos moscardones persiguiéndose uno al otro alrededor del foco de treinta watts. Y cerca de la cadena de la lámpara había otra que servía para activar el ventilador del techo. Tiró de ella y las aspas crujientes empezaron a rotar, tan despacio, que imaginó que podría tocarlas sin hacerse daño.

Samuel miró al espejo, justo encima del aguamanil. Hizo una mueca, ¿era así como realmente se miraba? ¡No era de extrañar por qué Lewis se rió y el enano se había burlado de él! Parecía un hombre vacío, a punto de desvanecerse.

Si hubiera estado en Alemania, Samuel se habría duchado y afeitado, pero aquí, en Puerto Barrios, al borde de una jungla en el medio de la nada, sintió que con un leve retoque bastaría. Se lavó la cara con el agua tibia del pichel. Sacó el peine de carey de su estuche de limpieza y se peinó hacia atrás, dejando una raya en el medio. Abrió los labios y se examinó las encías: bien, no estaban sangrando. Cuando lo hacían, siempre era una señal de que estaba mal de los nervios. Llenó el único vaso con agua de la jarra. Supuso que era potable, pero tenía olor a moho.

De pronto Samuel sintió débiles las piernas. Fue hacia la cadena de la lámpara, tiró hacia abajo y se hundió en la cama.

Una corta siesta le caería bien.

Capítulo seis

Samuel estaba recostado en la cama con los brazos cruzados detrás de la cabeza, exhausto, pero no conseguía quedarse dormido. Se sentía sobrecogido. Muchas imágenes pasaban por su mente, como si fueran tarjetas postales centelleando frente a sus ojos. Peor aún, no podía enfocarse ni en un simple detalle de su existencia desde que llegó a Puerto Barrios. En cuanto lograba fijar una cara, Lewis, el señor Price o el empleado llamado George, algún otro rostro vago o un gesto las hacían estallar en su mente.

Se vio a sí mismo caminando con determinación a través de un paisaje nevado, con árboles frondosos y espesas enredaderas. Había humo y un olor terrible, como en las cercanías de una carnicería y él trataba de averiguar de qué se trataba. Vestía un uniforme café claro y un par de zapatos de vestir, y aún así, de algún modo, era capaz de caminar casi sin dificultad a través de montones de nieve. Le dolía el estómago. Decidió parar y desabotonar su camisa. Tenía toda la camiseta y el vientre cubiertos de sangre seca. Obviamente le habían disparado.

Necesitaba encontrar un hospital. Continuó caminando hasta que la nieve dio paso a pilas de chalecos antibalas y botas, ardiendo en hogueras sin combustión. De pronto escuchó la voz del mariscal de campo Marshall Dieter Rausch, ese comandante chato y sin cuello, gritando órdenes por encima del ensordecedor ruido de los morteros y de los proyectiles que despedazaban el piso. Samuel se detuvo y sintió un balazo en el hombro. A pesar de ello, continuó caminando hasta perder la conciencia y caer al suelo como un balón perforado. Instintivamente se acurrucó en un arbusto para protegerse con las zarzas del viento que golpeaba sus heridas. ¿En dónde estaba? Reconoció los bosques Hallerbos en Bélgica y pensó que sus tropas lo habían regresado al hospital de campaña en la retaguardia. Empezaba a nevar fuertemente.

Estaba medio dormido. Aunque el ruido era atronador, escuchó a uno de sus camaradas alemanes hablar ásperamente por encima de él, como si estuviera detrás de un denso vidrio. *Das ist aber schade. Berkow ist tot, ganz tot. Gehen wir jetzt! Hier kommen die Englische soldaten.* Samuel intentó protestar. "No estoy muerto, ¿no lo ven? Por favor, llévenme con ustedes", pero sus palabras se rehusaron a salir de su boca. Dejó que su cabeza, dentro del casco, cayera confortablemente en la nieve como si se posara en la más suave de las almohadas. ¿Estaría muerto? Era capaz de darse cuenta de lo que pasaba, de oír y ver, pero no podía gritar.

Nadie le hacía caso. La gente jugueteaba sobre él, hasta hablaba de él, pero no podían escucharlo. ¡Qué horror!

Entonces le sobrevino un arrullo, la luz del atardecer se debilitaba y él sintió que perdía la conciencia, tal vez para siempre. Antes de desvanecerse, sin embargo, vio a su madre sentada en una banca del parque (¿sería en el Botanischer Garten o en la entrada del zoológico Hagenbeck?) observando a un Samuel de seis años de edad que trataba de leer una placa con muchas palabras, algunas fechas y dos serpientes tragándose la una a la otra por la cola. Asustado, corrió hacia su madre, pero ella, como antes lo hicieron sus camaradas alemanes, desapareció. De nuevo, cuando estaba a punto de desmayarse, escuchó otra voz, un poco más estridente, diciendo que las serpientes eran criaturas encantadoras, sedosas y resbaladizas, de ningún modo como las tarántulas: "¡Y si quieres conocer el dolor, invita a un escorpión a dormir en tu cama! Jijiji." La voz provenía de un diminuto hombre con anillos negros alrededor del cuello.

A Samuel no le gustaba este hombre, pero nada podía hacer.

Sintió algo caminándole en el cuello. ¿Sería el mortal escorpión? Negro, esbelto, con las particularidades más finas. Ningún ser era más bello. Oh sí, la única de las criaturas de Dios capaz de matar simultáneamente a su enemigo y a sí mismo con su propio aguijón. Y Samuel había nacido a finales de octubre, lo cual debía ser subrayado...

Abrió los ojos y se sacudió a un moscardón que había aterrizado en su oreja. La habitación estaba oscura. Se volteó sobre su lado derecho en la cama. Escuchó que en el cuarto de arriba movían muebles y una voz cantaba alguna clase de oración. ¿No le dijo el empleado que el hotel estaba vacío, totalmente vacío? Ah..., sí. Olvidaba su mala suerte. Descansaba en un hotel casi desierto y tenía que estar justo debajo de un sacerdote loco.

Cesaron los ruidos, excepto por el tableteo del ventilador.

Samuel recordó parte del sueño. Después de todo, había rememorado sus experiencias de guerra miles de veces. Fue un milagro que a la mañana siguiente, después de ser herido tres veces, un regimiento británico lo encontrara vivo. Era uno de los pocos sobrevivientes de la carnicería de la tarde anterior. Pudieron dejarlo, como a una oruga café tirada en la nieve, pero algunos soldados británicos desafiaron al destino y lo llevaron detrás de sus líneas. Pensó en una muerte lenta mientras su cuerpo, casi sin vida, era arrastrado. ¿Qué podrían hacer por él y por su pulmón perforado?

Más tarde se enteraría de que varios médicos lo operaron en una tienda del ejército. A pesar de los anestésicos (sólo pudieron darle un poco de ellos), sus ojos dieron vueltas por horas y su cuerpo se retorció de dolor. Los doctores británicos remendaron su pulmón, retiraron tres balas de su cuerpo poroso y cerraron las heridas. No pudo ser movido en una semana, pero de algún modo se las arregló para sobrevivir a la cirugía. Cuando finalmente recobró la conciencia, fue transportado a Inglaterra en un buque militar, junto a otros prisioneros alemanes. Imaginó que pronto estaría caminando a la orilla del mar, en Dover, recogiendo guijarros.

Pero nunca lo hizo, porque era prisionero de guerra. Lo llevaron a Harwich, noreste de Londres, en la costa. Allí se recuperó de las heridas de bala sufridas durante aquel ataque suicida alemán.

Después de dos semanas, los buenos doctores lo mandaron a un campo de detención en las afueras de Warford en las colinas Chiltern. El aire de montaña le hizo bien y ayudó a sus pulmones a recuperarse. Había sólo unos pocos prisioneros en ese lugar y como Samuel aprendió inglés muy rápidamente, todos sospecharon que él no era un soldado comprometido. De hecho, amaba a los británicos y lo decía frecuentemente y pronto se convirtió en un ser respetuoso de las órdenes. Trabajaba en el hospital sirviendo la comida a los otros prisioneros heridos y aunque debía dormir encerrado y bajo llave, era básicamente libre. Cuando fue firmado el Tratado de Versalles, un año después, quiso permanecer en Inglaterra, pero el armisticio tenía reglas estrictas en cuanto a la repatriación. Sólo pudo obtener una carta del hospital, con indicaciones precisas, a fin de que lo llevaran a una región montañosa, tal vez en Los Alpes, para otros seis meses de tratamiento. Los doctores y las enfermeras se pusieron tristes al verlo partir.

Samuel fue embarcado, de regreso a Hamburgo, junto a quinientos prisioneros. En vez de ser recibidos como héroes, los veteranos fueron tratados como mercancías por las autoridades alemanas, al igual que cuando eran soldados. Él recibió treinta devaluados marcos de la Administración de Veteranos, zapatos de suela de madera, y sí, un traje de papel, como único pago por casi perder la vida sirviendo a su país. Los comandantes alemanes insistieron en que Samuel fuera a un sanatorio en Los Alpes, pero él tuvo que cubrir sus gastos.

Samuel cerró los ojos. Aún ahora, veintipico años después, no sabe la razón de por la cual se enlistó. Él venía de una familia acomodada y no tuvo una adolescencia particularmente desafiante. Eso sí, nunca le gustaron las quejas de su madre acerca de los coqueteos de su padre. Éste, al enterarse de sus intenciones de ir a la guerra, no intentó detenerlo, simplemente le cuestionó la lógica de todo aquello y de los usuales clichés acerca del deber y el patriotismo. No debatía su lealtad a la patria, pero, ¿qué tenían que ver con Samuel todos esos ataques y contraataques? ¿Eran acaso sus amigos del colegio quienes lo embelesaban con exageradas historias acerca de las glorias de la guerra? Su padre le decía, "Sí, yo sé, somos patriotas alemanes antes que judíos, pero, ¿qué va a probar tu muerte? Si yo fuera tú, Samuel, me quedaba en el colegio, y si te reclutan, invéntate alguna falsa excusa médica... Mejor vivir como cobarde a morir como héroe. Yo conozco al pueblo alemán. Aquí la vida es prescindible, y la vida de los judíos, bueno, tiene muy poco valor para el káiser y sus consejeros."

Fue su madre quien más se enojó por su decisión. ¿Eran tan horribles sus padres y su hermana para que él prefiriera la guerra a ellos? Consideraba impropio para el hijo de un exitoso hombre de negocios, importador de finos artículos de cuero, mercería y lencería francesa, desperdiciar su futuro a cambio de un uniforme de algodón y botas de combate. Ella se retorcía los dedos y los colocaba sobre las suaves manos con colonia de Samuel y le reclamaba el querer llenarlas de cayos y llagas. "¿Y para qué? ¿Así que quieres pasarte los días limpiando tu rifle y puliendo tus botas tres o cuatro veces por semana? Eres un hombre joven, con futuro, Samuel, ¡usa la cabeza!" Sin embargo, a pesar de sus reclamos, su madre parecía más preocupada por lo que pudieran decir sus damas amigas, la comunidad judía del té y los pasteles, que por la salud de su hijo.

Samuel quería alejarse de su casa y presentarse como recluta parecía ser la mejor forma de hacerlo. Sabía que en el ejército no podría estar "por su cuenta", pero al menos allí las voces que le darían órdenes serían de desconocidos. Estaba cansado del apartamento en Hamburgo, de las diarias peleas de sus padres y de su hermana, otra farsante, quien siempre se ponía del lado de su madre. Su padre, Phillip Berkow, era burdo, vulgar y poco serio. "Yo hago dinero, ¿cuál es el problema?" Carecía de cultura para hablar (salvo que el ir de compras se considerara cultura).

Incluso su buen amigo Achim Klingman pensaba que Samuel alardeaba, hasta que un día se presentó en el café Goldener Stern, blandiendo los papeles de reclutamiento. Desde siempre, todo aquello había sido sólo hablar por hablar, bravuconerías de compañeros de clase, quienes consideraban el servir a su propio país no sólo un deber, sino un llamado religioso. "Samuel, ¿cómo pudiste hacer algo tan tonto? El ejército está lleno de vándalos borrachos; no es un lugar para judíos. Si tu madre estaba volviéndote loco, pudiste mudarte conmigo." Tal vez Klingman tenía razón, bueno, de cierta manera, pero su única reacción fue encogerse de hombros. Si lo hubieran obligado a dar razones de su conducta, podría haber argumentado el estar aburrido del colegio, sospechar que su vida no iba a ningún lado, no tener interés en ir a la universidad o el ser muy joven para empezar a trabajar en la tienda de su padre.

Quizás sólo buscaba la aventura. "El hombre no es un nabo", filosofaba, "¿por qué debo quedarme enraizado en un solo lugar?" Su destino debía ser como el de una pieza de madera, a la deriva en el océano, descansando en arrecifes e islas, hasta encontrar por fin tierra firme...

En lugar de ser arrastrado por sus padres y sus expectativas contrarias a las de él, o por los atardeceres de pláticas sin ton ni son, prefirió levar anclas e irse por su cuenta. Samuel respetaba a su padre porque era lo que él nunca podría ser. Su papá, siempre extrovertido, era un hombre jovial, quien reunía amigos en torno suyo como un pájaro recolecta ramitas. Es cierto, manejaba la más fina ropa importada en Hamburgo, lo que complacía a su madre, pero nunca pudo cambiar su bufonesca forma de ser. Phillip conocía muy bien la diferencia entre la seda y el algodón, entre la gamuza y el cuero de caballo, aunque no consideraba ese conocimiento un valor social, sino una exigencia del negocio. De hecho, la alta sociedad no podía importarle menos. Eso sí, su posición económica le daba la oportunidad de ser su propio jefe y, naturalmente, de coquetear con las señoras casadas, quienes venían a su tienda a comprar finos accesorios.

Su padre se rehusaba a asumir su legítimo lugar en la alta sociedad de Hamburgo. Prefería que los conductores de coches, los obreros, los repartidores de hielo, los vendedores de carbón e incluso los barrenderos lo llamaran por su nombre de pila. ¿Acaso no ofendía a la alta sociedad al sentarse siempre al lado del conductor cuando rentaba un carruaje de un solo caballo? ¿No era escandaloso saludar de igual forma a los grandes dignatarios que a los borrachos? ¿No fue cierto que se negó a volver desde la taberna de la esquina para saludar al alcalde de Hamburgo cuando éste llegó a curiosear por la tienda?

La madre de Samuel nunca lo perdonó por ello, por no ser más propio, más digno. La incapacidad de Phillip de discernir la diferencia entre las personas verdaderamente notables y la clase baja, casi la volvía loca.

Samuel, a su vez, podía perdonar el esnobismo de su madre, el aire de nobleza antigua que le encantaba ostentar, el cual no tenía nada que ver con sus orígenes, pues había nacido en un pequeño pueblo cerca de Cracovia. Podía perdonar, también, sus frecuentes desplantes cuando menospreciaba a la gente, vendedores y empleados, a quienes consideraba por debajo de su condición; pero nunca le perdonó la forma en la que trataba a su padre, como si él tampoco fuera digno de su respeto. Ella, a fuerza de constantes reclamos y acusaciones, los cuales Phillip muy pocas veces respondía y casi siempre esquivaba, logró reducir su vida matrimonial a un mal teatro, del cual, Samuel fue forzado a ser testigo.

En cierto momento su padre ya sólo comía en casa una vez por semana y Samuel se percató de sus eventuales coqueteos con las cajeras y dependientes de las panaderías y las perfumerías. Él no se hacía ilusiones acerca de la vida matrimonial de sus papás; admitía fácilmente, por ejemplo, que el amor se había esfumado de su relación, si alguna vez existió. Consideraba ese matrimonio el fruto de la conveniencia, el hábito o, tal vez, hasta de la intromisión de la familia, pero le irritaba atestiguar las peleas diarias. Como un adolescente, deseaba el fin de las discusiones, al menos por su bien, que sus padres entendieran y aceptaran sus diferentes nociones de civilidad y etiqueta y que pactaran una tregua viable.

¿Era mucho pedir un poco de paz en el hogar?

Sí, sí, sí. En verdad, las disputas en su casa facilitaron su partida y, por supuesto, había una guerra que pelear. Así que estúpidamente se enlistó y, como todos los soldados rasos alemanes, sufrió las ofensas y el sadismo de los oficiales superiores. Los degradaban, forzándolos a marchar en círculos bajo un frío amargo, sólo para probar su resolución. Sacaban a las gallinas de sus gallineros y a los cerdos de sus porquerizas con el único propósito de ver a los soldados hundir sus botas en el lodo y la inmundicia para tratar de recuperarlos.

Después de seis meses en Los Alpes, con las cicatrices de sus pulmones curadas, Samuel encontró imposible regresar a vivir en el apartamento de sus padres, en la calle Luterotstrasse. Alquiló un piso en el área de Reeperbahn. Era un departamento enorme, aunque insoportablemente ruidoso, porque estaba en el barrio rojo, lleno de borrachos, marineros, padrotes y prostitutas. Con ello, pensó, su padre lo dejaría en paz y su madre, asustada por el vecindario, se rehusaría a visitarlo.

Pero ella insistió en que viniera a cenar cada lunes y viernes. Samuel era un veterano, un ex prisionero de guerra con sólo veintidós años de edad. Cuando su padre le mencionó su intención de abrir una tienda en Berlín y que necesitaba a alguien digno de confianza para administrarla, él se ofreció.

Y fue entonces cuando conoció a Lena. Después del fiasco con ella, sus movimientos pudieron leerse como en uno de esos folletos de viajes: Berna, Ginebra, de vuelta a Hamburgo, Amsterdam, brevemente París y una vez más de regreso en Hamburgo. Después se mudó a Berlín y se quedó allí hasta la *Kristallnacht*, la Noche de los Cristales Rotos, en 1938. La tienda de Berlín fue incendiada y saqueada y él regresó a Hamburgo.

Samuel se rascó el cuero cabelludo y suspiró. Estaba exhausto de tanto remover las hojas muertas del pasado. El estúpido sueño de ir a la guerra y ver el mundo lo comenzó todo: la idea de un ambiente nuevo para, de algún modo, revelarle cómo debería conducir su vida. Pero, a pesar de lo miserable que pudiera ser Europa, ahora estaba fuera de su alcance. Sí, el pasado había estado lleno de obstáculos y callejones sin salida, pero allí, al menos, la diferencia entre los amigos y los enemigos, los que ayudaban y los que destruían, era clara.

En Puerto Barrios, estaba perdido en un remolino de confusión. Samuel cerró sus ojos y trató de olvidar.

CAPÍTULO SIETE

Un poco después de las ocho, Samuel escuchó una rápida serie de toquidos en su puerta.

—¿Berkow, está allí? ¿Qué diablos pasa con usted?

Samuel luchó consigo mismo. Bajó las piernas al suelo, se sentó en el borde de la cama y se restregó los ojos; sus labios estaban secos y pegajosos.

—¿Quién es? —indagó.

—Alfred Lewis, ¡maldita sea! ¡He estado tocando su puerta desde hace cinco minutos!

—Lo siento, debí quedarme dormido.

—Bien, por qué no me busca abajo, en el bar, una vez que esté listo.

—De acuerdo —respondió Samuel. Escuchó el sonido de los pasos de Lewis mientras se alejaba por el corredor.

Le dolían el pecho y los hombros, sentía las piernas débiles, inestables, como si estuvieran a punto de ceder. Tiró de la cadena y hasta la tenue luz de la bombilla pareció lastimar sus ojos. No podía poner en marcha su mente, como si estuviera bajo los efectos de alguna droga para dormir.

Se mojó con agua caliente la cara, en el balde, pero no logró refrescarse. Estiró su ropa con las manos lo mejor que pudo y salió del cuarto. No tuvo más remedio que dejar la puerta sin llave.

Algunas polillas circulaban alrededor de las lámparas del corredor, como si estuvieran cansadas de batir unas alas gigantescas. Era una noche calurosa y Samuel no pudo escapar del sentimiento de tristeza instalado en su corazón. ¿Tristeza, melancolía o simplemente hambre? Sólo había comido unas cuantas galletas desde el almuerzo. Tal vez una buena copa de vino y algunas papas asadas podrían despertar su apetito, aunque de seguro esos alimentos no los ofrecían en el comedor. Sin embargo, necesitaba alimentarse, sin importar lo mal que supiera la comida.

Un aguardiente le caería bien.

En el descanso de la escalera, Samuel se encontró con un hombre alto, con la cara bastante demacrada. Vestía una sotana negra que le llegaba hasta el suelo. Mechones de pelo blanco le brotaban, como hierba mala, en los surcos de la cara. Iba hacia arriba, pero no parecía tener prisa.

—Otra noche caliente —dijo el hombre, en español—. Como dormir sobre carbones.

—Sí, yo apenas puedo respirar —respondió Samuel, dándose cuenta de que los ojos del extraño estaban muy rojos.

Tenía una cadena de plata sin pulir alrededor del cuello, la cual sostenía una cruz de hierro de ocho centímetros. Así que éste era el sacerdote que vivía en la habitación sobre la suya.

—Se podría pensar que es más fresco dormir a diez metros por encima del suelo, pero, ¿cuál es la ventaja de tener un cuarto que da a la bahía si es igual de caluroso a los que dan a la selva? ¿Cómo está su cuarto?

Samuel se encogió de hombros.

—El ventilador apenas ayuda a la circulación... Padre.

—Él me llamó *Padre*.

El hombre sonrió y estrechó su cruz.

—La fe de los no iniciados, de seguro. Yo fui un hombre de Dios y todavía lo soy, de cierta manera, pero ya no un sacerdote. Es una historia bastante larga. Padre Cabezón, a su servicio, en camino a Delfos. ¿Le gustaría tomar un trago en mi habitación?

—En otra oportunidad, tal vez, Padre Cabezón. Tengo un compromiso previo.

—¡Qué hombre más formal! Y muy extraño. Nunca había escuchado que alguien tuviera un compromiso previo en Puerto Barrios —sonrió de nuevo, mostrando unos dientes largos y amarillos, que descansaban sobre encías inflamadas y rojas. Examinó a Samuel—. Obviamente, *sie sprechen Deutsch. Ich spreche nur ein bisschen.* Debemos reunirnos alguna noche para platicar.

Samuel se frotó la parte de atrás del cuello.

—Me marcho mañana en el primer tren.

—¡Es una lástima! Me hubiera gustado discutir la situación de Europa con usted, tal vez darle algunas ideas acerca de Puerto Barrios. Tiene sus encantos, pero principalmente del tipo satánico. No es fácil salir de aquí, debo advertirle. Siempre hay algo que nos detiene. Ese es el caso conmigo.

—Oh, yo me marcho mañana. Eso es un hecho, tan seguro como que el sol se levanta al amanecer.

El sacerdote asintió ligeramente.

—Sí, siempre se levanta, aunque usted no pueda verlo. Aquí tenemos un tema de discusión: ¿cómo estar seguro de que algo sucederá, cuando ni siquiera se es capaz de verlo? Los líderes religiosos han meditado detenidamente esta pregunta —al percatarse de que Samuel se impacientaba, añadió—: Ahora corra a su cita. A propósito, ¿en qué habitación está?

Samuel pasó junto a él.

—Al final de este pasillo.

—¡Debajo de mi cuarto! Qué coincidencia. Ojalá mis cánticos no lo hayan molestado. El deseo de rezar me consume en algunos momentos. Deberé ser un poco más considerado —antes de que Samuel pudiera contestarle, el hombre continuó escaleras arriba ascendiendo dos peldaños a la vez, sosteniendo su sotana con las manos.

Al llegar a la planta baja, Samuel dobló a la izquierda y se dirigió al bar, el cual consistía en un largo mostrador de cedro frente a una media docena de bancos y un par de mesas enfrente. Un ventilador somnoliento, como el que Samuel tenía en la habitación, murmuraba en el techo. Había unas tres personas allí. Lewis, cerca de la recepción, y otros dos, morenos, al otro extremo de la barra. El camarero estaba en la parte más retirada, atendiendo a alguien al que él no podía ver.

Samuel aclaró la garganta al entrar.

Lewis volteó.

—¡Berky! —gritó, palmeando el taburete cerca de él—. Venga para acá y ponga a descansar sus pies.

Samuel se acercó y miró de reojo a los otros hombres, encorvados frente a sus tragos. Uno de ellos era el empleado George, quien lo observó con la mirada perdida y después regresó la vista a su trago.

—Entonces, ¿qué opina de nuestro escaparate tropical, eh?

Samuel se sentó en un banco. Lewis tomaba bourbon directo de la botella y agitaba con fuerza un puro de marca. Su cuerpo olía a avena agria.

—No entiendo a qué se refiere con escaparate tropical.

—Bueno, Berky, no nos enredemos en tecnicismos, en asuntos de semántica. Llámelo escaparate, almacén, burdel, fosa séptica, letrina, el más grande pedazo de mierda que haya visto, pocilga, montón de caca. ¡Dígale como quiera, mi amigo, pero nunca considere a este agujero de mierda su hogar!

Samuel bajó la vista hacia la barra. George se encontró con su mirada, sacudió la cabeza y miró hacia abajo. Era obvio que Lewis había estado bebiendo un largo rato.

—¿Pasa algo malo, señor Lewis? —susurró Samuel.

—¿Malo, Berky? ¿Qué puede andar mal? O tal vez usted ve las cosas de diferente manera. Sí. ¿Flores hermosas sobre las mesas, finos manteles de lino, mujerzuelas sirviendo tragos? ¿Bonitas flores, eh? ¡Y la maravillosa música de fiesta!, ¿es eso? —Lewis apestaba a alcohol.

—Tal vez está cansado —dijo Samuel.

—¡Por supuesto que estoy cansado! De entrar y salir de este hoyo de mierda más años de los que puedo recordar. Eso sí, cada vez que regreso encuentro cantinas más despreciables, más rezago y el mismo puerto lleno de vagabundos y de las putas más feas que se puedan ver. No hay un solo pedacito de césped en este pueblo irritante. Necesito dejar de regresar aquí, Berkow, y mudarme a un lugar más civilizado. ¡Willie, traele a este hombre una copa, rápido!

El camarero tomó un vaso de debajo de la barra y lo acercó a donde Samuel y Lewis estaban sentados. Algo se acurrucaba, envuelto en una toalla blanca, en su brazo derecho. Volteó el vaso y sirvió un trago a Samuel de la botella de Lewis.

—¡Que sea doble! ¡Triple! ¡Eso! Los alemanes saben tomar —arrebató la botella al camarero y la sostuvo él mismo—. Arriba, abajo, al centro y pa' dentro.

Samuel tomó un sorbo e hizo una mueca debido al sabor, pero se bebió el licor de dos tragos.

—¡Eso!, ¡eso! ¡Ahora sí tenemos un hombre aquí! —exclamó Lewis, mirando a izquierda y derecha del bar—. ¡Sirvámosle otra vez! —sirvió más bourbon, derramando la mitad en la barra.

Samuel sonrió con dificultad. El trago lo había mareado un poco. De pronto la toalla que llevaba el camarero se movió y una criatura asomó su cabeza cornuda. Samuel saltó hacia atrás.

—¿Qué es eso?

Lewis siguió tomando y miró hacia la criatura.

—No se asuste Berky. Es lo que los nativos aquí consideran sus "perritos". Tóquela.

—Preferiría no hacerlo.

Lewis se incorporó para tomar al animal y el banco casi se cayó debajo de él.

—Es sólo una iguana, por el amor de Dios. Un lagarto grande que estos salvajes domestican para tenerlos de mascotas, y hasta se cogen, según sé. Ven con papá —dijo, tratando de separar a la iguana de la toalla.

El animal, desesperadamente, estiró sus piernas, erizando su membrana dorsal y tratando de escapar del apretón de Lewis. Tenía una piel café rugosa y una cola que había sido cortada. Sus ojos eran verdes.

—¡Déjela ir, hombre! —gritó el camarero, tirándola de regreso. La iguana abrió sus mandíbulas y emitió un extraño quejido.

—¡No la voy a lastimar, simio!

El camarero acurrucó a la iguana entre sus brazos como a un bebé, haciéndole cosquillas en la garganta con sus anchos dedos. La iguana arqueó la espalda con placer y movió de arriba hacia abajo su pequeña cabeza. Hasta parecía ronronear.

—¡Alejá a tu maldito animal de mí! —dijo Lewis. Su brazo inadvertidamente golpeó la botella. Ésta rodó por la barra y derramó bourbon sobre George y su acompañante, hasta caer y explotar en el suelo del bar—. De todos modos ya me había hartado. Estoy harto de este hotel que es sólo una pobre excusa para poner un bar. ¡Y estoy harto de todos ustedes!

—Nadie lo obliga a estar aquí —respondió el camarero.

—Coman mierda, entonces.

George se acercó a Lewis.

—Pienso que es hora de que se vaya a la cama.

—¿Me estás echando, Jorgito Puerquito? —gruñó Lewis—. Ni siquiera he cenado aún.

—Por favor, señor Lewis...

—Cállese, Berkow. Esto no le concierne. Estoy en una conversación privada con estos medio salvajes —volteó hacia donde estaba George y añadió—: ¿Quién creés que es el dueño de este hotel o de este miserable pueblo? Es más, ¿quién creés que es tu dueño?

—Yo no tengo dueño. Usted no debería tocar lo que no le pertenece, como dijo Willie.

—¡Shhhhhhhhh!

—Nosotros no somos alfombras para que nos pase por encima.

—¿De verdad?

George movió la cabeza.

—Usted está borracho, señor Lewis. Váyase a su casa.

Lewis se levantó del banco y acercó su cara a una pulgada de la de George.

—Podría hacerte arrestar por decir eso. ¡Podría sacarte de aquí y mandarte a cortar bananos por el resto de tu vida, hasta que te pudrás como la escoria que sos!

George le dio una bofetada. Lewis cayó en el banco y se tambaleó. El amigo de George corrió a abrazarlo y lo mantuvo así para evitar que cayera al suelo.

—¡Soltame, negro idiota, hijo de puta! —gritó Lewis, tratando de agarrar al hombre que lo sostenía.

George envolvió la cabeza de Lewis con sus brazos y empezó a llevarlo fuera del bar, mientras su amigo aún lo sostenía.

—¡Van a pagar por esto, zombis desgraciados! —Lewis trataba de enganchar sus piernas alrededor de las de George, como un cangrejo ciego—. Voy a hacer que los ejecuten a los dos —miró hacia Samuel, quien parecía estar paralizado a consecuencia de lo que sucedía—. A usted también, Berkow. Usted no sabe quién manda en este pueblo, estúpido judío de mierda.

Samuel miró a Lewis. La frase "judío de mierda" dio vueltas en su garganta, como una pieza de metal perdida.

—Rrrrahhhrr...

Lewis hizo un desesperado esfuerzo con su mano libre para alcanzar el bolsillo de su pantalón. George sintió el movimiento, agarró su mano y la golpeó fuertemente contra su rodilla izquierda. La mano de Lewis quedó inerte. Una pequeña pistola cayó al suelo y se disparó. La bala rebotó en el ventilador y perforó el delgado techo.

—¡Simios miserables!

George apretó más a Lewis entre sus brazos.

—Debería romperle el cuello. Nadie en este mundo lo extrañaría.

—No te atreverías. Te cortarían la cabeza en un segundo —susurró apenas el norteamericano.

George lo miró encolerizado; cerró el puño, a punto de golpear a Lewis en el rostro. Pero vaciló, y su mano quedó flotando en el aire, como si de pronto se hubiera percatado de la veracidad de la amenaza. Soltó a Lewis, dejando que cayera al suelo. Recogió la pistola y quitó las dos últimas balas del pequeño cartucho. Puso las municiones en el bolsillo de su camisa y lanzó el arma detrás de la barra.

—Puede recogerla mañana, señor Lewis, cuando esté sobrio.

Lewis, a gatas, se arrastró hasta encontrar una silla. Se aferró a ella, alzó medio cuerpo y se sentó. Señaló con el dedo alrededor del bar.

—Se van a arrepentir por esto —se puso de pie y sacudió el polvo de sus pantalones caqui—. Soy una persona importante en este pueblo, lo saben. Se van a arrepentir de haberme tocado.

Sin decir otra palabra, Lewis se las arregló para encontrar la salida del hotel.

George caminó despacio de vuelta al bar, sacó las balas de su bolsillo, rió, y luego las arrojó a través de la habitación.

Samuel estaba sorprendido y molesto. En el carguero, Lewis ciertamente había mostrado sus inclinaciones, pero él esperaba que fuera un poco más discreto y mesurado en compañía de aquellos a quienes tan cáusticamente reprendía. Aquí, en este bar, simplemente se extravió. Tampoco podía entender cómo este hombre, quien hasta ese momento le parecía cariñoso y deferente, era capaz de semejante comportamiento con los otros. Samuel sabía que no podía confiar en Lewis por ser inestable, pero al menos pensaba que era una persona capaz de preocuparse por él.

Recogió el banco y lo llevó hasta donde George estaba sentado. Observó al camarero poner moras en la boca de la iguana, las que el animal engullía enteras. Ninguno parecía tener ganas de conversar, pero Samuel sentía la necesidad de desembarazarse del norteamericano.

—El señor Lewis no debería beber tanto.

George miró hacia arriba.

—Esa es su rutina. Está calmado durante días, hasta que empieza a enloquecer y enloquecer como las nubes de una tormenta. Le sucede a menudo. Esta noche, en fin, vino después de que usted se registró. Empezó a tomar y a hacer extrañas muecas y a hablar a gritos.

—Estaba enloquecido, hombre —añadió el camarero.

—Pero, ¿por qué? No entiendo.

—Mire, señor Berkow. Como le dije, le ha pasado antes, sólo que esta vez fue un poco peor. Yo ya estaba en Barrios cuando vino por primera vez, ¿sabe? De hecho, yo cargué sus maletas desde el barco. En ese entonces usted podía hablar con él, y escuchaba.

—Era todo oídos —dijo el camarero—. Siempre haciendo preguntas.

George asintió.

—A uno detrás de otro. Era amigable y ansioso, probablemente porque los grandes jefes de la Frutera, Dexter y Hoolihan, no le prestaban atención. Lo consideraban una peste, siempre queriendo ser parte de ellos. Cuando la compañía anunció que mudaba sus oficinas, tierra adentro, a Bananera, Lewis empezó a empacar todos sus archivos.

Pero le dijeron que él no se mudaría. Se quedaba a cargo de las operaciones aquí.

—Lo cortaron, George. Eso digo yo.

—Podría decirse que así fue. En Bananera ellos tienen esas grandes mansiones con piscina y, bueno, aquí sólo hay almacenes y barcos. Poco a poco Lewis empezó a volverse malvado y desagradable. La bebida no parecía ayudarlo. Al principio trataba de contenerse, pero pronto empezó a amenazar y a quejarse, algunas veces sin razón. Escupía y gritaba a todos, como si nadie le escuchara y como si este maldito pueblo le perteneciera. Después vino la huelga de los trabajadores del muelle y le pidieron que la detuviera. Lewis le pagó a algunos soldados. Hubo obreros asesinados. Un feo asunto. Y, bueno, no volvió a ser el mismo después de eso —George señaló su vaso—. Servime otra copa, Willie.

El camarero sirvió.

—Pero esa no es excusa —argumentó Samuel—. Él dijo cosas muy vulgares.

George tomó su trago e hizo una mueca.

—No se preocupe por eso. Mañana estará sano. Y si recuerda lo que pasó, vendrá sin falta a disculparse. Y si no, es como si nada hubiera sucedido.

—Amnesia —dijo Willie, golpeándose la sien.

George miró con atención a Samuel.

—Escúcheme. Le voy a dar un consejo como amigo, si puede considerarme como tal. Lárguese de Puerto Barrios lo más pronto que pueda. Créame, éste no es un buen lugar para usted. He visto a muchas personas venir a este pueblo moviendo la cola y, después de un mes, están caídos de bruces, sobre sus rostros. Le pasó a Lewis. Le pasó al Padre Cabezón.

—Pobre hombre —añadió Willie, golpeando de nuevo su sien.

—Lo conocí en las escaleras.

—Un ser extraño —dijo George.

—Bueno, no pude entender lo que me decía. Y lo intenté.

—El padre llegó mucho antes que yo. Tenía una pequeña congregación. Willie, vos estabas aquí. Contale.

El camarero se agachó y puso a la iguana en una jaula de alambre, en el piso. Se sirvió un vaso de ron.

—El Padre Cabezón vino de Quetzaltenango, una ciudad grande del altiplano de Guatemala, a ser el director de la escuela Santa Elena. Eso fue en la época en la que parecía que Puerto Barrios iba a convertirse en un pueblo decente. Cuando la Compañía mudó sus oficinas a Bananera, las cosas se vinieron abajo. Cabezón era un cura responsable cuando llegó, un buen director, pero luego empezó a beber y a descuidar la escuela. El calor lo afectó y entonces algunos padres de familia dijeron que visitaba burdeles. Durante días no se asomaba por ahí. Era un colegio muy pequeño, con tres o cuatro salones. Las monjas estaban felices de administrarlo por su cuenta. Aun así hubo quejas, pero la Iglesia no hizo nada. ¿Qué les importaba lo que sucediera en Puerto Barrios, a miles de kilómetros de la civilización? Pero entonces el sacerdote fue arrestado. Lo acusaron de vender cajas de ron clandestino a oficiales del ejército en

Zacapa y Cobán. Probablemente insultó a alguien en un prostíbulo y se quisieron vengar de él. Hubo un gran escándalo y el arzobispo de la Ciudad de Guatemala intervino. El Padre Cabezón fue obligado a dejar la escuela...

—¿Fue privado del ministerio? —preguntó Samuel.

—No lo sé. Sólo supe que se alejó de su escuela y de su iglesia. Pero, seguro, no de su dinero. Los últimos cinco años ha estado viviendo en este hotel. Algunas veces lo he escuchado rezando Aves Marías y Padres Nuestros en la mitad de la noche. Otras veces se oye como si saltara a través del cuarto en un pie. Bailando, tal vez. Un olor extraño sale de allí. ¡Puede hacer sonar sus maracas por horas!

—Además está lo de las candelas —sonrió George—. Una vez a la semana, los jueves, tenemos un mercado al aire libre en la concha acústica. Los indios vienen de todo el país a vender mercancías para la gente de Puerto Barrios y de Livingston. El viejo Cabezón pone allí su pequeño puesto de velas trucadas, de esas que se encienden de nuevo cuando usted las apaga. Algunos indios, los lacandones, que viven en lo profundo de la selva, dicen que Cabezón es el hijo de Kinich Ahau, el dios maya del sol. Hacen peregrinaciones sólo para comprar sus candelas y recibir sus bendiciones. Tal vez por eso puede pagar el hotel y gastar dinero con las prostitutas del bar Delfos.

—¡Ah, eso prueba que no es más un sacerdote! —dijo Samuel. Se sentía extrañamente aliviado por la conversación, como si ésta le proporcionara un poco de respiro a sus oscuros y recurrentes pensamientos.

—El hombre está loco. ¿Llevaba una sotana cuando lo vio?

—Sí, la llevaba. Una negra.

—Bueno, cura o no cura, la Iglesia lo deja en paz porque no quieren meterse en problemas con los indios que lo consideran un dios. De cierta forma, eso probablemente los beneficia. Al fin y al cabo, todo el asunto es inofensivo.

Se escuchó un rayo y las luces del hotel parpadearon.

—Pienso que es mejor decir buenas noches. Váyase a la cama ahora, señor Berkow, y procure dormir bien.

Samuel, sintiendo que su compañía ya había cansado, se bajó de su banco y dejó intacto en la barra el whiskey que Willie le había servido, a pesar del ardor en la garganta.

—Tiene razón. Tengo un largo día mañana. Voy a tomar el tren a la Ciudad de Guatemala.

—Bien por usted —dijo George.

—Buenas noches George, Willie y, ah...

—Su nombre es Kingston, pero no espere que le conteste. Él era uno de los estibadores del muelle que se pusieron en huelga. Algún soldado le golpeó la garganta.

El hombre miró hacia arriba y sonrió con dificultad. Samuel se percató de dos cicatrices abultadas en su cuello.

Samuel asintió y se marchó. La bilis le subía por el esófago.

Al caminar hacia la salida, escuchó un chillido estridente e inhumano detrás de él, como si hubieran cortado el cuello a un animal. Se demoró un segundo al pie de las escaleras, escuchó un segundo chillido salvaje, se cubrió la boca y se fue a su habitación subiendo dos escalones a la vez.

Capítulo ocho

Samuel cerró la puerta, se quitó los zapatos y se desplomó en la cama. No serían más de las nueve, pero estaba abrumado por la fatiga y sentía la necesidad de dormir y olvidar. A Lewis, al enano, al cura, a la iguana... Había sido demasiado para él. En verdad imaginó cosas muy diferentes cuando el *Chicacao* entraba en la bahía de Amatique.

Puerto Barrios le recordaba lo que sintió después de enrolarse en el ejército. Una dosis de grotesca realidad, pero la cruda realidad, ni más ni menos.

Escuchó un estallido que le sacudió el estupor. Fue hasta la puerta y la abrió. Más allá de los mosquiteros del corredor, los relámpagos resplandecían en el cielo como espadas chocando en una batalla. De pronto el viento sopló, arrastrando hojas y ramas, abombando la tela metálica. Empezó una furiosa lluvia, remolineando y cayendo desde muchas direcciones.

Samuel se acercó a la malla y contuvo la respiración. El viento dejó de soplar abruptamente, se fue, y sólo quedaron suaves ráfagas que apenas golpeaban los mosquiteros. Algo que parecía el grito de un cerdo salvaje se escuchó detrás del hotel. Las ranas, en lo alto de los árboles, producían rápidos chasquidos metálicos.

No hubo ninguna tormenta, excepto, tal vez, en su imaginación. ¿Qué sucedía con él? Se vio sentado en el antecomedor de su casa, en compañía de sus padres muertos, y después, viajando con Lena a un fin de semana de esquí. Volvió a aguzar el oído. Nada. Sacudió la cabeza, caminó de vuelta al cuarto y se sentó en la silla de mimbre del escritorio, confundido.

Este nuevo mundo jugaba con su mente, estaba seguro. Heinrich lo había descrito de forma tan distinta cuando le escribió al tío Jacob. Samuel recordaba ciertas imágenes y observaciones en sus cartas:

"No te imaginas lo fértil que es la tierra. Basta esparcir semillas en el suelo naranja-café y en unos cuantos días los brotes empiezan a salir. Sólo tienes que extender los brazos para arrancar ciruelas de los árboles en las avenidas. Es otro Jardín del Edén. Por veinticinco centavos puedes comprar un ciento de naranjas. Existe una fruta verde llamada aguacate, que es cremosa y suave (tres por un centavo) y sabe delicioso, con jugo de limón, sal y orégano. Hay montañas púrpura. Pájaros que hablan. Las flores silvestres brotan en cualquier parte. Mangos de muchas clases. Una fruta llamada papaya que crece tanto como un metro de largo, pesa alrededor de tres kilos y sabe muy bien con un toque de lima.

"Y el clima, Padre, especialmente en el campo... El aire pasa a través de tu cuerpo como si fueras un colador. ¡Me estoy volviendo un poeta! No hay nubes en el cielo durante seis meses. Cada día te despiertas con una luz deslumbrante. No hay nieve ni ventiscas. Los guías turísticos lo llaman el país de la eterna primavera, y lo es. Tu mal humor está siempre de vacaciones.

"La Ciudad de Guatemala es ideal. Estructuras coloniales en buen estado y edificios modernos que crecen día a día. Calles empedradas han reemplazado a los caminos de tierra. Hay cines y restaurantes en la Sexta Avenida y cada mes se inauguran cabarets de lujo, que podrían rivalizar con los de Hamburgo.

"El presidente Ubico es un admirador de Mussolini y hasta se viste como él, con un uniforme similar y botas altas. No es Hitler, pero es indudable su devoción por el orden: no hay mendigos ni prostitución. La ciudad es tan limpia que puedes comer sobre las calles.

"El sueño de un hombre de negocios. Electrodomésticos, telas, conservas de Norteamérica. Puedes importar y exportar cualquier cosa y retirarte confortablemente en unos veinte años. Por cinco quetzales al mes contratas a una empleada doméstica para que limpie y cocine para ti los siete días de la semana. Tres periódicos diarios. Revistas alemanas importadas. Aquí la vida es el progreso. Un judío de Frankfurt ha empezado a importar arenque en escabeche y espadines, sabores formidables. Estoy tan feliz de haber decidido venir aquí. Mi único temor es que Guatemala sea invadida un día por judíos polacos, como lo fue nuestra bella Berlín, alimentando el antisemitismo, con todos esos sacos negros, las barbas y los rizos laterales, despertando el resentimiento en la clase trabajadora alemana. Pero por el momento son sólo mis temores..."

¿Habrán sido precisamente estas las palabras de su primo?

¿Por qué Heinrich nunca dijo nada acerca de Puerto Barrios cuando escribió a su padre para asegurarle que él era bienvenido a unírsele en Guatemala? Seguro su primo pasó sin parar en el puerto en su viaje a la capital. ¿No sintió el calor o vio la inmundicia?, ¿no fue víctima de los estafadores tratando de timarlo, de los niños desharrapados? Justo detrás del hotel, ahora mismo, de seguro hay montones de mendigos, timadores y ladrones, armados hasta los dientes.

Samuel abrió su valija. Hasta arriba estaba su pijama de seda. Se la puso y se recostó en la cama, la cual ya era un enredo de sábanas.

¿Por qué Heinrich no le advirtió, por lo menos? Sí, sí, él le había dicho, "no esperes mucha ayuda de mi parte". Comentario que avergonzó a su tío Jacob, pero Samuel ya sabía qué esperar de su primo. Los únicos hombres en la familia Berkow, de niños eran inseparables, vivían casi unidos, las dos caras de una misma moneda, lanzándose a aventuras comunes. Eran los dos rieles de una vía, doblando, descendiendo y girando juntos, pero siempre con el mismo espacio entre ellos.

Existían celos entre el tío Jacob y su hermano Phillip debido a que el padre de Samuel era mucho más rico. Heinrich, a su vez, sentía su libertad restringida por su madre Gertie y por sus tres hermanas. Samuel era consciente de los sentimientos de su primo y trataba de ser el mejor amigo posible, en especial, después de que Gertie murió de cáncer. Le prestaba dinero, lo invitaba cuando iban a remar o al cine y después a comer un postre en algún café de San Pauli. ¿Pero qué otra cosa podía hacer? ¿Cambiar de lugar con él?

Cuando Samuel se enroló en el ejército, Heinrich se quedó en el colegio a concluir sus estudios en contabilidad y administración. Si antes de la guerra su amistad había empezado a decaer, después, ciertamente, ya quedaba muy poco de ella. Durante las visitas de Samuel a la casa de su tío Jacob, sus pequeñas primas se sentaban en sus piernas, lo acosaban con preguntas acerca del campo de batalla y no dejaban de rogarle que les permitiera ver sus heridas hasta que él aceptaba mostrárselas con un poco de vergüenza. Para ese entonces, Heinrich ya había huido escaleras arriba poniendo de excusa algo qué hacer, por ejemplo, terminar de estudiar para un examen. A las hermanas, francamente, no les importaba. Consideraban a su propio hermano un ser insoportable y ególatra...

Después de la Gran Guerra, cuando la economía alemana estaba en ruinas, Heinrich trabajó con su padre en la tienda de lámparas. Luego, en cuanto pudo, inició su propio negocio de importación exportación, a pesar de haber podido fácilmente ingresar a la firma de su tío Phillip. La relación entre Jacob y su hijo se tensó. No entendía por qué Heinrich deseaba competir con su tío por los mismos clientes. Extrañamente, a Phillip no le preocupaba la competencia. Cuanto más, mejor. Samuel defendía a su primo y decía que Heinrich necesitaba construir un destino propio.

—Igual que cuando me enlisté en el ejército, ahora Heinrich quiere establecerse por su cuenta.

Samuel nunca le dijo al tío que su hijo lo detestaba por su falta de iniciativa y él siempre sostuvo relaciones cordiales para mantener la paz en la familia. En 1930, Heinrich, a la edad de treinta y dos años, se había convertido en un hombre rico en Alemania. Pero entonces algo sucedió. Fue acusado por un asesor municipal en Hamburgo de evadir el pago de impuestos de varios cargamentos de cinturones y sombrillas provenientes de Londres. Heinrich rechazó los cargos, aunque se rehusó a impugnarlos. El antisemitismo empezaba y no estaba claro si había cometido un delito o si algún desalmado trataba de chantajearlo para apropiarse de su mercado. Simplemente vendió lo que quedaba del negocio y se embarcó hacia Guatemala en 1931.

El padre de Samuel murió de un ataque cardíaco en 1936. Jacob vendió la tienda de lámparas y se hizo cargo del negocio del hermano, el cual ya estaba en problemas. Consignas antisemitas fueron pintadas en las paredes de la tienda de Hamburgo y las ventanas destrozadas. El tío Jacob dijo a Samuel que era tiempo de marcharse de allí. Justo después, un grupo de nazis se presentó a la tienda, acusándolo falsamente de vender guantes de cuero de venado y anunciarlos como de piel de becerro legítima. Ya era un hombre viejo en ese momento, sus hijas se habían casado y mudado a Londres y Amsterdam para escapar de los nazis. Él nunca quiso irse. Pero Samuel era joven, ¿por qué debería quedarse y sufrir esto? El tío Jacob le escribió a Heinrich y le pidió dejar de lado los viejos rencores y el pasado. Sí, los primos tenían sus diferencias, pero ¿quién no? En tiempos de necesidad, ¿no era la sangre más espesa que el agua?

Jacob le compró a su sobrino un pasaje de barco en la línea *Hamburg-Amerika* rumbo a Panamá. Le dio el equivalente a mil dólares en marcos alemanes y cincuenta dólares en moneda estadounidense. ¿Quién iba a suponer que los agentes de aduana de la Gestapo le confiscarían a Samuel los marcos y lo amenazarían con la cárcel por el intento de salir del país con fondos ilegales? Samuel protestó, pero los agentes sólo palmearon las armas. Él entregó el dinero, salvo por los cincuenta dólares, los cuales escondió en una media vieja. Abordó el *Das Bauernbrot*, agradecido por la suerte de haber escapado con vida...

¿Se haría cargo su primo de él? La sangre era más espesa que el agua y, también, más espesa que el dinero. Entonces, ¿qué importaba si Heinrich nunca respondió la carta en donde le decía que llegaba? Nunca se puede confiar en el correo...

Aun así, Samuel fue un tonto al pensar que Heinrich haría el viaje desde la capital sólo para encontrarlo. Pero ahora que estaban en el mismo suelo, se reunirían cara a cara, se abrazarían, recordarían su juventud y resolverían las pequeñas

diferencias. Quién sabe, tal vez hasta podrían trabajar juntos y volver a ser los ¡mejores amigos!

¿No era esto una ingenuidad?

No importaba, a Samuel le gustó la idea.

CAPÍTULO NUEVE

Sin la carga de los sueños, Samuel durmió como un tronco. En la mañana, mientras se lavaba la cara en el aguamanil del cuarto, escuchó golpes en la puerta. Se secó y abrió. La luz del sol entró a la habitación.

Era Lewis. Vestía una recién planchada camisa azul claro y un sombrero en la cabeza. Sus párpados estaban gruesos y pastosos. Antes de que Samuel pudiera decir algo, el norteamericano empezó a hablar.

—Quería despedirme antes de partir —dijo despacio, como si sopesara cada palabra—. El *Banana Reefer* está cargado hasta el borde y parte hacia Nueva Orleans en un par de horas. Tengo que ir a Puerto Cortés por el transcurso del día a finalizar algunos viejos negocios y regreso por la noche.

—¿Por qué no pasa? —preguntó Samuel, entrecerrando los ojos.

—Nah, veo que está ocupado.

—Para nada. Insisto.

Lewis alzó los hombros, entró al cuarto y se sentó en la silla de mimbre. Se quitó el sombrero, lo puso en su regazo y empezó a mover los pulgares inquieto.

—Me siento terrible por lo que pasó anoche. Hablé con George esta mañana. Dijo que perdí los estribos, bueno, no con esas palabras, y que solté la lengua más de lo debido. Berkow, espero no haber sido demasiado duro con usted.

—No tiene que explicar nada —respondió Samuel, dejando la puerta abierta.

—No me estoy disculpando, Berkow, no me malentienda —sus pequeños ojos se redujeron e hizo una pausa—. No tengo la costumbre de disculparme por nada.

Samuel sintió que debía decir algo.

—El licor suelta la lengua y no nos permite cuidar lo que decimos.

—Exacto —respondió Lewis de prisa—. Yo sabía que lo entendería. Mire, no me voy a rebajar a hacer las paces con George y Willie. ¿Y lo del negrito Kingston? Bueno, esa es otra historia. Él era un buen trabajador hasta que dejó a uno de esos sindicalistas torcerle el poco sentido que tenía en la cabeza —una sonrisa se deslizó desde su rostro y estiró su cuello un par de veces. Estaba bien rasurado y pulcramente vestido—. Berkow, usted y yo, bueno, estamos cortados con otras tijeras. A lo mejor eso se debe al color de la piel.

—Puede ser, señor Lewis.

—Vine a darle un consejo, uno muy directo, la única clase de los que sé dar —Lewis seguía intranquilo—. Siéntese, Berkow. Me está poniendo nervioso.

Samuel se sentó en la barra de su cama, frotando la toalla que estaba en su regazo y se preparó para un largo sermón.

—Mire, cuando vine a Puerto Barrios hace veinte años, no había nada aquí. Bueno, sólo un embarcadero hecho con tablones podridos y nativos viviendo en sus casas de pilotes, bajo las palmeras. Podría decirse que aún vivían en la edad de piedra, paseándose por allí medio desnudos. Como puede ver, las cosas han cambiado. Usted está en este hotel, aunque piense que no es la gran cosa. Construimos algunas casas decentes para los estibadores, barracas militares de madera, esa clase de construcciones, alejadas del agua. Así, si un huracán golpeaba, no serían arrastrados. Y con el tiempo se abrieron restaurantes y cantinas y algunas iglesias. Hace diez años, parecía que podríamos convertir esta cloaca en un paraíso —Lewis acercó su silla a Samuel.

—Levantamos uno o dos edificios de concreto, para el alcalde y la policía. Hasta tuvimos un viejo y elegante prostíbulo con chicas venidas de lugares tan lejanos como Nueva Orleans y Gulfport, eso sí, sólo para nosotros, los norteamericanos. Las más bonitas apenas aguantaron unos meses, la malaria y otras cosas, pero no importó, fueron tiempos buenos y alegres.

»Hicimos un esfuerzo extraordinario para sacar las cosas adelante aquí. Drenamos los pantanos y así eliminamos las áreas de reproducción de los mosquitos. Dimos a los trabajadores parcelas de tierra para que pudieran sembrar arroz, plátano y frijol. Tratamos de construir escuelas, iglesias y cosas por el estilo. No sé si fueron las enfermedades o la pereza inherente de los trabajadores, pero todo lo que hicimos fue arar en el mar. La Compañía decidió mudar las oficinas centrales tierra adentro, a Bananera, así los grandes jefes estarían más cerca de las plantaciones de banano. Personalmente, no me habría importado el cambio, pero mis jefes pensaron que yo debía permanecer aquí y tomar control de las operaciones del puerto. Berkow, ¿sabe adónde quiero llegar?

Samuel se tocó el cuello. Estaba hambriento. Sin embargo, todo lo que podía hacer era escuchar.

—Me temo que no.

Lewis se palmeó las piernas.

—Por supuesto que no. Lo puedo ver en sus ojos. Este es un mundo nuevo para usted. Recuerdo el sentimiento. ¿Un viaje lleno de esperanzas, sueños de dicha, eh?

—Para ser honesto...

Lewis interrumpió a Samuel con un movimiento de su mano.

—No tiene por qué fingir conmigo, soy un perro viejo. Pero escúcheme. Esto le ahorrará muchos dolores de cabeza, especialmente cuando trate con algunas de estas criaturas desagradables que ni siquiera son agradecidos con la madre que los parió. Le voy a dar algunos ejemplos. Pusimos un hospital en Quiriguá para los nativos, por si alguna vez se sentían enfermos. Pagamos a los recolectores un salario que nunca habían tenido en su vida. Construimos escuelas justo en los campos y tratamos de conseguir maestros para enseñar a los niños a leer. Creamos cientos, tal vez miles de empleos, inyectamos dinero en la economía, convertimos la selva en sembradíos... ¿Le mencioné que hay un campo de golf de nueve hoyos en Bananera?

Samuel negó con la cabeza.

—Es sorprendente, en verdad, ver crecer el césped y tener dunas de arena en la selva. Y lo único que siempre ha pedido la Compañía es tener el derecho de hacer negocios como mejor le parezca sin la interferencia del gobierno. Pero hay algunos entrometidos por ahí, provocando a los trabajadores y reclamando que poseemos mucha tierra; que nos inmiscuimos en la política para que se aprueben leyes que sólo nos benefician a nosotros y que tratamos brutalmente a los obreros. Bueno, ellos no tienen ni idea de lo que es montar y mantener funcionando este negocio de bananos. Cuando no es la enfermedad de Panamá o la sigatoka la que ataca los cultivos, es la malaria o el escorbuto lo que enferma a nuestros empleados. Y cuando no es una enfermedad, son algunos trabajadores los que irritan a los otros en lugar de dedicarse a un honesto día laboral. Berkow, no tiene idea cuántos dolores de cabeza tenemos. ¿Ha oído hablar de Ubico?

—Creo que mi primo lo mencionó en alguna carta.

—Bueno, él es el gran jefe en Guatemala, el presidente. Me da mucha risa cuando se pone su uniforme militar con todas esas medallas que estiran su camisa azul y monta en su caballo por las calles como si fuera Napoleón. Berkow, es un espectáculo.

»Pues sí, los indios del altiplano lo llaman Tata, algo así como papá, porque es mestizo como la mayoría de ellos y los conoce por dentro y por fuera. Imagínese, este año se aprobó una ley de vagancia que obliga a los indios a conseguir un empleo y ganar dinero o se les obligará a construir caminos para el país. No más desocupados, sembrando cualquier cosa en su jardín, practicando sus brujerías de indio, cortando las cabezas a las gallinas. Y para mostrar su buena fe, el Tata les canceló todas las deudas, ¡algo que me gustaría hiciera por mí!

»Esta es la clase de legislación que produce resultados. El empleo libre no funciona en Guatemala como lo hace en los Estados. Si los entrometidos se salieran con la suya, recuperarían las tierras que nosotros adquirimos legalmente y las parcelarían. Pero entonces los indios plantarían sólo el maíz suficiente para mantener vivas a sus familias. No tienen idea de cómo funciona el capitalismo. Le pregunto, ¿existirá alguna manera de dirigir un país lleno de gente que vive en pequeños ranchos y le reza a las piedras?

—Señor Lewis, todo esto es tan nuevo para mí. ¿Qué puedo decirle? Yo soy de Hamburgo. Lo que está diciendo tiene sentido...

—¡Sabía que iba a estar de acuerdo! —Lewis estaba radiante—. Usted es un hombre inteligente, alguien con quien se puede hablar.

Samuel se sentía acalorado. Quería salir corriendo del cuarto y sumergirse en el agua. O mejor aún: ¡ir a la estación del tren!

—Mire, Berkow, entiéndame. A pesar de lo que a veces pueda decir (no soy cuidadoso con mis palabras como un profesor universitario), me preocupan mucho los nativos. Todos deben ser sacados de la pobreza. Eso pienso. Hasta tengo una carta personal del presidente Ubico agradeciéndome la ayuda en delinear e institucionalizar la ley de vagancia. Para ser honesto, lo único que hice fue realizar un viaje a la Ciudad de Guatemala con algunas docenas de sobres de parte de Sam, "el amo del banano". Al viejo Ubico le gustaron y yo obtuve una buena gratificación, para ser honesto... Quise mostrar mi gratitud y decidí donar el dinero, bajo el nombre de mi madre, a una pequeña misión protestante en el lado guatemalteco de la frontera con Honduras, para ayudarlos en la educación de los indios y que así abandonen sus creencias paganas. Es una batalla cuesta arriba, pero es mi modesta forma de dar las gracias. ¡Ciertamente no quiero que Esther se apodere de mi dinero!

—Eso es muy generoso de su parte.

—Sí —dijo Lewis, respirando mientras hablaba—. No tengo mujer ni hijos, entonces, ¡qué diablos! —puso su sombrero de vuelta en la cabeza. Su camisa ya estaba manchada de sudor—. Sólo quiero que alguien más comprenda mis sentimientos. Nadie, excepto Esther, alguna vez pudo y ya le conté lo sucedido. Usted entiende, Berkow, ¿no es cierto? La gente tiene una idea equivocada acerca de mí.

Lewis se puso de pie y Samuel lo siguió. Alfred estaba tan sobrecogido por la emoción, que levantó los brazos para abrazar a Samuel, pero casi de inmediato los puso torpemente a un lado.

—Adiós, Berkow. ¿Usted se va hoy para la capital?

—Sí, en el tren.

—Los trenes —dijo Lewis, balanceando la cabeza—. El servicio es terrible. Nosotros somos los dueños, pero no hemos podido encontrar a alguien con la suficiente responsabilidad para administrarlos. Los conductores siempre están dándole a la botella. Debe ser un trabajo aburrido, supongo. Bien, si ya no lo veo de nuevo, le deseo la mejor de las suertes. Escríbame cuando llegue a la Ciudad de Guatemala. Quién sabe, tal vez pronto tenga que ir allí a entregar otros sobres. Usted me entiende, ¿no? Y si viene a Puerto Barrios, búsqueme. Me encantaría verlo de nuevo.

Samuel mantuvo abierta la puerta. Lewis salió al corredor, dio vuelta e hizo la mueca de darle un golpe en la cara.

—Hasta luego, amigo. Mantenga el mentón abajo y la guardia en alto. Y no se olvide de mis consejos. Se lo digo por experiencia —se marchó.

Samuel movió la cabeza: Lewis empezó preguntando si podía darle un consejo y terminó con todo un discurso. Sin importar la situación, Alfred siempre buscaba a alguien que lo escuchara.

Samuel estaba presionado por el tiempo, pero se sentía muy decaído como para empezar a recorrer Puerto Barrios. Se dejó caer en la silla y se quedó mirando las palmas de sus manos, incapaz de reunir fuerzas.

Recordó una vez, en la que junto a sus amigos de la escuela, fue a visitar a una quiromántica. Todos los abracadabras preliminares lo aburrieron, pero empezó a interesarse cuando la gitana le indicó el significado de cada una de las líneas de su mano. Le profetizó altibajos financieros, pero sus perspectivas mejorarían si decidía dejar de viajar tanto. En cuanto al amor, las líneas eran poco concluyentes. Indicaban muchas decepciones y traición. Sin embargo, si alguna vez aprendía a confiar, encontraría una pareja. Para tener una larga vida, lo cual era posible, necesitaba evitar los conflictos, adquirir un pasatiempo como el ajedrez o coleccionar timbres postales y vivir lejos del mar... Podría evitar problemas y malos entendidos cuando encontrara la calma, el equilibrio y el balance.

Con el dedo índice de la mano izquierda, Samuel recorrió las líneas en su palma derecha. No podía recordar qué representaba cada una. Aquel día la gitana había sido tan explícita... Ahora parecían ser sólo círculos, intersecciones y desvíos que se rompían en muchos fragmentos y arrugas. Se burló, como si eso pudiera desvanecer de su mente la profecía de la adivina. Además, ¿cómo podría una mujer arrugada, con excesivo maquillaje, sobrepeso y baratijas, saber algo acerca de su futuro?

"La paciencia es el mejor remedio para los problemas", le dijo.

Una luz blanca inundaba su habitación. Samuel salió al corredor y contempló el paisaje. Un par de pájaros fragata sobrevolaban el cielo lechoso, sobre la bahía de Amatique. Detrás del lamentable parquecito y de la densa vegetación que bordeaba la costa, pudo ver al *Chicacao*, todavía chapoteando contra el muelle. A lo largo del embarcadero, enorme y monumental, estaba el *Banana Reefer,* rodeado de diminutas figuras delgadas. Los estibadores cargaban la última fruta en las bodegas del barco. Era curioso ver cómo el muelle estaba tan cerca. No eran más de trescientos metros desde la garita en donde había sobornado al agente de migración hasta las gradas del hotel. El camino, anoche, pareció interminable, desolado. Por un momento olvidó cómo había llegado hasta acá. ¿Lo acompañó Lewis o llegó en carro o en taxi? De inmediato recordó al señor Price, ese desagradable hombrecito sin orgullo. Su cuerpo se tensó con rabia.

Samuel regresó a su cuarto. Había un espejo oval con un marco tallado justo encima de un gavetero. Se vio a sí mismo. Algunos podrían decir que aún era bien parecido. Su cabello café oscuro, aunque ya en retroceso, no tenía ni un mechón de canas. Se tocó la piel alrededor de los pómulos. Estaban un poco flojos y había pequeñas bolsas debajo de sus ojos. Aquellos hermosos ojos, solía decirle Lena, verdes como un fino jade de la China.

A pesar de la sombra en su corazón, el mundo aún le ofrecía infinitas posibilidades. Así era, Samuel tenía que tomar las riendas sin temor a dar el gran salto. Ya no debía vivir como un topo, sumido en lo más profundo de las tinieblas.

Samuel se alejó del espejo, todavía admirando su apariencia. Su figura era esbelta e infantil, aunque tenía la mala costumbre de encoger los hombros e inclinarse hacia adelante, como si irrazonablemente estuviera agobiado por la responsabilidad. Su nariz, en esta postura, parecía gruesa y hundida, pero si alzaba la barbilla, todo su porte adquiría dignidad. Lena tenía razón, con sólo arreglarse un poco, podría haberse unido a su hermano y acompañar al Príncipe de Gales. Su mala apariencia era en parte debido a su vestuario, seguro, pero más que todo debido a su postura: "¡Párate derecho, la barbilla arriba, esconde con tus labios esos dientes torcidos!"

Durante unos últimos segundos, Samuel se vio profundamente en el espejo, como lo hizo la gitana con la palma de sus manos. ¡Qué horrible! Apareció delante de él un viejo encogido, con el pelo blanco y desarreglado. Un topo oscuro le coronaba la frente. Su cara tenía la textura del brin y las comisuras de la boca hacia abajo, con una amarga y triste expresión.

Cerró los ojos y buscó a tientas la toalla que había dejado en la cama. Cuando la encontró, regresó al espejo y lo cubrió con ella. Ciertamente no necesitaba verse a sí mismo en esta figuración.

Recordó que después de la muerte de su madre, todos los espejos en el apartamento fueron cubiertos durante el período de luto. Sí, algún ritual askenazí que se remontaba a la Edad Media. Algo más de abracadabra. Espejos, enanos, estúpidas gitanas, un hombre llamado Kingston con una voz de caja rota... ¿En dónde estaba?, se preguntó amargamente, ¿era acaso parte de un circo ambulante?

Samuel se acercó al aguamanil y se sirvió un vaso de agua del pichel. Puso un poco más dentro del balde, sumergió en él la toalla y se restregó la parte de atrás de las orejas. Ahora estaba limpio. Cubrió de nuevo el espejo.

No se afeitó, lo cual sólo le había pasado antes en sus días de guerra. Simplemente no tuvo el ánimo para hacerlo. Además, ¿a quién podría importarle?

Estaba listo para salir y enfrentarse al mundo. Puso el pasaporte en el bolsillo de su camisa (sería peligroso ser atrapado sin la debida identificación) y guardó los dólares sobrantes en sus pantalones. Cerró la puerta de la mejor manera posible desde el exterior, a sabiendas de que si un ladrón entraba, no tendría cómo protegerse. Lo hizo simplemente para evitar que se golpeara debido al viento.

Cuando caminaba por el corredor hacia la escalera, empezó a tararear *Himmel und Erde* (Cielo y Tierra), lo cual era, en principio, el nombre de una receta de manzanas, cebollas y papas, pero también, sí, una hermosa canción alemana que hizo a Samuel sentirse audaz y confiado.

Desde algún lado en la bahía, se escuchó una sirena.

El *Chicacao* zarpaba.

Comenzaba el día.

Capítulo diez

Ya era tarde. Samuel debió haber ido directamente a la estación del tren, con la maleta en la mano. En lugar de ello entró pausadamente al comedor del hotel. Tenía hambre, pero no era eso lo que lo llevó allí. Sentía que necesitaba sentarse y comer para probarse a sí mismo que tenía el derecho a ser atendido adecuadamente. Se acomodó en una mesa, cerca de la pared, y esperó, como si tuviera todo el tiempo del mundo.

El cuarto azul claro era espacioso y aireado, con un alto techo de madera, como esos salones de baile tan populares en Berlín en los años veinte. Mientras esperaba a que un mesero le trajera el menú y le tomara la orden del desayuno, Samuel recordó su primera cita oficial con Lena, la cual terminó en un club llamado *Top Hat*, en la calle Reeperbahn. Habían llegado allí alrededor de la medianoche, después de cenar y de asistir a un espectáculo de variedades en *La Boheme*, y bailaron tangos, la nueva moda de entonces, hasta las cinco de la mañana. Lena bailaba dramáticamente, entrelazando una de sus piernas en la correspondiente de Samuel, acercándolo a su rostro y a su mirada melancólica. Y cada vez que Samuel intentaba besar sus labios carmesí, Lena abría los ojos, sus centelleantes ojos azules, y alejaba graciosamente a Samuel. Esta provocación continuó en la pista de baile y en su pequeña mesa con velas, hasta que las otras parejas se marcharon y ellos se quedaron solos.

Los músicos ya guardaban sus instrumentos, cuando Samuel llamó al violinista y le ofreció una buena propina para que les tocara una serenata privada. El músico tocó un solo de Grieg y mientras escuchaban el violín nostálgico, se tomaron de las manos y bebieron sorbos de brandy de albaricoque. Samuel estaba particularmente alegre jugando el papel de caballero atento: complaciendo los caprichos de Lena, incluso antes de que los confesara, combinando elegancia y encanto en la pista de baile, dando generosas propinas.

Al terminar el solo, Samuel tomó del brazo a Lena y la escoltó hacia la salida del club. Ya era de mañana. La ciudad, cubierta de nubes y neblina, rebosaba de vida: los barrenderos juntaban en pilas los papeles y las hojas, los lecheros hacían sonar las botellas vacías dentro de los camiones, mientras hacían sus entregas. Samuel silbó, despertando a un conductor que se había quedado dormido sobre su carruaje, enfrente del club. Subieron a la cabina y él le pidió que los llevara al apartamento del hermano de Lena, por el camino largo, bordeando la orilla del río. Empezaban a caer copos de nieve, girando en el aire como plumas, dejando sobre las calles y las aceras una fina capa blanca. A las siete, él intentó besar a Lena en la boca, pero ella lo esquivó y sus labios sólo encontraron el cuello. Samuel quiso alejarse, pero ella lo tomó de los hombros y puso sus labios y su lengua en la boca de él. Se quedaron quietos, sumergidos profundamente en el beso, delante de la puerta de roble abierta, como si no existiera nadie más en la Tierra.

Al separarse, Samuel preguntó:

—¿Me amas?

Lena lo miró y respondió:

—Mucho —luego rió en voz alta, tan infantilmente..., y se escurrió dentro de la casa.

Samuel se quedó paralizado en el lugar, mirando el tocador de bronce de la puerta cerrada, mientras los copos de nieve caían en las alas de su sombrero.

La felicidad finalmente parecía estar a su alcance.

Aún siente el roce de esos labios en su rostro demacrado. Aquel día se fue corriendo a casa. Se bañó, afeitó y cambió, alistándose para el día de trabajo. Llegó a la tienda como si flotara en las nubes: el gerente no comprendía su alegría, las vendedoras se burlaban de su actitud jovial y despreocupada. Flotaba en el aire, como un copito de nieve atrapado en un ventarrón, girando y revoloteando sin ninguna preocupación en el mundo.

Sentado en el comedor, se tocó los labios y negó con la cabeza. Necesitaba a una mujer en la cual confiar, un pecho cálido en donde descansar la cabeza. Lena escuchó atentamente cuando le contó sus experiencias de guerra y también sus quejas acerca de los pleitos de sus padres, pero ella solamente sonrió y no le dio mucha importancia, como si sus quejas no fueran tan graves. A Lena le gustaba acariciarle los brazos mientras hablaba, mimándolos, pero sin poner demasiada atención. Él atribuyó esta actitud a su juventud, o al hecho de venir de un lugar con un clima soleado, o tal vez a que sus padres siempre la protegieron de los sufrimientos. ¿Cómo podía entender? Era despreocupada, efervescente y, sí, superficial.

Fue un desencuentro desde el principio.

Samuel se mordió suavemente el dedo. Cuando Lena regresó a Sudáfrica, él clausuró el grifo que irrigaba sus sentimientos. Juró nunca más dejarlos brotar. Si su cuerpo necesitaba atención, iba a uno de los prostíbulos en Reeperbahn, el más exclusivo, por supuesto, alejado de los muelles. Una vez al mes, no más, pues luego siempre se sentía sucio, como si el hecho de satisfacer sus urgencias sexuales a cambio de dinero, lo rebajara. Los días posteriores los pasaba triste y desmoralizado, pero invariablemente la urgencia sexual surgía de nuevo y el ciclo se repetía... Sí, Alemania estaba muy lejos, mucho más allá de los miles de millas marinas que la separaban de Guatemala. ¿Qué pruebas tenía él de que aún siguiera existiendo?

Y aquí estaba en Puerto Barrios. Escuchaba el sonido de los platos en la cocina, pero todo estaba extrañamente silencioso y nadie venía a tomar su orden. Miró alrededor del comedor. Cada mesa estaba arreglada con manteles de lino, servilletas, platos y cubiertos.

A pesar de que no quería hacerlo, por simples razones de etiqueta, Samuel tomó el cuchillo y empezó a golpear suavemente en la copa. Nadie respondió. Tomó el cuchillo de nuevo y ahora golpeó en el plato.

El ruido hizo, esta vez, venir a George desde el vestíbulo.

—¿Lo puedo ayudar, señor Berkow?

—Buenos días, George. Sí, me gustaría ordenar el desayuno. Algo no muy grasoso, no he comido desde ayer. Unas tostadas, mermelada y café sin leche. Tal vez un huevo pasado por agua.

George apretó sus labios contra los dientes.

—Lo siento, señor Berkow, pero la cocina está cerrada. Como sabe, el Padre Cabezón y usted son nuestros únicos huéspedes y, bueno, nuestra cocina tiene un horario —giró su cabeza alrededor del comedor hasta que sus ojos se posaron en una columna de madera a unos metros de distancia.

Samuel leyó el cartel en la columna:

Horario de servicio:

Desayuno de	*7:00 a 8:30*	*Precio:*	*$0.75*
Almuerzo de	*12:00 a 14:00*		*$1.00*
Cena de	*18:00 a 19:30*		*$1.00*

Sólo podemos atenderlos durante esas horas.
Gracias
Gerencia Hotel del Norte

—Pero no son más de las ocho y media, ¿no es cierto?

George se rascó la cabeza.

—Lo siento, son más de las diez, señor. Le traería algo de comer, pero el cocinero regresa hasta mediodía y yo tengo que encargarme de la recepción.

—Oh, ya veo —respondió Samuel—. Bien, no importa. No estoy tan hambriento, de todas maneras.

—Es el calor lo que provoca esto, señor.

Samuel golpeteó el plato con sus dedos.

—Supongo que está en lo correcto —dijo melancólicamente—. Bien, ¿puede decirme cómo llegar a la estación del tren?

—No está lejos. ¿Recuerda el camino para llegar al muelle?

Samuel frunció el ceño.

—Me temo que no.

George apuntó hacia la puerta principal del hotel.

—Venga conmigo. Por lo menos puedo orientarlo en la dirección correcta.

Samuel se puso de pie y los dos hombres caminaron a través del comedor hacia la recepción. Kingston estaba trapeando el piso de la entrada.

—No sabía que él trabajaba aquí —murmuró Samuel.

—No lo hace, oficialmente. Desde la huelga de los estibadores, le permito realizar algún trabajo para mí en el hotel. Le doy las comidas y él siente que hace algo útil —George sostuvo la puerta de malla para que Samuel pasara por el zaguán.

—¿Qué pasó durante la huelga, si me permite preguntarle?

—No es un gran secreto —respondió George—, pero a nadie le interesa ya discutir sobre el asunto. Los obreros pedían más dinero y la Compañía dijo que no. Ellos organizaron una reunión durante el almuerzo y algunos soldados llegaron a desbaratarla. Lewis estaba allí y les ordenó volver al trabajo. Los estibadores se rehusaron. Hubo algunos forcejeos y empujones y Kingston fue lanzado hacia el frente. Empezaron los balazos y tres obreros fueron asesinados. Kingston resultó herido de gravedad. Los trabajadores aseguraron que Lewis había instigado a los soldados para que dispararan, pero no hubo ningún testigo independiente. El juez fue sobornado y el caso contra los soldados suprimido. ¡Eso es todo!

—¿Recibió Kingston alguna compensación?

George miró a Samuel.

—Usted debe estar bromeando.

Samuel se sintió un poco avergonzado.

—Todos deberían respetar la ley —replicó—. Y hay personas que deben hacerla cumplir. Si usted comete un delito, debe ser castigado. La gente inocente necesita ser protegida.

—¿Es así en Alemania? —preguntó George sin sarcasmo.

—Bueno, no exactamente. Hay leyes allá, pero ahora tenemos alborotadores que pasan por encima de ellas y toman la justicia en sus propias manos.

—Exacto. Allí lo tiene.

Samuel sacudió la cabeza y miró hacia afuera. El sol se había levantado muy por encima de las palmeras de la bahía y de la enorme jacaranda sin hojas que se arqueaba sobre la concha acústica del parque, frente a ellos. La luz del sol caía directamente sobre su rostro, haciendo que todo su cuerpo se calentara.

—Pobre hombre, pobre hombre —fue todo lo que pudo decir.

George se encogió de hombros. Sacudió el paquete de cigarros y tomó uno, lo puso en su boca, sacó la pequeña caja de fósforos de madera y lo encendió.

—Por lo menos no fue asesinado. Y después del juicio, Lewis le dio a Kingston mil dólares para que olvidara el asunto. Mil dólares pueden comprar un montón de silencio, pero no pueden devolverle a uno la voz.

—Estoy seguro de ello. Entonces, ¿por qué Kingston participó anoche en el pleito del bar?

—Oh, eso fue diferente. En todo caso, Kingston sólo detuvo a Lewis y él estaba demasiado borracho como para recordarlo. Lo sucedido en la reunión del sindicato tranquilizó a Kingston de por vida. Y debió tranquilizarnos a todos, pero todavía hay algunos obreros que se reúnen en secreto con los dirigentes del sindicato. Esto va a terminar mal, me temo. Para ser honesto, debería irme de aquí antes de hacer algo realmente estúpido. ¿Y si Lewis se acuerda de que lo golpeé anoche? Usted se pondría en contra mía...

—No.

—Por favor, señor Berkow, sé de lo que estoy hablando. Si él recordara, yo sería arrestado y usted obligado a testificar en mi contra. Yo ni siquiera debería estar aquí con usted, hablando y fumando, como si no tuviera mejores cosas qué hacer...

Bueno... Algo me dice que estoy empezando a hablar de más.

—Para nada.

George dio un largo jalón e inmediatamente sacó el humo, sin inhalarlo. Señaló al otro lado del parque, sosteniendo el cigarrillo en la mano.

—Hay dos formas de ir a la estación. El camino largo es siguiendo esta vereda frente al hotel, hasta encontrar la carretera principal y allí doblar a la derecha. La otra forma es atravesar el parque y tomar después el sendero a través de los arbustos. Por allí llegará en la mitad del tiempo.

—No me interesan los atajos, menos después de lo que pasó anoche.

El empleado sonrió con una mueca tonta.

—Buena suerte. ¿Regresará para el almuerzo?

—No lo sé —respondió Samuel—. Primero debo obtener el horario de los trenes y entonces decidiré qué hacer. En todo caso, tengo que regresar a recoger mi maleta —se despidió de George con una especie de saludo militar chistoso y se marchó.

Era un día despejado. Sin pensar, tomó el camino corto, el sendero a través del parque. Samuel había dejado el sombrero en la habitación y sentía al sol tropical quemar su cara y su cuero cabelludo. Anoche todo parecía turbio, fuera de foco, pero ahora las cosas estaban claras y limpias, como si hubieran sido cortadas con un cuchillo.

Al llegar a un pedazo de tierra que se extendía por la bahía, se detuvo y miró hacia el agua. Pensó que podía pasar la mañana sentado en una piedra plana debajo de un almendro. Sería agradable sentarse tranquilamente a ver el oleaje moviéndose con una precisión geométrica por la orilla.

Samuel perdía el tiempo y lo sabía. ¿Acaso deseaba permanecer en Puerto Barrios por el resto de su vida? De seguro no necesitaba las once horas de sueño que durmió anoche. ¿Por qué no se había levantado al amanecer para ir inmediatamente, maleta en mano, a telegrafiar a su primo anunciándole su llegada, o a revisar en la estación el horario de los trenes? A esta hora ya podría haber recibido una respuesta de Heinrich. ¿Temía en el fondo que su primo no fuera de mucha ayuda?

¿Por qué tardó tanto en empezar el día?

Samuel presionó sus manos contra sus sienes. Su estómago rugía ruidosamente. Se dio un apretón. Sí, lo sucedido el día anterior era suficiente para desmoralizar a cualquiera, pero Samuel debía sacudirse el estupor que embotaba su mente y lo volvía tonto y somnoliento.

Caminó rápidamente por el sendero, esquivando ramas y espinas, hasta encontrar la carretera de grava. Cruzó hacia la izquierda y pasó al lado de una pared de toneles de aceite vacíos y cajas rotas, apilados en la orilla del camino. Hacia él caminaban varios caribeños, los cuales cargaban sobre sus hombros sacos de harina o cemento; rompieron la formación para que pasara entre ellos. Caminó solo por la carretera embarrada con aceite. Con los ojos medio cerrados, vio en la distancia un conglomerado de casas de madera, el centro de Puerto Barrios, pero justo allí, inmediatamente a su derecha, estaba la estación del tren.

Subió por un par de escalones y entró a una gran estructura de madera con el techo arqueado. Salvo por algunas bancas de metal, no había más mobiliario. Del otro lado del cuarto vio una taquilla con barrotes y una luz encendida enfrente. Pudo distinguir a un empleado, sentado en el interior.

Samuel se dirigió hacia allí y habló con entusiasmo:

—Espero que pueda ayudarme.

El hombre lo vio por encima de la revista que leía, pero no dijo nada.

—¿Podría decirme cuándo sale el próximo tren a la Ciudad de Guatemala?

—Generalmente sale a las siete de la noche.

—¿Está seguro?, no me gustaría perderlo.

El empleado sonrió.

—Aquí nunca se puede estar seguro de nada.

—¿No deben ustedes respetar un horario? —preguntó Samuel, tratando de no perder los estribos. Tenía tantas razones para estar enojado, sobre todo porque nadie en este pueblo parecía saber algo con certeza. Todo era conjeturas y suposiciones.

El empleado se frotó ambos lados de su cara sin rasurar con las palmas de las manos.

—Señor, el horario está pegado frente a usted —señaló la pared a su derecha—. Pero eso no significa nada. Así ha sido por años y no veo por qué las cosas tengan que cambiar ahora. Aquí sólo llega un tren de carga con un par de vagones de pasajeros.

—No entiendo.

—Mire, a veces el tren llega de Bananera a las cuatro, a veces a las seis y otras a las siete. Ah..., y de vez en cuando no viene. Los vagones tienen que ser descargados y luego vueltos a cargar con las mercancías hacia Bananera y la capital. Si va detrás de esa puerta, verá que la plataforma está llena de cajas pesadas.

—Pero esto es imposible. Un tren debe salir a tiempo. ¿Para qué existe entonces un horario? —si tan sólo pudiera hablar en alemán... Se expresaba tan confusamente en español... No podía hacerse entender.

El empleado se encogió de hombros.

—Los dueños del tren sólo ganan dinero con la carga, no con un par de docenas de pasajeros a Bananera, Zacapa o la capital. Ahora, si no tiene más preguntas, discúlpeme, estoy muy ocupado —se acomodó en el asiento y volvió a hojear su revista.

Samuel golpeó en el mostrador.

—¿Ahora qué? —preguntó el hombre mirando hacia arriba.

—¡Permítame hablar con el gerente de la estación!

—¿Con quién?

—¡Su supervisor! ¡Exijo hablar con él!

El empleado volvió a mirar hacia arriba y sonrió.

—Señor, él está en la capital desde la semana pasada.

—¿No hay nadie más con quien pueda hablar?

—No, a menos que quiera manejar hasta Bananera y hablar con el supervisor allí. Pero supongo que no tiene carro. Son sesenta kilómetros desde aquí.

—¡Esa no es la manera de hablarle a un cliente! —replicó Samuel, clavándose las uñas en las palmas—. Voy a escribir una queja al llegar a la Ciudad de Guatemala —aseguró, pero en cuanto terminó de decirlo, supo que nunca lo haría. Todo reclamo sería inútil.

El empleado sonrió de nuevo y encogió los hombros.

Samuel sintió palpitaciones en la cabeza. En Europa, un jefe de estación hubiera reprendido, suspendido o hasta despedido al empleado por ser tan descortés e insolente. Esa conducta nunca sería tolerada en Alemania, ni siquiera en los peores tiempos. En Alemania, en Alemania, en Alemania..., muchas cosas podrían haber pasado, pero estaba aquí, a miles de kilómetros de distancia, a merced de un empleado intratable quien estaba claramente sin supervisión y hacía lo que le daba la gana.

—Volveré en unas horas. Tal vez tenga más información para entonces.

—Esta oficina está cerrada entre las doce y las dos, por la hora de almuerzo.

—Sí, yo sé, la hora de la siesta —dijo Samuel. Su labio inferior temblaba. Dio la vuelta y salió de la estación, golpeando el piso con los zapatos.

Afuera el sol brillaba justo encima de él. Samuel vio que el camino recién recorrido empezaba a ondular debido al calor. A su izquierda estaba el muelle y los edificios gubernamentales, y a su derecha, el pueblo mismo. Samuel dio media vuelta para dirigirse a Puerto Barrios, pero se detuvo, como si una mano lo hubiera jalado de la parte posterior de la camisa. La voz de Lewis le advertía que no se mezclara con la gente del pueblo, porque eran un montón de desarrapados que portaban armas de fuego.

"Además, Berkow, cualquier cosa que necesite puede encontrarla dentro de los límites de los edificios de la Compañía, aquí en el muelle", le hubiera dicho Lewis.

Samuel se cubrió los ojos con la palma de la mano. En el almacén, del otro lado de la estación, una docena de hombres levantaban pedazos de madera para montarlos en un vagón plano. Cerca de ellos, algunos perros, la mayoría sacos de huesos, merodeaban alrededor de un charco marrón, como si fuera un oasis. Uno de los animales se detuvo, sorbió algo de agua, olfateó el aire con el hocico y se echó.

—Debo largarme de aquí —dijo Samuel muy recio, mientras su estómago se retorcía—. Pero antes, debería telegrafiar a Heinrich —sacó su pañuelo del bolsillo de su pantalón y se secó la frente.

¿Cómo era Puerto Barrios? Edificios de madera sin pintar, ni aceras, ni paseos, sin alumbrado público ni parques verdes y mucho menos cafés llenos de humo. ¡Sin dignidad alguna! Aguas negras a flor de tierra, sucias casas de gatos, mendigos durmiendo en las sombras, unos encima de otros.

Esto era *die neue Welt... aber die Leute, mein Gott, sie sind eine echte Schande...*

Todo aquí parecía sórdido y enfermo, desfigurado por criaturas que solamente aullaban y escupían. A excepción de George, ¿no era Lewis el único hombre sensible a quien había conocido? Estaba al borde de la locura: lúcido un segundo, pero al siguiente, de su boca brotaba un parloteo incoherente...

Samuel pateó una piedra hacia un montón de tusas que estaban cerca del camino. Un perro callejero con sólo tres patas, que estaba acostado por allí, se paró, aulló y simplemente se alejó cojeando. Samuel se agachó y recogió otra piedra y la arrojó directo al perro; rebotó en el suelo y le pegó en las costillas. El animal aulló de nuevo.

Una mujer caribeña salió de un rancho y mostró el puño a Samuel. Traía puesto un vestido flojo, color marrón; un paño rojo con negro cubría su cabeza.

—¿Qué le está haciendo a mi perro? —reclamó.

—Discúlpeme.

—Ese es *mi* perro. ¡Usted no tiene derecho a lastimarlo!

Samuel se volvió a agachar y recogió una nueva roca.

—Regrese a su casa.

—¿Ahora me amenaza a mí, viejo loco?

Samuel echó hacia atrás el brazo. La mujer dio un chillido y corrió al interior de su vivienda. Él hizo un vago intento de seguirla, ¿para hacer qué?, no lo sabía muy bien. El miedo a su propia locura lo detuvo a medio camino.

CAPÍTULO ONCE

Samuel caminó rápidamente de regreso al hotel. Sus ojos ardían por el sudor y su estómago sonaba como si una bomba hiciera tic tac dentro de él. Pasó delante de una ceiba muerta cuyas ramas se extendían hacia al cielo, con un letrero clavado en el tronco, donde se advertía a los peatones y a los carros que miraran a ambos lados antes de cruzar la vía del tren.

Más adelante del cruce, un camino pavimentado doblaba a la izquierda. Por curiosidad, Samuel lo siguió uno cientos de metros hasta encontrarse con un edificio de tres pisos, rodeado de una valla de madera y arbustos descuidados. Un cartel, apenas legible, colgaba arriba de la entrada clausurada: *Club Pigalle: Herzlich Willkommen*. ¿Sería este el prostíbulo elegante (chicas de Finlandia, Alemania y Suecia) del que Lewis alardeaba? Le había dicho que diez muchachas formaban el personal, cada una dotada con un particular talento sexual.

Samuel rió. ¡El único camino pavimentado de Puerto Barrios conducía a un prostíbulo abandonado!

Dio vuelta. Cuando llegó a la intersección, dobló a la izquierda en dirección al muelle. La puerta estaba completamente abierta, pero la garita de migración de la noche anterior estaba vacía y oscura. Caminó por los tablones de madera hasta que vio el comisariato y las oficinas de la Compañía Frutera. La oficina del telégrafo estaba justo frente a él.

En cuanto Samuel entró, un hombre moreno, sentado en una mesa en el centro de la habitación, lo miró. Tenía ojos azules, la nariz hinchada y una barba en forma de perilla le colgaba entre ocho y diez centímetros desde su barbilla.

—Buenos días —dijo Samuel—. Quiero mandar un telegrama a la Ciudad de Guatemala.

El empleado tiró de su barba.

—¡Está de suerte! El telégrafo acaba de empezar a funcionar de nuevo. Estuvo descompuesto una semana —dijo en inglés. Puso una hoja de papel en la máquina de escribir—. ¿Su nombre?, por favor.

—Berkow, B-E-R-K-O-W, Samuel. ¿Quiere ver mi pasaporte? —preguntó, tocándose el bolsillo—, ¿o prefiere que se lo escriba?

—No, lo entendí —respondió el empleado, tecleándolo—. ¿Y a quién va dirigido el telegrama?

—A Heinrich, H-E-I-N-R-I-C-H, Berkow. Mismo apellido. Tienda *La Preciosa*. Sexta Avenida y Octava Calle, zona uno. Ciudad de Guatemala.

El empleado escribió de nuevo.

—¿Su padre o su hermano?

—¿Para qué necesita saberlo?

El telegrafista lo miró.

—Es sólo por preguntar...

Samuel se percató de que aún estaba resentido por la rudeza del empleado del ferrocarril.

—No era mi intención ofenderlo. Hay demasiado calor para mí... Heinrich es mi primo.

El empleado volvió a teclear. Samuel apenas podía leer las letras.

—¿Y el mensaje es?

Samuel vaciló.

—No estoy seguro de lo que quiero decir —dijo, avergonzado.

—Tómese su tiempo señor —el empleado sonrió—. Si algo hay aquí, es tiempo de sobra.

Un velo oscuro cayó sobre la mente de Samuel. Caminaba de un lado a otro, frente al telegrafista. Un tablón suelto crujió. ¿Qué decir? Una palabra equivocada, aquí o allá, podría echarlo todo a perder. Las sienes de Samuel palpitaban. ¿Cómo escribirle a su primo algo que sonara cálido, humilde, agradecido y aún así fuera directo al grano? Heinrich sabía la razón de su llegada a Guatemala. No había grandes misterios.

Llegué anoche a Puerto Barrios.
Tomaré el tren esta noche a la
Ciudad de Guatemala. Necesito
desesperadamente trabajo.
Tomaré lo que esté disponible.

Debía añadir algo acerca del tío Jacob, aunque no fuera verdad.

Tu padre envía saludos. Espero
que estés bien. Samuel.

El empleado terminó de teclear. Samuel le preguntó:

—¿Cuándo enviará el telegrama?

—En unos minutos, antes de irme a almorzar.

—¿Y cuándo podría obtener una respuesta?

El empleado se rió.

—No sabría decirle. Sólo sé que su primo lo recibirá una hora después de que yo lo mande. Si me dice dónde está alojado, yo mismo le llevaré la respuesta.

—Eso no será necesario. Vendré por aquí más tarde, si no le importa.

El empleado rió de nuevo.

—¿Importarme?, ¿por qué debería importarme? Aprecio mucho las visitas. Es muy aburrido trabajar aquí solo. Ahora que la Compañía Frutera tiene su propio telégrafo, esta oficina será cerrada. Si eso pasa, regresaré a mi casa en Livingston.

—¿Livingston?

—¿Nunca ha oído hablar de ese lugar?

El nombre le sonaba extrañamente africano a Samuel y lo dijo.

—¿Verdad? Es un pequeño pueblo de pescadores al otro lado de la bahía. Me sorprende que nunca haya estado allí —el empleado chasqueó los dedos, señalando la nota que acababa de escribir—. Es cierto, usted vino anoche —ofreció a Samuel una silla—. ¿Por qué no se sienta mientras envío el telegrama desde mi cabina, en la parte de atrás? Sólo me tomará unos minutos.

El telegrafista desapareció detrás de la cortina de malla. Samuel se sentó e inmediatamente escuchó una serie de golpecitos metálicos. Se sintió a gusto con este hombre. A pesar de su ropa deteriorada, parecía ser amable, de buen carácter y dispuesto a complacer. Tal vez había sido educado en el extranjero.

El empleado regresó pronto.

—Livingston está en la desembocadura del Río Dulce, en la costa. Fue un asentamiento belga, creo, antes de que los ingleses y los alemanes vinieran a Guatemala hace cincuenta años. Todos se fueron a tierra fría después de unos años. El clima era muy caliente para ellos, supongo.

—¿Desde dónde llegó su familia a Livingston? Usted tiene los ojos azules...

—Lo notó —interrumpió el empleado. Retiró una pila de papeles amarillos de otra silla y se sentó cerca de Samuel—. Mi madre es originaria de la India. Hindú, pero todos nos dicen *coolies*. Su familia llegó hace cincuenta años a cortar madera y se quedaron. Mi padre es criol. Él dice que tengo primos en Sudáfrica, de piel blanca y pelo rubio, pero usted no lo adivinaría al verme. Sólo por mis ojos.

Samuel rió fuertemente.

—¿Dije algo gracioso?

—No, es sólo que en Alemania la gente tiene que verificar la pureza de su sangre, como si eso fuera de vital importancia. Yo he llegado a pensar que si todos naciéramos con los mismos rasgos y el mismo color, no habría tanto odio.

—Una idea hermosa, señor Berkow, pero la gente siempre está buscando alguien para odiar. Incluso en un pequeño pueblo, como Puerto Barrios. Cuando la Compañía Frutera estaba creciendo, todo mundo sonreía y estaba dispuesto a ofrecer su amistad. Sí, mientras usted se quitara el sombrero frente a la gente blanca, no había problema. Pero cuando la Compañía mudó sus oficinas a Bananera, hasta tus propios amigos empezaron a engañarte. Todo parecía estar fuera de control. No más confianza, cada quien mirando sólo por sí mismo. Tal vez aquí debamos empezar todo de nuevo.

Samuel negó con la cabeza. Él disfrutaba hablar del pasado, del glorioso pasado, aquél en el cual su lugar en el esquema del mundo estaba asegurado. Eso lo hacía arribar al estado de ensoñación y melancolía que tanto le gustaba, antes, por supuesto, de que sus compatriotas se convirtieran en bestias. Pensó de nuevo en su juventud en Hamburgo y recordó lo hermoso de estar en casa, rodeado de lujos, aunque sus padres riñeran a menudo. Intentaba a veces descubrir cuándo, exactamente, las cosas empezaron a deteriorarse para él. ¿Fue la declaración de guerra? Todo comenzó a estar mal desde entonces, se le hacía muy difícil recordarlo.

—Cuando llegué por primera vez a Puerto Barrios, desde Livingston, cada semana arribaba un gran barco blanco, lleno de muebles, alfombras, cortinas y docenas de pasajeros que venían de Nueva Orleans y Boston. Había tanta emoción —el empleado movió su brazo alrededor—. Cortinas de seda de la China alguna vez cubrieron este cuarto y, usted no lo creería, un candelabro de cristal colgaba del techo. Hace sólo quince años, señor Berkow, eso estaba todavía aquí. Ahora todo se fue, menos esta puerta de roble, porque es demasiado pesada para moverla. El progreso se detuvo, es más, retrocedió tan rápido... Yo tendría que regresar a Livingston, aunque tuviera que sobrevivir comiendo sólo semillas de marañón silvestres. Aquí siempre hay un olor a pescado podrido en el aire, pero nunca se sabe de dónde viene. ¿Lo ha olido o estoy loco?

Las confesiones del empleado lo desarmaron; Samuel sintió que éste era un hombre con quien finalmente podía hablar.

—No, yo no puedo asegurar que lo haya olido, pero estos dos últimos días fueron muy difíciles. Hace menos de un mes estaba en Hamburgo, Alemania, y tomaba el tranvía para ir a restaurantes en donde se comía bien y se tomaba vino. Había una filarmónica, ópera, mansiones elegantes, parques en donde los ricos paseaban vistiendo ropas de estreno. En este pueblo todo es nuevo para mí, a veces pienso que estoy viviendo una pesadilla, si me permite hablar francamente.

El telegrafista puso una mano en el antebrazo de Samuel.

—Este no es un lugar para usted, señor Berkow. No se imagina las cosas que pasan aquí. Por ejemplo, la semana pasada vi a un zopilote y a un perro salvaje masticando alegremente a un mono muerto, como si fueran los mejores amigos. Algunas veces, cerca del atardecer, he visto serpientes volar por el aire. Lo que puede ser un poco aterrador. En Puerto Barrios no es necesario jugar con fuego para quemarse. Cuando menos lo espera, el fuego viene a buscarlo a usted.

—Realmente no entiendo lo que quiere decirme.

—Estaría un poco de más pedirle que observe a su alrededor, pero fíjese, aquí tenemos pájaros que ladran como perros, flores que sangran cuando las corta. Cosas extrañas. ¿Sabe cuál es el animal más peligroso de este lugar?

Samuel se encogió de hombros.

—Las tarántulas..., las serpientes venenosas..., los escorpiones... No lo sé.

El telegrafista sonrió.

—A mí me gustan las tarántulas. Cuando era niño las dejaba caminar por mi pecho. Y los escorpiones, bueno, todo lo que necesita es una escoba para barrerlos... Ah, pero las pequeñitas ranas verdes no son tan inofensivas en Puerto Barrios.

—¿Ranas verdes? ¿Las que saltan cerca del agua?

—Bueno, una clase de rana verde, una muy dañina. Mire, su orina hará que se le caiga la piel y su saliva puede dejarlo ciego si le escupe en los ojos. Comer su carne lo mataría instantáneamente.

Samuel negó con la cabeza.

—Pero hay una criatura más peligrosa aquí, señor Berkow. Creo que usted lo sabe.

—Oh, pues creo que no.

—Oh, pero sí lo sabe. Yo podría lidiar con una serpiente en mi cama, entrar en una guarida de leones, o ser perseguido por una manada de lobos, pero no quisiera estar nunca a solas en una jaula con un hombre hambriento. ¡Nunca!

El silencio que siguió a continuación pareció extraordinariamente largo. Samuel sintió un ligero malestar, como si el empleado esperara de él una especie de respuesta profunda.

—Debo irme —dijo finalmente y se paró.

—Los peligros en Puerto Barrios son a menudo invisibles. No fue mi intención asustarlo. Espero que lo sepa.

—Por supuesto. Pero se me hace tarde para el almuerzo.

El telegrafista se levantó y acompañó a Samuel hasta la puerta, abriéndola para que saliera.

—Regreso más tarde, señor...

—Meena —respondió el telegrafista—. Pero sólo llámeme Joshua.

Capítulo doce

Samuel quería regresar al hotel, pero la idea de comer solo y de pasar el tiempo en el *lobby* con George y Kingston lo deprimía. El hambre lo estaba agotando; tuvo la intención de comprar algo en los puestos que estaban a lo largo del muelle, donde vendían comida caliente a los estibadores, pero tenía miedo de enfermarse. Al final se sentó a tomar un jugo de naranja grande en un puesto cercano, que sólo alcanzó para quitarle la sed.

Recorrió con la mirada el muelle. Mujeres caribeñas y garífunas, vestidas alegremente, hacían una fila recta delante de un carguero rojo, balanceando grandes canastos sobre sus cabezas. Era el barco a Livingston. Docenas de caribeños ya estaban acomodados en el transporte, agazapados bajo un lienzo desarreglado o descansando bajo el sol, protegidos únicamente por las alas de sus sombreros de petate.

Samuel pensó que podría interesarle visitar ese pueblo al otro lado de la bahía. Mientras se acercaba al transbordador, todas las cabezas giraron para verlo. Y más lo hicieron cuando él empezó a pelear con la pequeña escalera que iba desde el muelle de madera hasta el barco. Un marinero, desde arriba, le ofreció su antebrazo; Samuel se aferró fuertemente a él y subió a la cubierta. Ya allí, se arremangó la camisa hasta arriba de los codos y miró alrededor. Se escuchaba una gran algarabía, los adultos hablaban el uno al otro, los niños reían y gritaban entre ellos. Una mujer sin dientes y con la piel rugosa le ofreció su asiento, bajo la sombra, sobre el motor, y se movió hacia el brillante sol. Él se sintió apenado, pero como nadie dijo nada y el asiento permanecía desocupado, se adelantó y se sentó.

La novedad de su presencia en medio de todos esos rostros negros se disipó en cuanto seis o siete hombres caribeños empezaron a izar una estufa de gas al carguero, justo encima de la cabina de observación del capitán. Era cómico verlos esforzarse para balancear la estufa, protegida con cajas para que no se golpeara, y luego hacerla descender con cuidado en la cabina.

Sentado en medio de la multitud de personas, en espera de la partida del bote, Samuel tuvo una especie de epifanía: la gente en Puerto Barrios parecía ser, o bien maliciosa, o demasiado deferente. Esto debía ser el resultado del poder abusivo ejercido por la Compañía Frutera, haciéndose de amigos, espías y enemigos con las acciones más simples. Esta mujer, por ejemplo: ¿por qué le cedió su asiento? ¿Le habrán enseñado a ceder su preciado lugar por la sola presencia de un hombre blanco? ¿Y por qué George y Joshua le advirtieron de no quedarse en Puerto Barrios sin que él les hubiera pedido ningún consejo? Ellos sólo querían protegerlo, eso fue todo. Y ese pequeño hombre, el señor Price, a quien no podía olvidar, ¿por qué tanto abuso contra él? ¿Habría algo en su cara que hacía a la gente odiarlo o complacerlo?

Samuel estaba atento a la plática a su alrededor, sin embargo, se sentía dentro de un cubo de cristal a donde difícilmente llegaba algún sonido u olor. Cerró los ojos y se dejó llevar de vuelta a Hamburgo. Tenía ocho años y se escondía detrás del sofá mientras su madre tocaba la *Apassionata* de Beethoven en el piano de cola. Su padre y su tío estaban juntos en la ventana, a unos metros de él, viendo caer la nieve y hablando. Escuchó a su padre describirlo como un niño demasiado serio, muy parecido a su esposa, preocupado en exceso por lo correcto o lo incorrecto, incapaz de permitirse disfrutar de las sorpresas de la vida y de soltar una carcajada despreocupada. Su tío se quejaba aún más de Heinrich. "Al menos a Samuel le preocupa la gente. Heinrich les habla como si fueran rollos de tela, perros rebuscando algo en la basura, ignorantes con quienes no vale la pena ninguna cortesía. No sé qué lo ha hecho así, ¿las burlas de sus hermanas?" Los dos hombres permanecieron cerca de la ventana sin hablar. De pronto, el tío Jacob palmeó las manos y dijo que debía marcharse. Su padre lo siguió hasta la puerta, le entregó su viejo y familiar abrigo y su sombrero y regresó a donde estaba. Mientras tanto, Samuel dejó su escondite y corrió hacia él y lo abrazó como si recién hubiera llegado a la habitación. Quería disculparse, asegurarle que reía cuando estaba con sus amigos y hasta podía ser espontáneo, pero antes de decir alguna palabra, su padre le dio golpecitos en la cabeza y sacó algunas monedas de su bolsillo. Las puso en la mano de Samuel, le cerró el puño con fuerza y lo mandó a ponerse sus botas de hule para ir a la tienda de la esquina a comprar dulces. Samuel se sintió herido, aun así estaba determinado a obedecer: se puso las botas y tomó el elevador a la planta baja. Afuera, bajó por las gradas del edificio y se deslizó y resbaló por la acera. Era el atardecer y el alumbrado público ya estaba encendido. En la tienda, Samuel señaló un frasco con bolitas de dulce de café, las favoritas de su padre y ahora también las de él. Una mujer con el delantal puesto, muy joven y atractiva y con unos lentes oscuros muy *chic*, le sonrió mientras colocaba unas docenas de bolitas dentro de una bolsa de papel. Delante de la caja, abrió su mano para pagar y la mujer empezó a reír. Samuel bajó la vista y vio un montón de botones en su mano. La mujer le dijo que no importaba, su padre le pagaría luego. "De una u otra forma", advirtió, mientras le guiñaba un ojo. Estaba tan avergonzado que se fue a su casa llorando. Antes de entrar en el edificio, alzó la vista y vio a su padre en la ventana, riéndose. Él también era objeto de las bromas de Phillip.

Samuel abrió los ojos. Se había parado y levantaba una mano en el aire, sin darse cuenta. Tres niñas estaban sentadas delante de él, señalándolo y riéndose, escondiendo la boca detrás de sus manos. Samuel bajó el brazo. Las chicas se miraban las unas a las otras, sus risas producían ruiditos entrecortados y escondían el rostro en su regazo. La más alta, con unos ojos negros penetrantes y el cabello muy liso, se metió los dedos a la boca y empezó a hacerle muecas. Samuel se sintió incómodo.

Las otras dos se unieron a la primera y empezaron también a hacerle gestos. Samuel pensó que lo hacían para poner a los otros pasajeros del barco en su contra. Pero, ¿cuál era la razón? No les había hecho nada, ni lo haría. ¿Qué derecho tenían de burlarse de un completo desconocido? Alguien debería enseñarles modales, ¡a respetar a sus mayores! ¿Debía ser él? Bueno, ¿por qué no? Si sus padres se rehusaban a controlarlas, sería él quien las disciplinara.

—¡Deténganse! ¡No les permitiré que se rían de mí! ¡No estoy dispuesto a tolerar tal abuso! —aulló Samuel, hablando en alemán, sin darse cuenta. Levantó mecánicamente una mano en el aire.

Se escuchó un fuerte zumbido, probablemente la máquina había sido encendida, aunque el barco seguía atado al muelle. Las chicas más pequeñas inmediatamente dejaron de hacer payasadas y moderaron el tono, sin entender el significado de las palabras. Pero la mayor, desafiante y enojada por el regaño, apretó los dientes y le sacó la lengua.

Encolerizado, Samuel se abalanzó sobre ella. La niña gritó y se escondió detrás de sus amigas en la banca. Todo el movimiento en el bote se detuvo, hasta la estufa que se tambaleaba sobre la cabina del capitán. En cuanto Samuel trató de agarrar a la chica y darle un golpe con el dorso de la mano, un trabajador que apilaba sacos de harina cerca del motor, lo tomó de la parte de atrás de la camisa.

—¿Qué es lo que está haciendo, hombre? —preguntó en inglés.

—¡Ella se está riendo de mí! —dijo Samuel, mientras un poco de saliva salía volando desde su boca.

El hombre jaló fuertemente la camisa de Samuel, aprisionándole los brazos a los lados. Los pasajeros empezaron a alejarse. Algunos, de hecho, se perturbaron tanto con lo sucedido que empezaron a bajar por la escalera al muelle. La conmoción creció cuando Samuel empezó a remolinear, intentando soltarse del abrazo del hombre. Las voces zumbaban en su oído, pero no podía comprender el lenguaje que hablaban. No entendía el garífuna, pero parecía como si dijeran que el hombre blanco se estaba volviendo loco, se le había zafado un tornillo y escuchaba voces extrañas. Otros se reían de sus codazos sin fuerza.

—¡Que me suelte, le digo!

Samuel ya no sabía en dónde estaba ni lo que hacía, pero debía escapar. Bien podría estar de vuelta en Alemania, siendo empujado dentro de un furgón de carga con destino a los campos de concentración y exterminio, tal vez Sobibor or Bergen-Belsen. Trató de agarrar la cara del trabajador, temiendo que en cualquier momento alguien podría abalanzarse sobre él y clavarle un cuchillo en el pecho. Todo empezó con una estúpida broma de su padre, la cual lo avergonzó mucho, recordó, y luego, lo de las chicas burlándose de él. Samuel estaba harto de ser ridiculizado, por su padre, por Lewis, por el enano, por el empleado de la estación. Ya había tenido suficiente.

Pero entonces se le ocurrió algo. Tal vez existía una forma de escapar. Simplemente podría dejarse morir, no estar más asustado, terminarlo todo y poner fin a su vida de sufrimiento.

El hombre negro lo hizo girar y lo empujó sobre uno de los lados del cuarto de máquinas. Unos sacos de harina detuvieron su caída y el polvo blanco se esparció por el aire. Algunas personas tosieron y luego todo quedó en silencio. Samuel sólo escuchaba su propia respiración agitada y el agua de la bahía chapotear contra los lados del carguero, mientras su mejilla presionaba uno de los sacos. Se quedó allí, ileso, sin querer moverse, fingiendo dormitar, en espera de que algo o alguien más esclarecido lo despertara.

El hombre que lo detuvo anteriormente llegó y le ofreció el brazo.

—No sé lo que le sucede, pero lo voy a ayudar a levantarse. ¿Por qué se comporta así? Mejor bájese del barco antes de que alguien le haga daño.

—Pero yo no hice nada...

—Escuche lo que le estoy diciendo —insistió—. No quiero lastimarlo.

Samuel rechazó el ofrecimiento de ayuda y se levantó por su propio pie. Su cara y ropa estaban blancas, cubiertas con harina. Sintió sabor a sal en su labio inferior. Se limpió la boca con el antebrazo y vio una mancha blanquecina de saliva y sangre. Luego observó a los otros pasajeros mover sus cabezas al unísono como un jurado mudo que estaba de acuerdo con la sentencia. Samuel inclinó la cabeza avergonzado. "Nunca, nunca antes había actuado así. ¿Qué es lo que he hecho?", pensó. Estaba disgustado consigo mismo. Ni siquiera los borrachos de Reeperbahn, ni los patanes, se comportarían de semejante manera, y todo porque una niña, supuestamente, le hizo caras, circunstancia de la cual ya no estaba seguro.

—Lo siento —dijo en voz alta, a nadie en particular.

—¡Bajen a ese borracho antes de que lastime a alguien! —se escuchó una voz masculina, que sonaba como la de su padre cuando hablaba en inglés. La multitud aclamó.

Samuel veía sólo rostros borrosos.

—Sí, ya me voy —dijo, sacudiéndose.

—Bueno, muévase pues. Rápido. El barco no puede esperar a que decida qué es lo que quiere hacer, ¿sabe?

Samuel asintió a lo que parecía ser una voz familiar. Los pasajeros le abrieron camino. Dio unos pasos por la escalera y resbaló, pero se las arregló para no caer, sujetándose de la barandilla. Nadie se levantó para ayudarlo.

—Sólo es un borracho mareado —escuchó Samuel.

Se preguntó si era la voz de la mujer que originalmente le cedió el asiento. Eso sería justicia divina, de seguro, pero la voz era demasiado varonil.

Samuel se incorporó y de nuevo empezó a bajar la escalera, despacio, midiendo la distancia entre cada escalón antes de dar el paso. Dos manos gentilmente lo sostuvieron de la espalda en el último peldaño y lo ayudaron a bajar al muelle. Samuel agradeció al hombre que lo ayudó, sin despegar los ojos de sus zapatos.

—Algo se ha apoderado de mí —dijo a manera de explicación.

Desde el barco escuchó a la misma voz decir:

—Es un borracho, sólo un borracho. Anoche cargué sus maletas hasta el Hotel del Norte desde el muelle y trató de escapar sin pagarme. ¡No sólo borracho, sino además ladrón!

La familiar entonación chillona ardió en sus oídos. Era inútil responder y tratar de limpiar su reputación. Prefirió su nombre mancillado a discutir con un hombrecito sin modales.

—Si yo fuera ustedes, no dejaría que ese vago se escapara. Vieron lo que quiso hacer, ¡pegarle a esa pobre niñita!

Mientras arrastraba los pies por el muelle hacia la orilla, Samuel escuchó un recio murmullo, como si todos en el carguero rojo ahora lo estuvieran maldiciendo. En cualquier momento, pensó, saltarían y lo asesinarían. Qué ironía, haber sobrevivido al enemigo en el campo de batalla y a los nazis alborotadores en Hamburgo, para morir aquí, solo, y todo por haberse imaginado que unas niñas lo estaban ridiculizando.

Entonces se encendió una luz en su cerebro. Lo que había hecho estuvo muy mal. Ella era sólo una muchachita que estaba bromeando y él perdió el control y actuó como un chiquillo abusador. Merecía el castigo. Después de todo, la niña tenía una cara tan dulce... Podría haber sido su hija...

Capítulo trece

Samuel caminó hasta una banca de piedra debajo
de un tamarindo con muchas hojas y se sentó. La
harina, mezclada con el sudor, se había solidificado
en su cara. Sacó su pañuelo y trató de limpiarse la
pasta endurecida. Parecía una fina máscara. Puso
la cabeza entre sus manos. ¿Qué importaba cómo
lucía ahora? Se sintió tan indefenso y desgraciado,
a merced de sus erráticas emociones. Cada uno de
sus actos parecía estar mal y debía admitir que él
mismo, no algún enemigo o un imbécil, era el responsable de sus problemas.

Su control sobre las cosas se desintegraba y
no era capaz de detener ese hecho. Estaba solo
en Guatemala, perdido en un laberinto de pensamientos y sentimientos conflictivos. Desearía tener
la suficiente tranquilidad mental como para analizar
su vida, examinar cada giro equivocado, reconocer
los incidentes importantes, pero ya no tenía la capacidad de concentración para discernir lo bueno

de lo malo. El enano señor Price le dijo borracho en el carguero rojo. Estaba equivocado al respecto, pero era cierto que había perdido la habilidad de reaccionar racionalmente a ciertas situaciones.

No, él no tenía los ojos inflamados, la nariz roja, ni los gestos torpes de un alcohólico. Sin embargo, estaba en camino a convertirse en un hablador incoherente como el Padre Cabezón, incapaz de confiar en sus propios instintos. Mejor debería tener cuidado.

Las nubes descansaban densamente sobre el agua, como si fueran una frazada. Samuel recorrió con la vista la bahía de Amatique y vio el barco hacia Livingston surcando sobre las olas. No era un buen día para hacer turismo, de todos modos. Se habría puesto enfermo en el bote. A lo lejos vio cortinas de lluvia viniendo hacia Puerto Barrios, a través del agua. Tenía que regresar al hotel, pero no podía ponerse de pie.

Samuel se sentía desolado, como cuando regresó de Berlín y descubrió que su madre había abandonado a su padre y se mudó a Palma de Mallorca, junto con su hermana. En cuanto vio a su padre, se dio cuenta de cómo el abandono lo envejeció. Había desaparecido el brillo en sus ojos y los destellos de humor en su conversación. Su papá le pidió esperar en el vestíbulo mientras iba a su cuarto a traer algo. Arrastraba los pies, sin ninguna motivación. En un minuto estaba de vuelta, sosteniendo una carta con sus dedos, de una de las esquinas del sobre, como si fuera una serpiente.

La carta decía que su madre iba rumbo a Mallorca. En ella explicaba a su marido que reconocía que habían crecido de manera diferente y ahora eran muy distintos y no tenía ningún sentido continuar juntos. Indicaba, además, que mandaría a recoger sus cosas y que apreciaría que Phillip las empacara para ella. Insistió en que su decisión estaba tomada y que no deseaba que él fuera detrás de ella. No quería verlo nunca más y sabía que él estaría bien.

Por el estado de la carta, Samuel se dio cuenta de que su padre la había leído, arrugado, metido en el sobre, abierto de nuevo y releído muchas veces. Su padre se tambaleó entre sus brazos y Samuel trató de que se sentara, pero se le resbaló y cayó al suelo, llorando intermitentemente. Cuando Samuel trató de levantarlo, su padre se resistió con todo el peso del dolor y la desesperación. Samuel no supo qué hacer; nunca había visto a su padre tan derrotado.

Su madre, después de treinta y cinco años de matrimonio, finalmente se rebeló. Su padre no encontraba consuelo en ningún lado, hasta le costaba vestirse. Ni siquiera intentaba ir a trabajar. Era un hombre destrozado. Samuel vino diariamente a cuidarlo, hasta que Phillip murió en la cama, unas semanas después.

Berta se rehusó a asistir al funeral.

Al visitarla en Palma, una semana después de haber sepultado a su padre, Samuel encontró a una mujer endurecida, como una cáscara de nuez, completamente indiferente a la muerte de su marido. Era como si no comprendiera lo sucedido.

Cómo habían cambiado las cosas en dos meses. Y para su sorpresa, su madre apenas lo reconocía, a su propia carne y sangre. Quería que la dejaran sola y sólo se interesaba en hojear revistas de moda y tomar té de manzanilla en los cafés a la orilla de la playa. La única pasión que mostraba era cuando exigía a Samuel poner hielo en una bebida que ya estaba fría...

Una suave llovizna dio paso a un aguacero. Una veintena de caribeños y garífunas corrieron desde el muelle, arrastrando carritos y bolsas hacia cualquier refugio que pudieran encontrar. Los estibadores se hacinaron en el interior de los vagones que traían la fruta desde Bananera. Samuel no pudo quedarse debajo del tamarindo, porque estaba siendo salpicado por semillas y grandes gotas de agua.

Salió de debajo del árbol. A su derecha pudo ver las torretas del hotel, justo debajo de la línea de nubes en la distancia, y se dirigió hacia allí. Le tomó todas sus fuerzas caminar por el suelo lodoso y al mismo tiempo tener la vista fija para ver hacia dónde iba. Alcanzó los rieles del ferrocarril y caminó por los durmientes hasta acercarse al hotel. Rodeó varios vagones, cruzó dos vías desocupadas y llegó a un cerco de alambre espigado. Lo revisó frenéticamente hasta encontrar una entrada marcada con dos toneles de acero.

La camisa se le adhería al cuerpo como si fuera un dulce pegajoso, su cara estaba manchada de harina y lodo, pero había encontrado la puerta secreta que lo llevaría a ¡El Dorado! Cruzar no estaría libre de peligros, porque el acceso se encontraba en un punto en donde el agua de la bahía chocaba contra unas rocas. Sin embargo, Samuel estaba listo para una acción heroica.

Puso su codo izquierdo contra uno de los toneles y con cuidado levantó el alambre superior con la mano derecha. Bajando el alambre inferior con su pie izquierdo, abrió un espacio lo suficientemente ancho como para pasar del otro lado. Arqueó su pie derecho entre los alambres y lo plantó firmemente sobre una piedra plana, del otro lado. Después cambió de lugar las manos, de modo que ahora era su mano izquierda la que detenía el alambre, lo que le permitió pasar su espalda debajo de las púas. Ya del otro lado, quitó el pie que sostenía la alambrada y lo puso cerca del que tenía apoyado.

Justo cuando soltó el alambre, la piedra se desplazó. Por una fracción de segundo, Samuel visualizó a su cuerpo tambalearse y caer en la alambrada. Se apartó rápidamente, pero su movimiento fue muy repentino. La piedra se deslizó debajo de él y cayó a gatas en el agua, poco profunda.

Hizo una mueca. Cojeando en el suelo lodoso, usó un pedazo de madera arrastrado por la corriente como muleta, hasta que encontró tierra sólida. Miró sus manos lastimadas con rayones. "Heridas de guerra", pensó, riendo con ganas. Se inclinó para examinar sus piernas. Sus pantalones estaban rasgados y enlodados, sus rodillas sangraban.

Se sintió ridículo.

Empezaba a escampar. Respiró profundamente y caminó hacia un cobertizo lleno de rayos y ruedas de ferrocarril rotos, junto a toneles de acero perforados. El suelo estaba cubierto de clavos y herramientas oxidadas. Repuestos de tren y de barco estaban apilados por todos lados, en montones desordenados.

Las luces del hotel brillaban en la distancia; no estaba tan lejos.

Samuel secó sus manos en el pantalón y después, impulsivamente, se tocó el bolsillo de la camisa.

—Oh mi Dios, ¿en dónde está?

Agitado, buscó entre los bolsillos del pantalón muchas veces, volteándolos hacia afuera, hasta que estuvo seguro de que no había puesto allí su pasaporte. Se arrancó la camisa y la estrujó hasta hacerla una bola.

—No está, no está —se desesperó y lanzó la camisa a una pila de acero oxidado. Regresó, la recogió y empezó a desmenuzarla con las manos.

Chasqueó los dedos, dio vuelta y caminó hacia la bahía. Se dejó caer con el torso desnudo sobre las piedras y estiró los brazos tanto como pudo dentro del agua.

—Tiene que estar allí —dijo en voz muy alta—, ¡por estas rocas! Sí, todavía lo tenía en el barco. Debió caérseme en el agua... Allí debe estar, sí, tiene que ser.

Samuel se pasó diez minutos peinando el fondo con las manos, pero todo lo que halló fue una pequeña lata, un pedazo de alambre quebradizo, una botella y un montón de lodo empapado.

Estaba fuera de sí, temiendo que sin los papeles apropiados podría ser arrestado o devuelto inmediatamente a Alemania. Nadie podía permanecer en Guatemala sin identificación.

—¡Estoy acabado! —gimió, golpeando el agua una y otra vez.

Cuando finalmente se convenció de haber perdido el pasaporte para siempre, se paró despacio. Estaba jadeando. Levantó los brazos y luego golpeó su estómago con los puños. Se tambaleó sobre los pies un momento, antes de caer boca abajo en la orilla.

Capítulo catorce

Empezó a llover. George cerró la caja registradora en su escritorio y salió al porche del Hotel del Norte. Estaba orgulloso de sí mismo porque le predijo a Willie, el camarero del bar, que habría una tormenta hoy, confirmando su teoría de que siempre cae un aguacero después de la luna llena.

Empujó de nuevo la puerta de malla y la mantuvo abierta con su cuerpo. Dio la bienvenida a la lluvia. La tormenta dispersaba, por lo menos momentáneamente, los malos olores que saturaban el aire de Puerto Barrios. Su única preocupación era que el mal tiempo forzaría a Alfred Lewis a volver al puerto. Quería fuera de su vida, al menos por unos días, al hombre de la cabeza en forma de huevo y la boca obscena. Que se hundiera su vapor, era mucho pedir.

George estaba harto de Puerto Barrios. Este pueblo se había vuelto un imán para los vagos y los perdedores y estaba enfermo de las mentiras que se decía a sí mismo para justificar su permanencia aquí. Debió irse hace mucho tiempo. Este lugar se había convertido en una vaca con las ubres secas. Cuando la Compañía le ofreció la oportunidad de supervisar una casa de huéspedes en Bananera, pensó que irse sería una traición al sueño que lo hizo venir. No podía imaginarse viviendo tierra adentro, rodeado por interminables campos de banano, en un pueblo de la Compañía.

Qué tonto.

Si tuviera los cojones, recogería sus cosas y regresaría a Punta Gorda a trabajar la pequeña parcela que aún estaba a nombre de la familia. Sería duro pelear contra la selva, pero al menos no tendría que arrastrarse delante de hombres despectivos y amargados como Lewis.

Eso significaría regresar a su pueblo con las manos vacías, y además, admitir que luchó veinte años para nada. Su hermano Buster, un abogado en Monkey River, le había estado rogando por años que regresara a casa, por lo cual no iba a quejarse. Buster pensaba que entre los dos podrían iniciar un negocio de maderas; había tanta caoba creciendo ociosamente en su tierra.

George estaba atrapado y después de tanto tiempo sólo tenía para mostrar una pequeña casa en el camino de tierra hacia Bananera, donde nunca se quedaba desde que decidió trabajar de día y de noche en el hotel. Por eso aconsejaba a los recién llegados largarse de Puerto Barrios antes de que fuera demasiado tarde. Las zarzas crecían tan rápido en esta región, que lo estrangulaban todo.

Empezó a caminar hacia el interior del hotel. La belleza del aguacero golpeaba todo de una manera equitativa e indiscriminada. En menos de veinte minutos, profundos charcos se formaron en el parque y el lodo salpicó las orillas de la concha acústica. Lamentó tener que limpiar las aceras, aunque eso era también parte de su trabajo. Desde que los pantanos detrás del hotel habían sido drenados y los árboles en las colinas cercanas, cortados, las corrientes lodosas bajaban sin obstáculos remolineando hasta la bahía en cuanto llovía fuertemente.

George mantenía la concha acústica por su cuenta, aunque ningún músico había tocado allí en más de diez años. La municipalidad la abandonó. Pese a ello, George reemplazó los tablones de madera del piso y repellaba los costados cuando se rajaban debido a las inclemencias del tiempo.

Ese era el problema en Puerto Barrios. Un paso adelante y dos atrás. Una danza loca en la cual no había ningún progreso. Era tan simple como eso.

George encendió un cigarro. A pesar de la bruma espesa, el sol empezaba a abrirse camino a través de las nubes. En cuestión de minutos, saldría totalmente y lo secaría todo. El mundo era, en efecto, un lugar misterioso.

De pronto, un grito lo sacó de su estupor. El cigarro se le cayó de los labios y, sin poder detenerlo, rebotó por los escalones hasta el lodazal.

—Desgracia —refunfuñó.

Miró hacia la concha acústica y vio a una criatura del tamaño de un burro pequeño caminando a gatas entre el lodo. Su pecho empezó a palpitar.

Al acercarse, descubrió que no era un burro; la aparición estaba demasiado cerca del suelo. Se arrastraba sobre sus codos, sosteniendo un palo parecido a un rifle en una mano y agitaba una cáscara de coco en el aire, con la otra.

La lluvia amainó, pero cuando un rayo centelleó en la distancia, vio a la criatura parar en seco, levantar el rifle y aullar.

George regresó al hotel. El frente de su camisa estaba mojado. Sacudió la cabeza. Tal vez era el duende peludo, del que su madre le había contado, y que hablaba doce lenguas y concedía deseos a quien creía en él. O tal vez el Sisimite, que mataba a quien visitaba. De cualquier manera, no estaba dispuesto a enfrentar a un espíritu salvaje.

Cuando la criatura subió por la escalera del hotel, George vio que era un simple mortal y no un espíritu errante. Fue hacia la puerta de malla y abrió. Al ser visto, el hombre se detuvo y gruñó. Se lanzó con su bastón y amenazó a George con el coco.

Al reconocer al empleado, Samuel simplemente puso el palo y el coco en las gradas y se arrastró al interior del hotel. Había espuma en la comisura de sus labios y sus ojos bailaban salvajemente en el interior de sus cuencas. Caminó hasta el pie de la escalera, se detuvo, y luego subió al segundo piso.

George caminó de regreso al porche, medio aturdido. La tormenta, que había durado quince minutos, se alejó y un listón de luz amarilla comenzó a cruzar a través de la negra y metálica agua de la bahía.

El empleado decidió fumar un cigarro. Después limpiaría el lodo de los caminos con una pala y más tarde barrería el suelo de la recepción y lo secaría con un trapeador.

Sacó varios cigarrillos del paquete en el bolsillo de su camisa, los sacudió hasta encontrar uno lo suficientemente seco. Con el cigarrillo en la boca, se frotó los ojos. No creía del todo lo que acababa de ver, pero al final, ¿qué importaba si fue real o no? Sus labios temblaban. Puerto Barrios estaba maldito.

George se puso el cigarro en la boca y le dio unas rápidas y tristes fumadas sin sentir ningún placer.

Capítulo quince

Samuel no recordaba lo ocurrido, sólo que perdió su pasaporte. Luego caminó de regreso al hotel, cuando dejó de llover.

Una vez en su cuarto, se quitó los zapatos mojados y se despojó de la camisa y del pantalón rasgado. Se puso una toalla raída alrededor del cuello y regresó por el corredor hasta el baño. Allí vio un cartel clavado en la pared, el cual indicaba que no habría agua sino hasta las 6 p.m.

Regresó a la habitación y utilizó lo que quedaba en el pichel para limpiarse el lodo y la harina endurecida de la cara. Se sentó en la cama y frotó sus piernas magulladas. Sabía que no debía perder el tiempo y tenía que correr de regreso a la estación del tren y a la oficina del telégrafo. Sacó unos pantalones limpios, una camisa café de manga corta y un par de zapatos de repuesto de la valija. Se vistió de nuevo.

Le preocupaba no tener pasaporte. Demoraría semanas, tal vez meses, obtener uno nuevo en el Consulado de Alemania en la Ciudad de Guatemala. Eso, si antes no lo ponían de patitas en la calle al sospechar que era judío. Hitler siempre había tratado de probar al mundo que ningún país en el planeta quería a los judíos. Si el Consulado se negaba a emitirle un nuevo pasaporte, lo cual era una posibilidad real, ¿cómo le probaría a cualquiera quién era? Sin los papeles apropiados de identificación, si quería permanecer en Guatemala, debería seguir estrictamente las reglas, pasar completamente desapercibido. No sabía nada acerca de las leyes locales, pero en estos tiempos todo debía estar en orden. Un paso en falso y sería deportado. Los delincuentes y embaucadores lo tendrían en sus manos si se enteraban de que no tenía documentación oficial.

La pérdida tenía un lado positivo. Para bien o para mal, los lazos con su pasado fueron cortados. Era libre de ser quien quisiera. Y todavía tenía a su primo Heinrich. Después de una década en la Ciudad de Guatemala, debería estar bien conectado con los altos mandos del gobierno. Podría pedir ayuda a algún funcionario a fin de que su primo obtuviera papeles nuevos. Las conexiones y el dinero abrirían cualquier puerta. Samuel podría cambiar su nombre por alguno que sonara más español, como Pablo de la Vega o Roberto Gómez.

La pérdida del pasaporte no era para tomarse a la ligera, pero al final, podría ser una oportunidad fortuita para rehacerse a sí mismo.

No había nadie en la estación de trenes. Samuel se sintió aliviado al ver el andén lleno de mercancías por todos lados. Un cartel, colgado en la ventana de la taquilla, decía: "Vuelvo a las dos". El reloj de cuerda, justo encima, marcaba las tres menos diez. Samuel no se inquietó ante la ausencia del empleado. El tren, sin duda, saldría pronto hacia la capital. Tal vez debería ir primero a la oficina de telégrafos a averiguar si Heinrich había respondido a su telegrama.

Se dirigió hacia el muelle. Pasó al lado de un hombre que caminaba hacia el centro del pueblo. Vestía un ligero sombrero de paja hundido sobre su rostro, cargaba un saco sobre su hombro y cantaba mientras caminaba solo. A su derecha, Samuel vio a algunos niños jugar con una camada de gatitos recién nacidos. La voz de una mujer se escuchó desde un rancho cercano. ¿Sería la misma que le reclamó antes? Un perro callejero salió de una choza, se rascó la espalda y caminó hacia otra.

La vida en un pueblo normal.

Mientras caminaba a través de la puerta abierta del muelle, Samuel se sonrojó nerviosamente. Las horas de espera, los días de incertidumbre pronto terminarían. Abrió de nuevo la puerta de la oficina del telégrafo y gritó:

—¡Joshua, ya regresé!

Joshua estaba tecleando en su mesa en el centro de la habitación.

—Buenas tardes, señor Berkow. ¿Cómo terminó su mañana? ¿Tuvo la oportunidad de visitar Livingston?

Samuel negó con la cabeza.

—El barco estaba lleno de gente y no encontré un asiento. Y luego empezó a llover. Decidí volver al hotel y esperar. Me empapé —señaló sus nuevas ropas como si Joshua no lo hubiera notado.

—Sabia decisión. Fue una de esas tormentas que se cuelan a través de la bahía y que amenaza con destruir todos estos viejos edificios de madera. Pero mire ahora —dijo Joshua, mientras estiraba los brazos a su alrededor—, ni un rastro de tormenta. Ni uno solo.

Samuel vio hacia afuera por la única ventana de la oficina. Una palmera solitaria se erigía de cara al viento.

—Simplemente encantador, encantador.

—Sí, así es.

Samuel giró sobre sus talones.

—A propósito, ¿respondió mi primo desde la Ciudad de Guatemala?

—Bueno, sí —contestó Joshua, pasándose una mano por encima de la nariz—. Recién terminé de rotular el sobre.

Samuel tomó el telegrama que le ofrecía Joshua, jugueteó con él unos segundos, primero sosteniéndolo contra la luz y después sacudiéndolo, como si tuviera joyería adentro.

—No tenía por qué sellarlo —dijo.

—A pesar de todo —el empleado se inclinó—, tengo que hacer las cosas de la forma correcta.

Samuel metió un dedo bajo la pestaña engomada y lo abrió. Todo su cuerpo hormigueaba mientras desdoblaba el papel amarillo y leía las palabras de su primo:

```
Bienvenido. Es un mal momento.
No hay vacantes, repito, no hay
vacantes en la Ciudad de Guatemala.
Hablé con Leon Fishman. Puede
emplearte como receptor de boletos
en el cine Palace, en Escuintla.
Es lo mejor que puedo hacer. No te
apresures en llegar aquí.
Enrique.
```

La espalda de Samuel se puso rígida.

—¿Dónde es Escuintla?

Joshua señaló con el dedo en el aire.

—Está al otro lado de la capital, hacia el Pacífico.

—¿Es un pueblo decente?

—Ojalá pudiera encontrar algo bueno que decir de ese lugar...

—Ya veo —Samuel arrugó el papel en su mano.

—Lo siento por las malas noticias, señor Berkow, si es que lo son.

—¿Malas noticias? No lo sé. Son noticias, pero no estoy seguro de lo que significan. Nunca fui receptor de boletos en un cine antes. Mi padre acostumbraba decir, "no tener noticias es una buena noticia" —Samuel dejó caer la bola de papel en el suelo y metió su cabeza entre las manos.

El telegrafista tocó su brazo.

—¿Puedo hacer algo por usted?

Samuel lo retiró cómo si lo hubiera tocado una llama.

—No me toque. ¡Que nadie me toque! —señaló la puerta—. Le agradecería que la abriera por mí, por favor.

Joshua se acarició la barba, sostuvo la puerta y permitió a Samuel salir. Caminaba con dificultad.

—Señor Berkow...

—Por favor, Joshua. Quiero estar solo.

El telegrafista suspiró y regresó a la oficina. Samuel miró de reojo hacia el cielo en donde el sol resplandecía como una yema anaranjada. Su cabeza resonaba. Parecía que alguien había golpeado un gong justo a su lado.

Así estaban las cosas... Rechazado por su propia carne y sangre, sin siquiera una reunión superficial. Heinrich no tenía ninguna prisa por verlo. Ni ahora ni nunca.

"Ya no Heinrich. Enrique, si me haces el favor".

Samuel observó ciegamente las espesas y alfombradas montañas que emergían sobre los edificios de dos pisos de Puerto Barrios. De repente se le apareció la imagen de su primo, sentado en un taburete, lustrándose los zapatos en un reservado contiguo a su oficina, en la Ciudad de Guatemala. Estaba impecablemente vestido con un traje de casimir y leía el telegrama que recién le había entregado su secretaria. Tenía la frente arrugada y estaba profundamente molesto. ¿Por qué Samuel era tan persistente? Heinrich ignoró varias de sus cartas, tratando de olvidar el pasado, pero ahora este telegrama lo miraba cara a cara. ¡Él no iba a ser presa de la voz de su conciencia! Rápidamente dictó una nota a su secretaria y le pidió que fuera al telégrafo a mandarla de una vez.

El estómago de Samuel gruñó y él se acurrucó. Sabía que ni las palabras de consuelo ni el optimismo infantil aminorarían el dolor. Su tío Jacob se arriesgó tanto por él... Fue muy peligroso pagarle a los oficiales nazis en Hamburgo para asegurarse de que su sobrino tuviera una visa legítima para Guatemala.

El telegrama de Heinrich era muy claro. Samuel había sido advertido explícitamente a no llegar a la Ciudad de Guatemala y nadie allí lo recibiría con los brazos abiertos. Receptor de boletos en un cine, probablemente entre semana, calcinándose en una ciudad llamada Escuintla.

Samuel sabía una cosa, él jamás rompería el corazón de su tío contándole que su único hijo, su heredero, era un piojo egoísta y sin corazón. ¿Cuál era el punto? Su tío no sobreviviría nunca al régimen nazi. Era mejor dejarlo creer que, después de todo, Heinrich actuó honorablemente, como se le había enseñado.

¿Qué esperaba, en todo caso? ¿No le escribió su amigo Rolf Neumann desde Buenos Aires, hacía algunos años, para contarle que los inmigrantes, judíos, alemanes o italianos, no importaba de dónde, eran tan competitivos que propagaban mentiras maliciosas sólo para sabotear el negocio de los demás? Aún peor. Las amenazas, las bombas, los incendios, incluso entre hermanos con empresas rivales, eran comunes no sólo en las grandes ciudades como Buenos Aires o Córdoba, sino también en las provincias. Vendedores ambulantes emboscando a otros vendedores ambulantes.

¿Por qué iba Heinrich, sí, sí, Enrique, a ser inmune a tales tácticas y maniobras? Qué tonta idea esa de que la sangre era más espesa que el agua.

¿Podría el miedo a la competencia provocar palabras tan frías y asépticas? ¡Enrique debía tener agua helada circulando por sus venas! ¿Qué interés podría tener Samuel en vender radios, baterías y electrodomésticos a la clase media en la Ciudad de Guatemala?

No, esto era una venganza por lo que le hizo a Heinrich treinta años atrás. Eso debía ser.

Samuel sentía la lengua seca contra el cielo de su boca. Cada articulación y célula de su cuerpo pedían algo de humedad. La cordura se escapaba de su cuerpo, como un gas invisible, por agujeros muy pequeños. ¿Cómo podría taparlos antes de quedar demente? ¿Enviando a Enrique otro telegrama bañado en sangre y lágrimas? ¿Y si le mandaba una fotografía de sí mismo, tomada en ese instante, para que viera cómo lucía su primo después de que le lanzó una soga en vez de un salvavidas?

¿Podría eso derretir el corazón de piedra de Heinrich?

Joshua se asomó por la puerta.

—¿Se le ofrece un vaso de agua?

Samuel sonrió.

—¿Agua, dice? El océano está lleno de agua.

—Señor Berkow, dice cosas sin sentido.

—No tengo ya ningún sentido. Ni dólares, ni centavos, ni sentidos. ¡Ja, ja! Me siento mejor ahora. Por favor, siéntese —Samuel dio golpecitos en la caja en la que estaba sentado.

Joshua tomó un balde que servía para recoger el agua debajo del porche de su oficina, lo vació, le dio vuelta y se sentó en él.

—Probablemente no tengo derecho a hacerle una pregunta tan personal...

—¿Cuál es?

Samuel lo vio.

—Joshua, ¿alguna vez ha matado a alguien?

—¿Matar a alguien?, ¿qué quiere decir? —preguntó el mulato.

—No en la guerra. Yo hice eso, o al menos pienso que lo hice, cuando estaba peleando en Bélgica. Había una nevada muy fuerte, los copos eran gruesos y espesos, casi del tamaño de una nuez. Nos ordenaron que disparáramos sin importar nada. El estruendo de las balas y los obuses era peor que los gritos de los soldados heridos, puedo decirle. Pero no me refiero a eso, yo quiero saber si alguna vez mató a un hombre. No se lo diré a nadie, le doy mi palabra.

Joshua vio a Samuel con la mirada fija.

—Ha habido muchas ocasiones en que ese deseo ha estado en mi corazón y ha alcanzado la punta de mis dedos, pero siempre se detiene y un sentimiento de vergüenza se apodera de mí. Pienso que no podría vivir con la culpa de haber matado a alguien, aunque hubiera quedado impune. Tal vez soy muy cobarde o muy tímido, supongo.

—¿Tímido? —Samuel se encogió de hombros—. No creo que eso importe. No es una cuestión de carácter. Tal vez su religión o el miedo a ser castigado lo libraron de hacerlo —señaló a un guardia frente a la garita, quien hablaba con dos policías.

—No, señor Berkow. No es miedo. Ni a la policía ni al ejército, ellos pueden ser comprados. Vivir en Puerto Barrios me ha enseñado que usted no puede darse el lujo de vivir su vida dedicado sólo a sus intereses. Siempre hay alguien dispuesto a pelear con usted. Por dinero, por amor o por algo tan estúpido como una mirada indiscreta. Para ciertos alborotadores, cerrar la boca y alejarse es peor que reírse en sus caras. La Compañía Frutera ha propiciado eso. Y para nosotros, los caribeños, pobres y negros y que sólo deseamos vivir en paz para comer y pescar, es peor. Estamos en el fondo de todo, sin posibilidades de devolver los golpes. Ni siquiera nos sirve quedarnos callados. Como le dije, el fuego lo viene a buscar a uno en Puerto Barrios, y aunque el Señor siempre está vigilando, no le gusta intervenir.

—Usted tiene suerte de ser un hombre religioso.

—No, señor Berkow. Yo no soy religioso. Una monja inglesa en Monkey River me educó, pero los sermones de la hermana Roberta nunca surtieron efecto. En lo que a Dios respecta, yo sólo quiero seguir el camino correcto y no romper sus reglas y mandamientos. Pero no creo que Él me haya librado de matar a un hombre. Cuando tuve la oportunidad de hacerlo, algo me detuvo. Frente a la gente prefiero tener la cabeza agachada y cerrar los ojos. Tal vez no soy violento, o loco. O tal vez sé que pelear no conduce a nada. Quién sabe, a lo mejor nunca estuve tan desesperado como para hacerlo.

—¿Piensa usted que todo es cuestión de desesperación?

—Sí, creo que sí. Si no tiene otra opción y ya no le importa lo que pase, independientemente de las circunstancias...

—La gota que derrama el vaso.

Joshua asintió.

—La gota que derrama el vaso.

—¿Debe haber una provocación, algo que lo desencadene?

—Sí, yo no podría matar impulsivamente —dijo Joshua.

Samuel palmeó sus piernas y se levantó.

—Yo tampoco podría.

El sol caía de lleno en su rostro, acentuando sus arrugas.

—Bueno, Joshua, debo hacer algunas cosas antes de irme de aquí. No creo que volvamos a vernos. Le agradezco el haber regresado. Usted me iluminó. Mire, empezaba a pensar que me estaba volviendo loco. Ahora sé lo que debo hacer. Tengo que ir a la Ciudad de Guatemala y empezar por mi cuenta. Y ahora sé que soy capaz de hacer cualquier cosa con tal de sobrevivir. Ha sido un placer.

—El placer ha sido mío —respondió el telegrafista. Rápidamente añadió—: Pero, ¿por qué me hizo esa pregunta?

—Sólo tenía curiosidad. Usted parece ser un hombre muy reflexivo.

—Espero que no esté considerando hacer algo estúpido, señor Berkow. Eso sería un error. Guatemala tiene sus propias reglas, aquí no hay tribunales ni derecho británico, como en mi país de origen...

Samuel palmeó el brazo del empleado.

—No se preocupe. Sólo quería saber lo que pensaba.

—Cuídese y recuerde lo que le dije.

Samuel inclinó la cabeza.

—¿Lo del fuego? Sí, mantendré los ojos abiertos..., y un balde de agua a mi lado, ¡por si acaso! —agitó su mano a manera de despedida y empezó a bajar las gradas.

Capítulo dieciséis

Samuel caminó cien metros, cruzó las vías del ferrocarril y siguió frente a una pared de madera, pintada de rosado, otros treinta, hasta que llegó a un espacio abierto que daba a un descampado. Cuando lo atravesaba, una pelota de futbol rodó hasta sus pies. Le dio una fuerte patada y la bola fue a dar a los brazos de un niño que jugaba. En uno de los lados del improvisado campo, cuatro viejos estaban sentados en una banca de madera. Cuando Samuel se dirigió hacia allí, uno de ellos levantó una botella y le ofreció un trago. Samuel negó con la cabeza, se sentó en un pedazo de grama y apoyó su espalda contra un ciprés sin hojas.

Respiró con calma mientras observaba a los niños correr de arriba para abajo por el campo, gritando y llamándose unos a otros. Fue música para sus oídos; cerró los ojos. Samuel sabía que para algunas personas matar era tan natural como, por ejemplo, limpiar las migas de una mesa o vaciar un cenicero. Un hecho casual, pero a veces necesario. Si Heinrich se presentara frente a él ahora mismo, felizmente le rompería el cuello.

Sólo una vez sintió el impulso de matar fuera del campo de batalla. Fue en 1934. Su padre lo mandó a Amsterdam a negociar un mejor precio para los guantes de cuero que importaban al por mayor y que luego revendían a otros minoristas alemanes. Spielberg, el fabricante de los guantes, era originario de Berlín y en la discusión del precio abundaron las comparaciones y las preguntas acerca de cómo les iba a los judíos de Berlín, Frankfurt y Hamburgo, bajo el mandato de Hitler. Tenían grandes diferencias en cuanto al precio. Después de mucho regatear, no pudieron llegar a un acuerdo. Spielberg invitó a Samuel a cenar y, esperando cerrar el trato, Samuel aceptó.

Spielberg vivía solo, junto a su cocinera y ama de llaves, en un confortable piso de cuatro habitaciones en un vecindario rico de los canales de Amsterdam. Después de los tragos, el anfitrión expresó su creencia de que el actual antisemitismo sólo era una nube pasajera, la cual pronto se disiparía. Una táctica política de Hitler para ganar el apoyo de la población desempleada y forzar al presidente Hindenburg, "el viejo con hemorroides", a finalmente retirarse. Una vez que Hitler consolidara su poder, el ataque a los judíos cesaría. Entonces tendría las manos libres para congelar los salarios de los obreros y bajar los impuestos a los negocios, lo que al final sacaría a Alemania de los diez años de depresión.

Samuel discrepó y afirmó no compartir esa confianza en Hitler, y además, la situación se estaba saliendo tanto de control que simplemente retractarse del antisemitismo no iba a detenerlo. Spielberg agitó sus dedos frente a la cara de Samuel y le dijo que él tenía información confiable que aseguraba lo contrario.

Samuel subió las cejas y cerró la boca. Al final, el silencio valió la pena. Después de la cena, durante el té, el contrato fue cerrado al precio originalmente establecido por su padre. Él estaba muy contento, ni siquiera el tío Jacob lo hubiera hecho tan bien. Finalmente fue capaz de relajarse con su anfitrión. Se encontró a sí mismo, voluntariamente, revelando algunos chismes: que algunos judíos estaban dejando Hamburgo, que otros estaban transfiriendo los títulos de sus negocios a amigos no judíos de confianza y había quienes sobornaban a oficiales con tal de parar el acoso.

Spielberg sacó un cuadernillo y empezó a tomar notas. Samuel le preguntó el porqué y Spielberg le dijo que algún día escribiría un libro acerca de cómo los judíos sobrevivieron a la depresión. "Cambiando los nombres, por supuesto".

Samuel encontró esto un poco extraño, pero no pensó nada más.

Se paró de su asiento, a punto de irse. La ama de llaves de Spielberg apareció en ese momento y anunció la llegada de un amigo. Spielberg insistió en que Samuel se quedara a tomar un cognac, ¡el mejor *Remy Martin*! Samuel aceptó y siguió a su anfitrión hasta el vestíbulo en donde un hombre alto y delgado se quitaba el abrigo y se sacudía la nieve.

La garganta de Samuel se cerró al ver que el amigo vestía un uniforme nazi completo, desde la gorra hasta las botas. Cuando vio a Spielberg abrazar al hombre como si fuera un hermano perdido hace mucho tiempo, sintió náuseas. Spielberg alegremente le presentó al nazi y Samuel no supo qué hacer. Tal vez debió buscar un cuchillo en la cocina, pero estaba en Holanda, un país extranjero. En lugar de eso, con un repentino impulso, levantó la mano y le dio a su anfitrión una bofetada que lo derribó al suelo. Después tomó de un tirón su abrigo del armario y salió precipitadamente del lugar sin decir una palabra más.

Afuera la nieve remolineaba y caía suavemente en las aguas grises del canal. Samuel se sintió orgulloso de sí mismo. Si hubiera tenido una pistola, habría matado a los dos hombres en ese momento, sin importarle si el contrato de guantes seguía vigente o no. Sabía que su padre estaría orgulloso de sus acciones.

Samuel abrió los ojos. El sol se ocultaba rápidamente y los muchachos futbolistas se apresuraron en volver a sus casas.

Capítulo diecisiete

La puerta del cuarto de Samuel, en el hotel, estaba entreabierta. Nadie estaba allí, pero él sospechó que alguien husmeó en su valija porque su traje estaba doblado sobre la cama y había una pila de pañuelos blancos sobre el buró. La camarera arregló la cama, puso toallas limpias en la silla, vació el balde y llenó de agua el pichel. ¡Incluso, lavó y planchó sus ropas enlodadas!

Se sentó en la orilla de la cama y se rascó las manos, presa de una repentina comezón. El ventilador tartamudeaba estúpidamente sobre su cabeza, moviéndose con dificultad. En cuestión de horas, muchas cosas habían cambiado. No podía volver a Europa ahora. El viejo continente se fue para siempre. Ya no tendría la oportunidad de revivir episodios de su vida y de imaginar un resultado diferente.

Lena lo había tachado de aburrido. A lo mejor lo era. Ciertamente no quería malgastar cada noche de la semana en cenas con gente ilustre, bebiendo y festejando en demasía, riéndose ante estúpidos actos de vodevil en donde los hombres se vestían como mujeres. Pero sin importar lo que pensara o dijera, la verdad era que amaba a Lena y cuando ella lo dejó, le rompió el corazón.

Samuel vació sus bolsillos sobre la cama. Un puñado de monedas alemanas cuyo único valor en Guatemala, era el de *souvenirs*. Dieciocho dólares en su billetera, que deberían cubrir el boleto de tren, la primera noche en un hotel de mala muerte, cosa que podría soportar, y unas cuantas comidas cautelosas. ¿Comidas? Había pasado los dos últimos días viviendo del aire, con sólo unas gotas de agua. ¡Tal vez podría aprender a sobrevivir sin comer! Y si iba a morir de hambre, lo mejor sería hacerlo en la Ciudad de Guatemala, así el hedor de su cuerpo podrido alcanzaría la nariz de su primo Heinrich.

Debía salir de Puerto Barrios inmediatamente, aquí, al parecer, la humedad y el calor derretían cualquier gesto compasivo. Necesitaba un buen clima seco y se rumoraba que la capital lo tenía: no más humedad aferrándose como sanguijuela a sus pulmones. ¿Qué tenía que estar haciendo en el trópico, en donde, según Joshua, había aves aulladoras, ranas venenosas y lagartos gigantes con púas en la cola?

Samuel era un hombre culto. De adolescente cantó en el coro de niños de Hamburgo. Si tuviera que hacerlo, aún tocaría a Chopin en el piano, equivocando sólo unas cuantas notas de alguna polonesa.

Se recostó en la cama y sintió sueño. Sus ojos parpadearon algunas veces y se percató de la almohada caliente y de las moscas en la habitación. Se quedó dormido. Soñó que caía en una guarida de leones y estrangulaba a los animales con sus propias manos, pero sin poder después escapar de allí.

Cuando despertó, miró alrededor del cuarto. Algunas plumas de su almohada estaban esparcidas en la cama. Samuel encendió la luz, fue hacia el espejo. ¡Qué aspecto! Tenía plumas pegadas a la cara como si hubiera dormido en un gallinero. Un león muy fiero debió haber sido, para dejarlo con semejante apariencia.

Con razón la gente se burlaba de él.

Se desvistió y corrió al baño con una toalla alrededor de su cintura. Una vez dentro, destrabó la puerta de la ducha y se metió. Tres o cuatro arañas se escurrieron entre las grietas de la madera. Colgó la toalla en una cuña, afuera, y cerró.

El cubículo era poco ventilado. Tiró de la cadena y desde una caja de lata cayó sobre él un chorro de agua caliente y sulfurosa. Debieron haber pasado meses sin que nadie se duchara allí. Se lavó con un jabón verde, haciendo mucha espuma sobre su piel, mientras la caja se llenaba de nuevo, con un gorgoteo gutural. Samuel repitió la operación varias veces hasta quedar completamente limpio. El último jalón de la cadena vació agua apenas suficiente para mojarse la cara. Esperó algunos minutos a que la lata se llenara de nuevo, pero nada sucedió. Entonces se quitó el jabón restante con la toalla.

De vuelta en el cuarto, empacó de prisa, metiendo desordenadamente la ropa en la valija. Se rasuró después de días de no hacerlo, usando el agua nueva en el pichel. Se puso un par de pantalones azules con pliegues dobles en el frente, un viejo cinturón de cuero de lagarto y una camisa de seda blanca con pequeñas incrustaciones y mancuernillas brocadas. Guardó un pañuelo limpio en el bolsillo izquierdo de su saco de pelo de camello y se sentó en la cama.

Se vio satisfecho en el espejo. Estaba orgulloso de no haberse lastimado ni irritado al afeitarse; tenía una fina suavidad y brillo en las mejillas. Cuando se puso *Kolnisch Wasser* en la cara, su piel se tornó rosada. Con un poco de saliva se aplastó los pocos pelos rebeldes de sus cejas.

Se puso el sombrero y lo ladeó ligeramente a la derecha para que quedara justo encima de su oreja. Casi lucía como una estrella de cine. Después de pulir sus mancuernillas, se puso el saco y acomodó la valija cerca de la cama. En unos minutos dejaría el hotel.

Estaba listo para ir a la estación de trenes de Puerto Barrios.

CAPÍTULO DIECIOCHO

La noche caía rápidamente sobre el pueblo, calmando los cantos y retozos de la multitud de zanates y golondrinas que volaban en círculos sobre las palmeras y los flamboyanes.

Dispuesto a comportarse como un caballero, Samuel se aproximó a la taquilla, en la estación del ferrocarril. El empleado estaba roncando con la boca abierta en la silla y los pies sucios sobre el escritorio. No escuchó a Samuel tocar en el mostrador.

—¡Ejem, ejem! —carraspeó Samuel, presionando la cara contra los barrotes.

El empleado se agitó. Sacó la lengua para mojar sus labios.

—¿Puede ayudarme ahora?

El hombre abrió un ojo.

—¿Qué quiere? No puedo leer la mente.

—¿Cuándo sale el tren a la Ciudad de Guatemala? —preguntó Samuel, dudando de que el hombre tuviera algo de inteligencia.

El empleado bajó los pies y vio con la mirada vacía una tarjeta café que estaba sobre el escritorio.

—El tren está retrasado esta noche. Veamos... Sale a las seis de la mañana.

Conteniendo su desaprobación, Samuel dijo:

—Muy bien. ¿Puedo comprar el boleto con antelación?

—Mejor cómprelo cuando esté a bordo. Así estará seguro de lo que está pagando —el empleado aclaró la garganta y escupió en el suelo, delante de donde estaba.

—Entonces, ¿a qué hora debería estar aquí?

—Mire, ya le dije la hora a la que sale el tren. ¿Qué más quiere?

Samuel se mordió el labio inferior; estaba contento de que por fin su paciencia alemana estuviera aflorando. Sólo discutiría con sus iguales.

—¿Cuánto tarda el viaje a la capital?

El empleado se rascó el cuello y bostezó. Una botella de aguardiente, medio vacía y tapada con un trapo sucio, estaba a la vista en un estante, detrás de él. La sed estaba quemándole la garganta y al parecer lo único que quería era aliviarla con más licor y después hacer la siesta hasta que llegara el tren.

—Los rieles están arruinados en Zacapa, desde hace dos años. Normalmente se tarda doce horas, pero puede tardar todo el día.

—Ya veo —dijo Samuel, ocultando de nuevo su desaprobación.

Con cuidado bajó los escalones de la plataforma y se detuvo en la parte inferior. Miró hacia arriba y vio las estrellas en el cielo negro. No había viento.

En menos de doce horas estaría lejos de este mal sueño. Pero, ¿y si una pesadilla aún peor lo aguardaba en la Ciudad de Guatemala? Nada había sido como lo esperaba y necesitaba de todo su ingenio para sobrevivir.

Lo lograría, sin importar si eso significaba terminar de lavaplatos, o de barrendero, o de receptor de boletos en el cine de esa sofocante ciudad, Escuintla. Lo peor había pasado.

La luna brillaba radiante. Aquí y allá chispeaba alguna luciérnaga como si fuera una gema fugaz, antes de desvanecerse en los arbustos. Hacia su derecha, podía ver sombras caminando en las entradas de las casas de machimbre, en el pueblo.

Puerto Barrios era pestilente, él lo sabía, sin embargo, a modo de desafío, quería que las personas del pueblo lo vieran vestido de manera elegante, para demostrarles que no se había rendido, mucho menos que lo habían vencido. No quería ser un perro cojo con la cola metida entre las patas. De hecho, saboreó la idea de encontrarse con el pequeñito señor Price.

Así que se dirigió al centro del pueblo. Después de algunos metros, el camino se inclinaba hacia arriba y luego se emparejaba, justo en donde empezaban las chozas. En la primera, se tocó el sombrero a fin de saludar a un grupo de caribeños que estaban sentados en un porche de madera. Ellos respondieron el saludo. Samuel pudo ver que las viviendas eran unas miserables casuchas de madera, sin mallas o vidrios, con el tejado hecho de delgadas láminas corrugadas. El olor de la madera quemada y de los guisos picantes llegó a su nariz y le apretó el estómago como si fuera una llave inglesa.

Ese sentimiento de hambre le resultó familiar, muy parecido al que sintió durante aquellas delirantes horas en los bosques de Bélgica, cuando sólo le quedaba esperar la llegada de la muerte, para cargar con él. Ese día se mantuvo consciente inventariando la mercancía solicitada para una de las tiendas de su padre: diez docenas de cinturones *Martin* de Inglaterra; cuarenta pañuelos de seda bordados de Finlandia; cuarenta cajas de bombones de Di Capio's de Roma; tres docenas de sombrillas de Apinal. Su mente empezó a ponerse confusa, recuerda. Así, de pronto, los cinturones *Martin* eran de Finlandia y las sombrillas de Roma. También empezó a confundir las cantidades, pero sólo le importaba permanecer despierto. Cuando ya no pudo repetir las órdenes porque su cerebro casi había dejado de funcionar, empezó a masticar una bellota de pino que encontró en la nieve, a fin de permanecer consciente. Mordió los pedacitos de madera como si, de alguna manera, se pudieran extraer nutrientes de ellos. Y, mientras tanto, la sangre escurría de su uniforme y su chaqueta, convirtiendo la nieve alrededor de él en una tumba de mármol rojo...

Llegó a una intersección y allí dobló a la derecha. En la esquina estaba el Hotel Palace: seis pisos de cuartos con una fachada en la que había pinturas de mujeres medio desnudas. El hotel y todas sus ventanas estaban tapiadas, pero había una cantina abierta en la planta baja.

Samuel se asomó, estirando el cuello por encima de las puertas plegables, con pantallas de acordeón, las cuales servían para evitar las miradas de los intrusos. Vio algunas mesas redondas con velas de cebo en ellas y hojas de pino a modo de alfombra. Escuchó muchas risas y el chirrido de un viejo disco en la vitrola.

Una mujer entrada en carnes, con un vestido amarillo y sandalias abiertas, vino hasta la puerta a observarlo. Recorrió a Samuel con los ojos, profundizando la mirada. Despreocupadamente jugueteaba con los tirantes de su vestido hasta que uno de sus hombros quedó al descubierto. Se apoyó en una de las puertas, sin dejar de jugar con el tirante.

Samuel la vio, hambriento. La mujer enroscó su lengua y luego la sacó de la boca y la deslizó por los labios. Se enderezó y puso una mano directamente sobre su bien formada cadera. Abiertamente lo retaba a ceder a sus encantos.

Cuando el ritmo de la música se hizo más lento, la mano que le quedaba libre serpenteó hacia abajo, por su garganta, hasta el cuello de su vestido. Su vientre redondeado se acomodaba en la ingle como una estrella de mar color marrón.

La entrepierna de Samuel se agitó. Sus manos se humedecieron y empezó a sudar, mientras la mujer frotaba suavemente sus dedos contra el vestido. Él quería irse, pero de pronto se sintió atraído hacia la mujer, como un filamento de hierro a un imán. Ella sacó el pie derecho de la sandalia y se acarició la otra pierna con la planta. Él pensó que iba a explotar.

Samuel estaba casi sobre ella cuando la música empezó a disminuir de volumen, aunque el disco continuaba dando vueltas. El chirrido de la aguja lo sacó de su ensoñación, enfriando lentamente su deseo.

La mujer, de pronto, parecía nerviosa. ¿También habría escuchado el ruido del disco? Estaba a punto de tocar el brazo de Samuel, pero la detuvo un sonido en el interior, seguido de gritos y risas. Alguien cambió el disco y algunos violines resonaron con fuerza y una nueva canción empezó a escucharse.

Por un amor,
me desvelo y vivo apasionado,
tengo un amor,
que en mi vida dejó para siempre,
amargo dolor

Pobre de mí,
esta vida es mejor que se acabe,
no es para mí,
pobre de mí (Ay corazón),
pobre de mí (no sufras más),
cuánto sufre mi pecho que late tan solo por ti

Arrastrado por la música, Samuel cerró los ojos y empezó a caminar hacia atrás. Al abrirlos de nuevo, la mujer estaba frente a él, con el vestido recogido en la mano, sobre su ombligo. No tenía ropa interior, así que Samuel pudo ver su negro pubis y sus muslos flácidos. Ella lo agarró del cuello y jaló su rostro cerca del de ella y lo besó en la boca.

Él le permitió hacerlo. Sus pensamientos volaron hacia Lena.

Se separó de la vieja prostituta. Sin siquiera una mirada o una palabra, Samuel dio la vuelta para marcharse. La mujer se bajó el vestido, se quitó los zapatos y caminó de prisa, detrás. Lo tomó del brazo izquierdo y lo volteó. Él trató de empujarla, pero ella era fuerte y presionó su boca abierta contra la suya por segunda vez, poniéndole las manos en sus pechos.

—¡Déjeme ir! —gritó Samuel, tomando su sombrero antes de que se cayera de su cabeza.

Fijó sus ojos en ella y le vio los dientes serrados, sobresaliendo de la boca. Una vez más trató de besarlo, pero esta vez no encontró sus labios porque él movió su cara y ella terminó mordiéndole la barbilla.

Samuel la golpeó ciegamente en la cara.

—¡Beto! ¡Beto! —chilló la mujer, cayendo de espaldas en el suelo.

Mientras estaba tirada allí, Samuel se tocó la barbilla. No sangraba, pero aún podía sentir las marcas de los dientes. De todos modos intentó ayudarla a levantarse. Al tomarla de los brazos, la mujer empezó a reírse histéricamente, con la misma fuerza y brusquedad que el señor Price.

La soltó y ella cayó de nuevo, sacudiendo la cabeza, riendo a carcajadas.

—¡Qué suerte la mía!, ¡perseguir a un maricón!

—Por favor, usted está borracha. No sabe de lo que habla —Samuel trató de hacerla callar poniéndole la mano sobre la boca.

—¡No me toque, viejo hueco! —gritó, poniéndose de pie—. ¡Beto, Ricardo, Joaquín, tengo a un hueco marica aquí!

Ella se abalanzó sobre él, abriendo los brazos para sostenerlo.

Samuel escuchó sillas moviéndose y pasos que se aproximaban. Se soltó y escondió el sombrero debajo del brazo. Corrió de vuelta, pero cambió de opinión porque los borrachos del bar del Hotel Palace habían salido a la puerta, y estaban allí, riendo y bebiendo.

Se dirigió a un camino estrecho y se rehusó a aflojar el paso hasta que estuvo en los arbustos y su cuerpo se perdió en la oscuridad. Se detuvo y escuchó algunas voces gritando débilmente detrás de él. Miró hacia atrás y observó la silueta de los árboles contra el camino y a la luna en el cielo, brillando sobre ellos como un gran reflector. Avanzó a un pequeño conjunto de casas con techos de palma y cercas hechas de cañas unidas con lazo. Olió el aroma de la comida. Quiso entrar a algún rancho, cualquier rancho, y compartir los alimentos que pudieran ofrecerle.

Estaba tan hambriento. Empezó a correr de nuevo. Le dolían las piernas y sentía que se le quemaban los pulmones. Quería descansar a la orilla del camino, pero cada vez que disminuía el paso, un perro ladraba o un búho ululaba y lo hacían cambiar de opinión. Sólo cuando estuvo inmerso en el coro de ranas e insectos y no se miraban más luces, empezó a trotar y finalmente se detuvo.

Se quitó el saco y lo dobló sobre su brazo. Estaba empapado en sudor, al igual que su camisa.

Le temblaban las piernas, casi se doblaban por su peso, como si hubiera estado galopando durante días por el bosque. Caminó tambaleándose hasta un tronco caído justo al lado del camino de tierra y se sentó.

Samuel se sentía humillado. Nunca había sido insultado tan cruelmente, en especial por una mujer. Estaba disgustado consigo mismo por haber caído en la trampa y no prever lo que se le venía encima.

Lena hubiera considerado toda esta escena de seducción algo muy vulgar. Pero, ¿quién se creía Lena para aprobar o desaprobar? Samuel agitó la cabeza: ¿por qué dejaba a un recuerdo de amor irrumpir una y otra vez en su vida presente? Tal vez el estar exhausto finalmente le permitió admitir que la partida de Lena fue mucho más dolorosa de lo que anteriormente quiso reconocer. Desde ese entonces se convirtió en un vagabundo autosuficiente, incapaz y reacio a involucrarse sentimentalmente en nada.

Respiró profundamente y la tensión empezó a ceder. Trató de orientarse con la poca luz de la luna que se colaba a través del denso follaje, pero no tenía ni idea de cómo terminó en el lugar en donde estaba. Parpadeó un par de veces tratando de desvanecer la imagen de la prostituta seduciéndolo. Entonces vio una lámpara de alumbrado público a lo lejos. ¿Sería posible eso en Puerto Barrios?

Samuel se levantó del tronco y empezó a caminar rígidamente. El camino cuesta arriba hizo que sus piernas empezaran a dolerle otra vez. Acomodó el saco en su hombro y se agachó a masajear sus pantorrillas. ¡Lo que daría por un baño de burbujas! Siguió caminando hasta que el sendero se aplanó. De alguna extraña forma había andado en círculos y entraba nuevamente a Puerto Barrios.

Debajo del alumbrado público había un edificio de concreto con un anuncio rojo escrito a mano y clavado encima de la puerta: *Comedor Pekín*. Un viejo *Packard* negro estaba estacionado enfrente, debajo de un árbol de jocote.

Samuel se detuvo en la entrada y dejó que el penetrante olor que salía del restaurante le cosquilleara la garganta. Se le llenó la boca de saliva. Qué daría por una deliciosa comida y una cerveza helada.

Se puso de nuevo el saco, se acomodó el sombrero en la cabeza y caminó hacia adentro, a través de una cortina de cuentas rojas.

Capítulo diecinueve

Samuel se detuvo, entrecerrando los ojos por un segundo hasta que logró ajustarse a las luces brillantes. Del otro lado del comedor vio a una mujer china con cuerpo de barril y un delantal blanco poniendo ollas sobre una estufa. Casi al mismo tiempo, el cocinero hizo señas a Samuel para que entrara.

Tres hombres estaban sentados y encorvados en uno de los extremos de una larga mesa que ocupaba casi la mitad del salón. Frente a ellos, hacia el centro, había botellas de ron vacías, algunos platos apilados con restos de *chao mein* y vasos de diferentes clases. Después de acomodarse cerca de la entrada, Samuel pudo ver a una familia china de cuatro miembros sentada al otro lado del comedor, en la parte de atrás.

Debido al zumbido constante de un generador, nadie más se dio cuenta de que entró. Apoyó sus brazos en la mesa y la hizo crujir. La conversación de los hombres se detuvo y uno de ellos vio hacia él. Samuel le sonrió amablemente y se quitó el sombrero para saludar. El hombre lo miró impasible, hasta que dio un codazo a los otros y todos voltearon. Era esbelto y lucía un bigote fino. Susurró algo a uno de sus acompañantes, quien asintió y luego rió.

El hombre se acercó. A Samuel le pareció vagamente familiar.

—Señor, ¿no le gustaría tomar un trago con nosotros en nuestra mesa? —preguntó en español.

—Gracias, pero sólo vine a ver qué había en este lugar —tartamudeó Samuel y luego se paró.

El hombre extendió un brazo y lo detuvo.

—Muy pocos extranjeros vienen a esta parte del pueblo y nunca se sientan en nuestra mesa. Es mi cumpleaños. Para mí sería un honor si se nos une en la celebración.

Samuel observó al hombre. Parecía tener entre treinta y treinta y cinco años, con ojos grandes y tristes. Aunque sonreía, era obvio que no era fácil para él, era una sonrisa falsa. Su aliento apestaba a alcohol y a tabaco. Al principio, Samuel rebuscó en su interior alguna excusa para rehusar la invitación, pero terminó aceptando. ¿Qué podía perder?

—Sí, por supuesto —se quitó el sombrero y lo colocó en una silla cercana.

Los otros dos aplaudieron y silbaron cuando Samuel se sentó en la cabecera de la mesa; no estaba seguro de si le estaban dando la bienvenida o felicitando al del bigote por haberlo convencido de unírseles. Uno de ellos se parecía mucho al hombre delgado, de seguro era su hermano, aunque más alto, con menos cabello y ojos un poco más pequeños, casi demasiado, para una cabeza tan grande. El tercero era gordo y tenía unos anteojos enormes prendidos a su nariz, que escondía mucho de su rostro inexpresivo. Mientras que los dos hermanos estaban informalmente vestidos, este hombre traía puesto un overol verde.

Samuel se puso nervioso. El hombre que lo trajo levantó una botella, alto en el aire, y dejó al líquido dorado salpicar dentro de su vaso. Sus dos amigos aplaudieron con ganas.

—Gracias, gracias. Uno de mis humildes trucos —llenó un vaso limpio de la misma manera y lo deslizó hacia Samuel—. ¿Cuál es su nombre, mi elegante amigo?

Samuel vaciló.

—Bueno —dijo el hombre gordo, volteando hacia sus colegas—, tal vez nuestro amigo no habla español. O a lo mejor se le olvidó su nombre.

—No a ambas cosas. Hablo español perfectamente. Me llamo Rodolfo, Rodolfo Fuchs...

El hombre delgado extendió su mano derecha.

—Yo soy Hugo Álvarez, el taxista de Puerto Barrios —señaló con el dedo hacia el carro parqueado afuera—. Y este tipo, que lleva diez años esperando a que le salga bigote, es mi hermano Menino. Y este escuelero gordito, aquí, es Guayo Ortiz, un buen amigo, un hermano. Una vez al año, en mi cumpleaños, regresan al pueblo para la celebración. Esta noche, mi estimado señor Fuchs, es la noche.

Samuel agitó sus manos. El cocinero vino a tomarle la orden. Aparentemente, estuvo pendiente de él, desde lejos, aguardando una pausa en la conversación para acercarse.

Menino tomó el brazo del cocinero.

—Señor Fuchs, ¿ya conocía al Chino? Chino, decile hola al señor Fuchs.

—Hola, señor Fuchs.

Menino palmeó la espalda del cocinero.

—Nunca me sentí tan en mi casa aquí en Puerto Barrios hasta que conocí a éste. Yo soy un caballero comparado con semejante loro. Chino, ¿te comerías mi mierda si te lo pidiera, verdad?

El cocinero, obviamente sin entender, se balanceó en la punta de los pies.

—Comer mierda, comer mierda —repitió rápidamente.

—¡Inclinate! —ordenó Menino.

El cocinero movió su cabeza arriba y abajo, limpiándose las manos en el delantal.

—Bien, Chino, así me gusta. Ojalá tuviera un hueso para vos. Ahora decile a nuestro huésped lo que hay en el menú.

El cocinero recitó cuatro o cinco platillos incomprensibles y paró. Samuel miró hacia los platos a medio terminar, apilados alrededor, con restos de *chop suey* y *chao mein*.

—¿Tiene sopa?

—Pollo.

—Bien. Y un poco de pan, si hay.

—No pan, no pan —respondió el cocinero.

—Traele algunos pasteles de coco —sugirió Guayo.

—No pasteles. Mujer trajo pasteles sin coco. Dije, no coco, no pasteles. ¿Quiere tortilla?

—Sí, tráigame tortillas —respondió Samuel.

—Apurate —añadió Menino—. El hombre tiene hambre. ¿No le ves la cara?

El cocinero asintió tres o cuatro veces y regresó a la cocina.

Hugo se dirigió a Samuel.

—Su cara me parece familiar. Creo que lo he visto antes.

Samuel sacó su pañuelo y se secó el sudor de la cara. Medio vio al taxista. "Por el amor de Dios, espero que no haya estado en el transbordador a Livingston", pensó. Negó con la cabeza.

—Debe estar equivocado.

—No, yo no me equivoco —Hugo sonrió—. Me olvido de algunas cosas, pero no de las caras. Tengo tiempo de sobra para ver cosas y, por eso, soy un buen observador de la vida... ¡Ajá! ¡Ya me acordé en donde lo vi! Anoche usted venía del muelle con ese estúpido enano, ¿verdad?

—Justo después del atardecer —añadió Samuel.

—Usted pasó junto a mi carro y yo le pregunté si necesitaba una carrera al pueblo. ¿Recuerda? Price cargaba su maleta.

—Me acuerdo de que pasé al lado de un carro —lo que Samuel recordó era la esvástica en la ventana de atrás. De pronto se sintió débil.

—¿Trabaja para la Compañía? —preguntó Guayo.

—No —respondió Samuel, apretando el vaso. Tuvo que mentir acerca de su nombre, bien, esa fue una movida inteligente. Pero tenía que ser cuidadoso al construir las otras mentiras—. Vine a

Panamá en la línea *Hamburgo-Amerika* hace unos días. Afortunadamente, un carguero salía de allí a Guatemala. Espero estar en Puerto Barrios uno o dos días y luego me voy a la capital. Voy a trabajar allá.

—Bueno, en ese caso, propongo un brindis a la salud de nuestro nuevo amigo. ¿Es usted alemán?

—Sí.

—Yo le tengo un gran respeto a Alemania. A la salud del señor Fuchs. Larga vida a la nueva Alemania.

—¡Salud!

—¡Salud!

—¡Larga vida al Tercer Reich!

Samuel chocó los vasos, fingiendo una sonrisa.

—¡Salud amor y pesetas... Y tiempo para gozarlos!

Los tres amigos sonrieron. Menino se inclinó y palmeó a Samuel en la espalda.

—¡Bravo! ¡Usted habla como un verdadero poeta!

—Es sólo un brindis. Lo aprendí cuando fui a España.

—¿Sabe? —dijo Guayo—, yo puedo acompañarlo a la capital pasado mañana. Tal vez le gustaría visitar Quiriguá con Hugo. No sólo es taxista sino también guía turístico. Conoce su negocio —las mejillas de Guayo se enrojecieron y vio a su amigo de la infancia, orgulloso de hacerle un favor.

—Seguro —dijo Hugo—. Estoy libre mañana. ¡Tengo muchos días libres ahora! Quiriguá fue descubierta recientemente. Está llena de esas grandes piedras talladas que pesan por lo menos diez

toneladas cada una. ¡Imagínese a nuestros ante-
pasados moviéndolas! ¡Y a mano limpia!

—Ya veremos —dijo Samuel cautelosamente—.
Necesito mandar algunos telegramas. Estoy ansioso
de tomar posesión de mi nuevo puesto en la Ciudad
de Guatemala.

—Le va a gustar la capital —dijo Menino—.
Está llena de negociantes e inversionistas, la mayoría extranjeros. Algunos de ellos, alemanes, compatriotas suyos. Cada día asfaltan una carretera y a
diario se levantan nuevos edificios. Y el presidente
Ubico empezó a construir el más grande parque
central de América...

—Con el palacio más grande también —añadió
Guayo, riéndose entre dientes.

—Sí, Ubico está construyendo el Palacio Nacional justo frente al parque, a la derecha de la Catedral, que será el más grande en toda Centroamérica.
Será construido con piedras, de varias libras cada
una, y, además, está importando el piso de Ma-
rruecos y Túnez. Y también va a construir una casa
de treinta cuartos...

—Sólo para él y su mujer. ¡Una residencia privada! Y, por supuesto, otra casa de descanso para
todas sus exnovias.

Los tres amigos rieron juntos. Samuel rió junto
con ellos.

—¿Le parece divertido, Rodolfo? —preguntó
Menino, retándolo a refutar lo que había dicho.

—Un poco —confesó Samuel.

—Usted se rió.

Samuel se sonrojó.

—Río cuando los otros se ríen.

Menino arqueó la frente.

—Reírse es una cuestión de solidaridad. ¡Me gusta, Fuchs! Bueno, usted parece un hombre divertido. Pero explicale vos, Hugo. Sos mejor cuentero que yo.

Hugo movió la cabeza.

—Paso. Mejor que le cuente nuestro amigo el historiador, aquí a mi izquierda.

Las mejillas rojas de Guayo se iluminaron. Revisó el comedor, encogiéndose de hombros frente a la familia china, y se acercó a Samuel. Se subió los anteojos para esconder un poco su cara de niño.

—Bueno. Sí, está construyendo una nueva residencia en La Reforma. Pero también mandó a hacer un edificio en el interior del Cementerio General, para todos sus viejos amigos. Nadie se imaginaba para qué entraban tantos camiones llenos de ladrillos al cementerio, los descargaban y luego salían vacíos. A Ubico le encantan las grandes construcciones, por eso todos pensaron que tal vez estaba planeando construir un banco o un hospital allí adentro. Pero ahora ya se supo: está haciendo el primer mausoleo de Guatemala. Se va a llamar: Apartamentos Recientemente Muerto. Una vez que usted se pasa a vivir allí, puede quedarse toda la vida. Es un complejo privado, sólo para sus invitados. Lo hizo especialmente para sus exnovias, los comunistas, los abogados y los sindicalistas, pero también para los estudiantes. Todos se están muriendo por entrar.

Los tres amigos se echaron a reír a carcajadas sobre la mesa. Un cenicero y un vaso cayeron al suelo y se rompieron. El cocinero se asomó desde la cocina y empezó a decir algunas maldiciones en chino. Samuel se agachó a recoger los pedazos de vidrio y cerámica, pero Menino lo detuvo.

—Deje que el Chino lo haga —tiró varios platos al piso, quebrándolos. Cuando el cocinero maldijo de nuevo, más recio esta vez, Menino tomó una botella de ron vacía por el cuello y lo amenazó con ella.

—¡Andate a la chingada! —le gritó.

El cocinero bajó los brazos y regresó a la cocina. Todos reían, a excepción de Samuel.

Guayo se percató de su expresión de terror.

—Cálmese, Fuchs, no se preocupe. En serio —lo tocó gentilmente en la mano—. Menino y el Chino llevan años con lo mismo. El Chino está acostumbrado a los platos rotos. Al final siempre se los pagamos.

—¿Y la policía?

Guayo negó con la cabeza.

—Las paredes tienen oídos, dicen por aquí. Es verdad, pero en Puerto Barrios no entienden el chino.

—¡Así se habla, primo! —Menino guiñó un ojo, sirviéndose otro trago de ron y luego circuló la botella—. ¿A usted le gusta nuestro presidente, Rodolfo?

—No sé nada acerca de él —Samuel tomó un trago de ron e hizo una mueca.

—Lo mejor de Ubico es que le gusta su país, Alemania, y el general Franco. Pero su problema es que quiere más al dinero y a él mismo que a sus valores o sus ideas. Propongo un brindis, ¡por su muerte!

—¡Por su muerte! —repitió el hermano.

—¡Por su muerte! —dijo Guayo bajando el tono.

Los tres amigos levantaron sus vasos.

—Lo estamos esperando.

—Pero yo no sé nada acerca de él.

—Nos salvamos o nos fregamos juntos. Ese es nuestro lema. ¡Por su muerte, Rodolfo!

—Por su muerte —susurró Samuel.

Chocaron los vasos y bebieron. Luego los tres hombres unieron sus brazos sobre la mesa como si hicieran un pacto secreto y bebieron de nuevo. Samuel, por su parte, trató de parecer desinteresado, aunque le preocupaba el haberse unido al brindis. ¿Qué sabía acerca de la política en Guatemala? Deseaba tanto estar en un país en donde, si se ocupaba sólo de sus propios asuntos, nadie lo molestara sin importar si fuera judío o no. No vino hasta aquí para verse involucrado en más líos políticos.

¿Cómo iba a hacer para irse?

Recordó que Alfred Lewis muchas veces habló en contra de los sindicalistas agitadores y alabó la habilidad de Ubico en saber manejar a los revoltosos, o de gratificar a quienes lo hicieran por él. ¿Pero qué le importaba a Samuel la política? Dejen a los hombres trabajar y comer en paz, pensaba.

Samuel temía expresar estas ideas en voz alta. De alguna forma, ya había comprometido su imparcialidad por brindar a favor de la muerte de Ubico. Si alguien más lo hubiera oído, este juramento podría volverse en su contra.

Menino repartió lo que quedaba de la botella de ron en los vasos.

—¡Chino! —gritó—. ¿Dónde está la sopa del señor? ¿Estás desplumando al maldito pollo? Traenos otra botella de ron y que el diablo de la China te lleve si no te apurás.

El cocinero se movió alrededor de la cocina por unos segundos y luego se apuró a venir a la mesa, trayendo una botella sin etiqueta.

—¿Qué mierdas es esto, Chino? Te pedí una botella de ron, no de *miados*.

—Sólo eso hay. Comisario dijo, no más ron. Todo el ron fue pa' la capital.

Menino golpeó la mesa con el puño.

—Chino, ¿fuiste tan estúpido que le creíste eso?

Guayo tocó a su amigo en el brazo.

—Tranquilo, Mino. Estamos celebrando, recordate. No lo arruinés peleándote con el Chino. Vos sabés que tiene piedras en la cabeza —miró a la cocina—. ¿Estás seguro de que no tenés más ron del bueno escondido por allí? Menino se va a poner muy, pero muy enojado, ¡vos lo sabés!

Samuel le ofreció su vaso.

—Puede tomarse lo que me queda a mí.

Menino movió la cabeza.

—Chino, no me estés baboseando.

El Chino negó también con la cabeza.

—No ron. No ron. Busqué tres días. Sólo aguardiente. ¡No más ron!

Menino se jaló el bigote ralo. Estaba cansado y sus ojos estaban amarillos como la cáscara de una naranja. Le arrebató la botella al cocinero y le sacó el corcho con los dientes.

El cocinero se inclinó ante Samuel.

—Traigo sopa ahorita.

En cuanto el Chino regresó a la cocina, Menino llenó los vasos.

—Hugo, por Diosito, no entiendo por qué seguís en este pueblo de mierda. Aquí sólo queda basura. Deberías regresarte conmigo y vivir en mi finca. Podrías manejar tu taxi en Huehuetenango. Aire puro, hermano, de las montañas, ¡no esta manteca pegajosa que se pega en los pulmones! Sin gringos ni bananos. Allí podés cazar gatos de monte o *jabalís* en los Cuchumatanes. Estarías por tu cuenta, sin tener que ser cholero de nadie, ni siquiera de tu hermano mayor.

»Me está yendo bien con el ajo. Y yo siembro todo lo que me como. Lechugas grandes, tomates que parecen pelotas de fut, aguacates que se caen solitos de los árboles, güicoyes. ¿Por qué vivís aquí? De verdad, no te entiendo.

—Tal vez le gustan las negras —interrumpió Guayo, riéndose y subiendo sus anteojos.

Hugo acercó el vaso a su boca triste, puso el labio superior sobre él y sorbió un trago.

—Las cosas van a mejorar, ya vas a ver. Como cuando vivíamos juntos. Alfred Lewis me dijo que la Compañía va a construir una nueva fábrica, para hacer vinagre de calidad con los bananos podridos.

—¿Y vos le creés a ese hipócrita que odia cada gota de la sangre de indio que tenés en las venas?

Hugo le dio otro trago a su bebida, arrugó el rostro y tosió. La desesperación, como una polilla somnolienta, flotaba en sus ojos. Vio al vacío, con la mirada perdida, y golpeteó su vaso con el anillo de plata.

—Tenés que creer en algo —argumentó Guayo, en defensa de su amigo.

—Guayo, no sabés nada de la vida. ¡Siempre pegado a tus libros!

—Pero, primo...

—¡Qué primo ni qué ocho cuartos, gordo baboso! No sabés nada de nada. Son igualitos los dos, siempre soñando muladas. Abrí los ojos, Guayo. Mirá a tu alrededor. ¿Qué es lo que ves? ¿Necesito recordarte lo que pasó?

—Hace demasiado calor aquí adentro, Mino —dijo su hermano.

Menino vio a Hugo.

—Ninguno de los dos quiere oírlo, ¿verdad?

—Y vos nunca te cansás de repetirlo. ¡Has contado la misma historia como mil veces!

—Pero vos ya te olvidaste, ¡o te hacés el baboso! —replicó Menino—. Vos... A vos se te olvidó lo buena que era aquí la tierra, cómo eran de grandes y macizos los árboles en el monte de allí nomás... Se te olvidó cómo los leñadores vinieron a cortarlo todo y por eso dejó de llover. Y después de eso, cómo se redujo cada año la cosecha de los frutales y de los palos de cacao y cómo al final se secaron. Tan jodidos estábamos, que los finqueros lloraban de alegría cuando cortaban lo suficiente como para aguantar a la siguiente cosecha. Entonces vinieron los de la Compañía a convencerlos de que era mejor que sembraran banano y que ellos iban a poner un sistema de riego. Pero a los cinco años, se jodió la tierra y los finqueros apenas sacaban dos racimos por palo. Y la Compañía sabía que esto iba a pasar porque nos vendieron abono envenenado. Esa gente mierda, como tu amigo Alfred Lewis...

—Él no es mi amigo.

—Mi huevo si no. Gringos como ese convencieron a los campesinos, así como a nuestro padre, a que dejaran de sembrar cacao y palos de fruta porque los bananos eran como el oro, y después, cuando los bananales dejaron de producir, mi papá tuvo que venderles la tierra...

—Esa fue su decisión. Nadie lo obligó a sembrar banano y nadie lo obligó tampoco a vender la finca. La Compañía ya se había ido para Bananera.

—¡Mentira! —gritó Menino, chasqueando los dedos en el aire. Tomó la botella de aguardiente por el cuello y tomó otro trago directamente de ella—. No sé por qué me molesto en tratar de explicarte estas cosas. O te hacés el baboso o sos tan estúpido como para no entenderlo.

El cocinero trajo a Samuel la sopa y una pila de tortillas envueltas en una servilleta. La sopa tenía una capa de grasa, debajo de la cual flotaba una pierna de pollo, pedazos de zanahoria y papas. Samuel tomó la cuchara, la revolvió y tomó dos cucharadas. Sabía bien. Levantó el tenedor y ensartó un par de zanahorias, papas y algunas hebras de pollo. Siguió comiendo, como si quisiera que eso lo aislara del pleito entre los dos hermanos. Miraba de reojo a los tres hombres, esperando que lo olvidaran y así escapar sin mayores problemas.

—Fue su culpa.

—No le quedó de otra, ¡imbécil!

Hugo golpeó su vaso en la mesa.

—Mino, no sé por qué tenés que hablar siempre de lo mismo. Tal vez ya no deberías regresar. Siempre es igual en mi cumpleaños. Empezamos contentos, después te ponés bien socado y todos terminamos encabronados y tristes. ¡Nunca hablamos de cosas diferentes! Si te va bien en tu finca de ajos, no te deberían importar las cosas de aquí. Yo estoy contento —dijo, sacando el pecho—. ¿Y vos?

Menino soltó una carcajada con menosprecio.

—Vos estás contento con que todo mundo aquí te pase por encima. ¿Taxista? ¿Guía de turismo? Sólo mierdas.

—Sin ofender, por favor.

—Disculpá, pero todos aquí te tratan peor que a los chuchos.

—Los hermanos no deben pelearse —dijo Guayo.

—Hacé sho, panzón.

Hugo empuñó las manos.

—No me hago el baboso con todas las mierdadas que ha hecho aquí la Frutera, pero hay que reconocer que dieron trabajo y dinero cuando Puerto Barrios era sólo un pantano lleno de caca, un nido de mosquitos y paludismo. Secaron los pantanos y construyeron...

—Ni mierda.

—...dejame terminar...

—¡Ni mierda! ¡Ni mierda! —la cara de Menino enrojeció.

De pronto el restaurante se quedó en silencio. La familia de chinos en algún momento se había marchado. Lo único que se escuchaba eran algunos ruidos en la cocina.

—...trajeron el telégrafo y el radio —agregó Hugo, tratando de calmar los ánimos.

Menino se volteó hacia él.

—¿Cómo podés ser tan estúpido? Trajeron el telégrafo y el radio, es cierto, pero para usarlo ellos. Construyeron caminos y almacenes para ellos. Piscinas y campos de tenis para ellos. Hasta trajeron putas que hablaban en muchos idiomas, pero sólo para coger con ellos —hizo una pausa—. Abrí los ojos, Hugo. Nos compraron a todos para usarnos. Nos dieron inodoros y lavamanos que importaron ilegalmente y nunca pagaron impuestos.

—Tu hermano sólo está bromeando —dijo Guayo.

—¡Dejame terminar! Ahora las gentes de aquí se sienten superiores porque no tienen que cagar en el monte, como los indios que viven en Petén. Porque pueden invitar a sus amigos a sus cochinos ranchos que se inundan cada vez que llueve y pueden tomar agua infectada del chorro y mear en sus asquerosos inodoros una y otra vez. ¿No es cierto?

Hugo bajó la vista. Con el tenedor ensartó un pedazo de carne del plato de *chao mein* que estaba en el centro de la mesa.

Samuel comió un pedazo de tortilla, ya frío, que cayó en su estómago como una piedra en un pozo. La sopa le había quitado el hambre, pero ahora, lo único que quedaba eran los huesos de la pata del pollo, asomando desde el fondo, con los dedos y las uñas intactos. Tragó fuerte para no vomitar.

—Si me disculpan...

Menino se levantó y se acercó a Samuel.

—Fuchs, ¿sabe usted lo que hizo mi papá? Es importante que oiga lo que las personas como usted le hicieron a la gente valiente que era dueña de todo esto...

—Dejalo en paz, Mino. Él no tuvo nada que ver con eso...

—Hermano, no me interrumpás, estoy hablando. Por aquí creen que la única vez que hubo problemas fue cuando mataron a los tres obreros y silenciaron a Kingston y lo negaron todo. Oí, Guayo, a vos te conviene escuchar esta historia, ¿no decís que querés estudiar leyes pues?

—Mino, vos ya me contaste lo que le pasó a tu papá.

Menino lo ignoró, como si de alguna manera estuviera cautivado por su propio relato.

—Cuando mi papá vino a Puerto Barrios desde Cobán, él y mi mamá compraron dos manzanas y media de terreno frente a la costa, donde ahora está el muelle. Era parejo, con buena tierra y limpio, pero lo más importante, varios metros sobre la marea alta. Trabajaron de día y de noche sacando la piedra y sembrando árboles de fruta. Cuando la Frutera quiso construir su muelle, le dijeron a mi papá: "Bananos, señor Álvarez, siembre bananos. Nosotros le vamos a comprar su tierra y le daremos otra parcela. Olvídese del cacao y las papayas y siembre banano. Le vamos a enseñar cómo hacer para que se le den bien". Mi padre nunca quiso vender, hasta que vinieron a saludarlo con esto —Menino levantó un cuchillo de la mesa y lo movió de forma amenazadora en el aire.

—Debió haber conseguido un abogado —dijo Guayo, y vio cómo Hugo se hundía cada vez más en su silla y cerraba los ojos.

—No, primo. Un abogado no sirve cuando te ponen un cuchillo en la garganta y, además, ¡tienen al ejército guatemalteco al lado de ellos! No le quedó más remedio al viejo que venderles la parcela. Le dieron a cambio un pedazo de selva, tan enmarañado, que no se podía ver a través del monte, y diez galones de gasolina para que le pegara fuego. La Compañía le enseñó un mapa donde decía que la vía del tren iba a pasar cabal en medio del terreno. Le dijeron que se iba a volver rico de un día para otro. Se puso a limpiar él solo, mi mamá ya estaba preñada de este, y esperaba que de verdad el tren pasara por allí. Ese mapa era una maldita mentira. La Frutera ya había comprado en otro lado para que pasara el tren. Además, vos lo sabés, también compraron a los jueces, a los periódicos, al Congreso, al ejército y ¡hasta a nuestro presidente con complejo de nazi!

—Todos sabemos eso, hermano.

—No es cierto, vos no sabés lo que pasó cuando mi papá por fin sacó la primera cosecha. Se pasó tres semanas haciendo una carreta y se llevó la fruta para el muelle. La Compañía le había prometido comprarle el banano. Pero no se lo compraron. Los malditos ya habían decidido que no iban a comprar nada a los que sembraran por su cuenta, para obligarlos a vender la tierra o a irse. De todos modos, para taparle el ojo al macho, le ofrecieron cinco centavos por racimo. Mi papá se pasó dos días en el muelle, en lo que decidía qué iba a hacer. Cuando ya no tuvo más remedio y decidió vendérselos a ese precio, le dijeron que no, que ahora sólo le daban tres centavos. Los muy hijos de la gran puta sabían que o los vendía o los tiraba al mar. Pero nuestro padre era más necio que una mula. Decidió esperar a ver si un barco de otra compañía llegaba al día siguiente. Y de milagro, llegó, pero sus bananos ya estaban amarillos.

—Ya lo sé —dijo Hugo—. Después se murió de paludismo. Fin de la historia.

Menino se rió.

—Vos te lo creés todo.

—Eso fue lo que nos contó la tía Nico.

—¿Y vos se lo creíste?

—Por supuesto, ¿por qué me iba a decir mentiras?

—Mmmm, hermanito —Menino movió la cabeza—, de seguro vas a querer irte de aquí cuando sepás la verdad —tomó un trago directo de la botella y se la ofreció a Samuel.

—No tengo sed.

—¿Le da asco tomar de la misma botella que yo? ¡Dele!

—Por favor, vos Mino —pidió Guayo—. Discúlpelo, señor Fuchs, ha tomado mucho. Todos hemos tomado mucho. Venite Mino, vámonos para la casa.

—"Discúlpelo, señor Fuchs, ha tomado mucho" —Menino remedó a su amigo, alzando de tono la voz—. Vos, Guayo, sos un cobarde, pedazo de mierda.

Hugo estrechó el brazo de su hermano desde el otro lado de la mesa.

—Sólo te estás haciendo daño a vos mismo, Mino, al estarnos atacando.

Menino se sacudió la mano de Hugo.

—¡Cobardes! —gritó. Luego se puso rígido y se paró. Tambaleó un poco, pero se mantuvo de pie. Aclaró su garganta y como si fuera un soldado, saludó poniendo su mano derecha cerca de la cabeza—: Y Paco Álvarez se pasaba las noches al lado de su carreta de bananos, porque no tenía para un cuarto de hotel. Cada día le preguntaba al capataz de la Compañía si le iban a comprar los bananos y siempre le decía que no. Y cuando le preguntaba qué iba a comer, el muy cabrón le contestaba: "Cómase sus bananos, señor Álvarez, seguro que le endurecen la mierda".

»Cuando sus bananos se pudrieron, la Compañía se los tiró al mar porque interrumpían la carga de un barco que estaba en el muelle —Menino cerró los ojos y algunas lágrimas empezaron a rodar por sus mejillas—. Yo estaba con él. Me dio su cruz, un diente de ajo y una pulsera de tzité. Después me dijo que me fuera para la casa, con mi mamá. ¿Qué iba a hacer? ¿Irme? Mi papá pensó que me había ido, pero me quedé escondido detrás de un palo. Lo vi caminar hasta el final del muelle, sacar su cuchillo y ensartárselo en el pecho.

—¿Lo viste matarse?

—Corrí a a su lado. Ya estaba casi muerto, pero todavía vivió otras dos horas.

Hugo se levantó para ayudar a su hermano a sentarse de nuevo en la silla.

—Yo no sabía.

—Se suponía que nunca te ibas a enterar.

—¿Y mi mamá?

—Cuando nos encontró y vio muerto a mi papá, se le adelantó el parto. La teníamos que llevar al hospital, pero estaba muy lejos y nosotros éramos muy pobres. Gracias a Dios que la tía Nico estaba allí, si no, vos te hubieras muerto junto con mi mamá. El resto de la historia ya lo sabés.

—Pobre tu papá —susurró Guayo—. Y pobre tu mamá. Sola y bien jodida.

Capítulo veinte

A lo largo del monólogo de Menino, la búsqueda de una excusa para marcharse daba vueltas en la mente de Samuel. ¿En qué momento la celebración de tres amigos, que habían bebido un poco de más, llegó al punto en el cual una simple despedida no iba a servir? De los tres, Menino parecía ser el más reflexivo y eso le daba poder sobre los otros. Samuel se dio cuenta de que esto lo hacía peligroso, muy peligroso.

Cuando Menino se sentó de nuevo, miró fijamente a Samuel y se puso a deslizar su dedo gordo sobre la parte serrada del cuchillo. Samuel palideció y le sonrió tímidamente. Buscó su sombrero en la silla de al lado y lo puso sobre sus piernas.

—Tenés razón, hermano —dijo finalmente Hugo—. Necesito un cambio. Guayo y vos se fueron, pero yo siempre sentí que debía quedarme aquí.

Menino golpeó el cuchillo contra su mano.

—¿Para qué?

—No sé —Hugo se dejó caer en la silla—. Soy más sentimental que vos, Mino. Tal vez me dejé llevar por las cosas buenas del pasado o a lo mejor todavía pienso que Puerto Barrios puede cambiar. Si me preguntás, ¡creo que todavía puede ser!

Tomando la botella de aguardiente, Menino llenó hasta el borde el vaso de su hermano y lo empujó en frente de él. Como Hugo no hizo ningún esfuerzo por tomarlo, su hermano lo forzó a agarrarlo entre sus dedos entrelazados.

—Quitá esa cara, hermanito. Tomate ésta y vas a ver como se te va el mal humor. Ya estuvo bueno de hablar tantas cosas tristes esta noche, ¿qué decís? Propongo que hagamos lo único bueno que se puede hacer en Puerto Barrios, aparte de verte a vos. ¿Te parece?

Guayo se acomodó los anteojos.

—¿Querés que nos vayamos al Hotel Palace?

Menino levantó el cuchillo y golpeó la mesa.

—Guayo, vos siempre vas dos pasos adelante de mí. Debe ser por los dos años que pasaste como monaguillo, amarrado a la sotana del Padre Cabezón...

—No seás así, Mino.

Menino golpeó de nuevo la mesa y dijo:

—Guayito, no me vayás a decir que mis palabras te ofendieron.

—¿De qué te extrañás? Siempre has dudado de mi hombría.

—Para serte sincero, ¡nunca he visto que te portés como un hombrecito!

—¿Qué es lo que querés que haga? —preguntó Guayo—, ¿bajarme los pantalones enfrente de Rodolfo y del Chino? Estás enfermo, ¿sabés?

—Se están portando como patojitos —dijo Hugo—, discutiendo por babosadas. ¡Los dos están borrachos!

Menino rió a carcajadas.

—Esta vez tenés razón, hermano. Estoy borracho. Vámonos al Palace a visitar a la nueva negrita de la que me estuviste presumiendo. Enseñémosle a Rodolfo la verdadera hospitalidad de Guatemala. ¿Qué dice, señor Fuchs, un ratito de diversión a nuestras costillas?

Guayo se rió, justificando de alguna forma la manera en la que Menino lo trataba.

Samuel se dio cuenta de que toda esta noche de tragos era sólo el pretexto para armarse del valor necesario para ir al prostíbulo. Arrastró su silla para levantarse.

—Agradezco su amable oferta, pero no los puedo acompañar. Tengo muchas cosas que hacer mañana, y si voy a ir a visitar Quiriguá con Hugo, mejor me voy a descansar un poco —trató de levantarse, pero Menino puso un pie detrás de su silla para impedírselo.

—Despreciar la invitación de unos amigos, especialmente en su cumpleaños, es una grave ofensa aquí.

—No pretendía insultarlo, señor Álvarez, pero estoy muy cansado. Mire, todavía no me acostumbro al clima de aquí.

—Me importa un carajo el clima, señor Fuchs. Usted nos está despreciando.

—Esa no es mi intención.

Guayo se revolvió inquieto en su silla.

—Dejalo ir, Mino. Podemos pasarla bien entre nosotros.

—Hacé sho, Guayito. No te pedí tu opinión —Menino dejó en la mesa el cuchillo e intentó acariciar la mejilla de Samuel con el dorso de su mano. Samuel retiró el rostro.

Molesto, Menino lo tomó de las solapas del saco y tiró de su cuerpo rígido hacia él.

—Míreme cuando le esté hablando. ¿Usted cree que su traje elegante y su hablado de gringo lo va a proteger aquí? Está muy equivocado...

—Hermano, por favor —dijo Hugo tomando uno de los brazos de Menino—. No necesitamos meternos en problemas...

Sin dejar de apretar el saco de Samuel, Menino volteó hacia su hermano. Sus ojos parecían dos heridas negras en el rostro moreno.

—Sos un hueco de mierda. Te asusta lo que sentís por dentro.

—¿Qué es lo que siento? ¿Qué sabés vos de eso? Te digo que lo soltés...

—¿O qué? ¿Qué putas vas a hacer? —dijo Menino sarcásticamente—. Vos odiás a este gringo y a todo lo que representa, igualito que yo. La diferencia es que a vos te ahueva hacer algo al respecto.

—Vos no estás borracho. Vos estás loco.

—¿A qué le tenés miedo? ¡Sólo es un judío de mierda!

—¿Qué tiene que ver que sea judío con todo esto?

El Chino salió corriendo de la cocina.

—No pelea, no pelea. ¡Restaurante está cerrado!

Menino soltó una de las solapas del saco de Samuel, tomó el cuchillo, y amenazó al cocinero.

—Te voy a sacar el corazón, amarillo de mierda.

El cocinero retrocedió y corrió a la cocina, gritando algo en chino.

El cuerpo de Samuel se sacudió. Trató de secarse la frente, pero ahora Menino presionó el cuchillo contra su pecho.

—Párese, judío —mostró el brillo del arma a Guayo y a su hermano—. Ustedes no se metan. Esto es entre el judío y yo.

—Está cometiendo un grave error —balbuceó Samuel.

Menino negó con la cabeza.

—No. No lo creo. Desde el momento en el que entró me di cuenta de que era judío. Esa nariz lo delata. Pero para estar seguro…, ¡levántese! Bájese esos pantalones finos y veamos…

—Por favor…

Menino bajó el cuchillo y apuntó a la hebilla plateada del cinturón de Samuel.

—Desabróchese, veamos qué es lo que está escondiendo allí. Y después nos vamos al Palace a ver si le sirve esa mierda.

Guayo se paró.

—¿Qué es lo que te pasa? ¿Querés que nos maten o qué?

—Éste no es uno de nosotros. Es un judío.

Hugo chasqueó los dedos.

—Ah, ya caí. Son esas aburridas reuniones a las que me llevás. Por eso me obligaste a poner la estúpida calcomanía en la ventana del taxi. ¡Por Dios! ¡Y pensar en todo el tiempo que perdés oyendo a Cuero, ese gorrón amigo tuyo, y sus pretextos para justificar que es un gordo huevón que no hace nada!

Menino dejó el cuchillo en el diafragma de Samuel y contestó:

—¡Los judíos no nos han dado nada! ¿Quiénes creés que son los dueños de la Frutera? Zemurray, un maldito judío... Por culpa de ellos se murieron nuestros papás.

Hugo siguió moviendo la cabeza y empezó a reírse, como si no hubiera oído ni una sola palabra de lo que su hermano había dicho.

—¡Ese estúpido, borracho idiota! Todavía buscando excusas de por qué nadie quiere pagar por oírlo cantar. Con su asquerosa voz. ¡No podría cantar ni en un bote de basura! ¡Ya me lo imagino, en algún bar, parado enfrente de las luces, apretando los labios..., y pedorreándose!

—¡Él es un buen cantante! Pudo haber sido grande, pero los judíos de Nueva York ¡no lo dejaron grabar su disco!

—¡Cuero! —Hugo golpeteó la mesa—. Sólo el nombrecito hace que me cague de la risa. ¡Un gordo de mierda con el hígado engusanado! Marchando en su casa con ese ridículo uniforme de nazi y una botella de ron barato ensartada en la boca. ¿A ése es a quien admirás, hermano? ¡Y todavía tenés el descaro de venir a decirme cómo vivir mi vida y lo que tendría que hacer! —Hugo cayó al piso, carcajeándose, agarrándose el estómago.

Menino movió el cuchillo hacia su hermano.

—Dejá de reírte. No sabés lo que estás diciendo.

Hugo pataleaba, dando círculos en el suelo.

—Y vos vas detrás de Cuero como un mono de cilindro. ¡Deberías de ponerte un abrigo rojo y un sombrerito! Y darle a Cuero una capa y una varita negra. ¡El único judío que lo jodió fue el que le pagó el viaje a Nueva York y que no recibió nada a cambio! —se puso a gatas y empezó a arrastrarse en el piso, imitando los sonidos de un mono.

—Te lo advierto, vos. Dejá de reírte de mí. Ya te voy a atender, en cuanto me encargue de Fuchs.

La cabeza de Samuel daba vueltas, como si alguien lo hubiera golpeado en el rostro. ¿Se lo estaba imaginando? Vio a Guayo, sentado en la mesa, y se dio cuenta de que su cara estaba roja y su bigote se escapaba fuera de su rostro. Las orejas se le habían vuelto de cerdo y su enorme frente estaba cubierta de sudor.

—¡Mire! ¡Mire! —escuchó Samuel y volteó. En vez de Menino, vio al señor Price sosteniendo el cuchillo, riéndose en su cara, bailando con sus pequeñas caderas.

"Hey, ¿qué tal algo de compañía para pasar las horas esta noche? ¿Una muchacha?, o tal vez un chico, si lo prefiere. ¿Qué dice de un poco de diversión después de un viaje tan largo?"

Samuel parpadeó de nuevo y vio a Lena parada detrás del enano, provocándolo, frotando amorosamente el diminuto cuello. Sus largas y negras uñas, con una estrella en la punta, le acariciaban la manzana de adán. Su cara estaba empolvada y blanca y una boquilla de coral descansaba suavemente entre sus labios. Sus manos bajaron hacia el cuello del enano y le desabotonaron la camisa. Sus dedos empezaron a remolinear en los pocos pelos que sobresalían. El enano se estremeció y llevó una de sus manitas adentro de la blusa de ella y le tocó los pechos. La boquilla se le cayó a Lena de los labios al piso, sin hacer ruido. Ella empezó a gemir suavemente. Inclinó la cabeza hacia el cuello del enano y lo besó.

Encolerizado, Samuel levantó la botella de aguardiente de la mesa y la estrelló con todas sus fuerzas en el cuello de Menino. La botella explotó y salpicó licor, mezclado con vidrios, en el comedor. Menino hizo un vago intento de girar la cara antes de caer, llevándose con él a Guayo y cayendo los dos sobre Hugo. Los tres empezaron a gruñir en el piso, entre un montón de comida, pedazos de vidrio y ahora, sangre.

Samuel se enderezó y se sacudió, sosteniendo aún el cuello quebrado de la botella en su mano. Por un breve segundo se quedó inmóvil, con los ojos clavados en el suelo, boquiabierto, ante el lío que había armado. Escuchó un grito desde la cocina. Imaginó que una sirena empezaba a sonar.

Los tres hombres se agitaban y gemían. Guayo levantó la cabeza y le hizo señas a Samuel para que se marchara. Samuel tiró el pedazo de botella que aún tenía en la mano y salió corriendo.

Capítulo veintiuno

Samuel apartó la cortina del restaurante y corrió hacia afuera. Se detuvo un momento y se vio la mano izquierda, manchada de sangre. Fue hacia el *Packard* estacionado al lado del camino y se limpió en el capó.

¿Qué hizo? Creyó haber visto la cara del enano surgir de la de Menino y a Lena junto a él. ¿Qué tendría ella que estar haciendo en el Comedor Pekín? ¿Acaso no estaba en Ciudad del Cabo? Algunas otras imágenes flotaban en su mente, como piezas difuminadas de un repugnante y no resuelto rompecabezas.

Un grito se escuchó desde el restaurante. Una cosa era cierta, había asesinado o herido seriamente a Menino. Samuel sabía que si no se movía de prisa, todo habría terminado para él. Tenía que correr de vuelta al Hotel del Norte, borrar del cuarto todos los rastros de su verdadera identidad y recoger su maleta. Otra torpeza de su parte y estaría perdido.

Caminó de prisa, desandando sus pasos hacia el Palace y desde allí hasta el hotel. La marcha se le hacía pesada, aunque la luna llena iluminaba su camino y revelaba los senderos más anchos y los accidentes en el camino.

No podía detenerse, probablemente había matado a Menino.

No fue una batalla ni una confrontación abierta, sin embargo, Samuel mató a un hombre. Veía una cabeza cortada, recostada de lado, sobre un charco de sangre. ¿Tuvo otra opción? Lo intentó castrar un ebrio, un nazi acosador y eso era sólo el comienzo. ¿Fue una amenaza real? Menino era diabólico y Guayo y Hugo sólo hicieron un leve intento por detenerlo.

Samuel actuó en defensa propia, pero, ¿quién iba creerle en un juicio?, eso, si no lo linchaban antes, lo que era más probable. El cocinero se esfumaría y los tres amigos se pondrían de acuerdo en sus coartadas, como cerdos atrapados en el mismo lodazal apestoso.

Otros testigos, el enano y el empleado de la estación de trenes, declararían en contra de él y asegurarían que estaba loco y era capaz de realizar esa clase de crimen. En todo caso, ¿habría alguna corte en este pútrido lugar?

Samuel se pasó una de las mangas del saco por la frente; ellos lo colgarían de un almendro con su propio cinturón.

Caminó de prisa frente a algunos ranchos; las luces estaban apagadas y la gente en el interior ya estaba acostada para pasar la noche. Lo que daría por descansar en este momento. Las piernas y los brazos le dolían; tenía comezón en las palmas de ambas manos. Cuando una manada de saraguates gritó sobre su cabeza, desde sus escondites en el follaje, Samuel empezó a correr de nuevo. Sus aullidos parecían sirenas de la policía acercándose por el camino. Y donde los arbustos se espesaban, corría entre lianas y las vainas pegajosas trataban de envolverlo. Escapó de ellas usando todo el peso de su cuerpo, rasgándolas, como si fueran cadenas oxidadas.

Al aproximarse al Hotel Palace, disminuyó el paso a un suave trote. Los sonidos de la jungla habían desaparecido, pero escuchó unos crujidos cada vez más fuertes detrás. Se detuvo y aguzó los oídos. Un vehículo se aproximaba. Volteó y pudo ver a lo lejos, en el camino, el débil parpadeo de unas luces. En un solo movimiento, saltó fuera de la carretera y se ocultó en unos arbustos. Vio que el camino se iluminaba frente a él. Unos instantes después, el *Packard* negro pasó bamboleándose, saltando y arrastrándose por la carretera rocosa. Él apartó algunas ramas para poder ver quién iba en el carro, pero sólo vio sombras. Más adelante, en la encrucijada, el auto dobló bruscamente, derrapando, hacia la derecha.

Samuel se frotó la cara, agradecido de que el vehículo se alejara del puerto. Esto le daría algunos minutos extra para escapar. O Menino estaba muriéndose dentro del carro y lo llevaban al hospital, o ya estaba muerto y Hugo y Guayo iban rápidamente a la estación de la policía. Sin importar lo que fuera, pronto estarían buscándolo por todo el pueblo.

Cuando sintió que estaba a salvo, salió de nuevo al camino. Respiraba agitadamente y sentía los pulmones ardiendo; sus brazos colgaban lánguidamente. Se quitó el saco, se secó la cara con el lino interior, lo enrolló y lo lanzó dentro del follaje.

Al pasar, la luz del vehículo iluminó a tres o cuatro personas en la puerta del bar del Palace. Forzando los ojos, Samuel vio a la prostituta que trató de seducirlo más temprano. Hablaba y gesticulaba y parecían no tener prisa en regresar al interior.

Samuel no tuvo más remedio que pasar frente a ellos. Caminaba tranquilo, como si el carro que recién había pasado fuera del todo ajeno a él.

Aunque estaba inmundo, la prostituta lo reconoció y empezó a maldecirlo. Los hombres junto a ella dieron un paso atrás y se rieron y aplaudieron. Samuel continuó caminando, viendo hacia adelante. Pasó frente a ellos y pequeñas rocas empezaron a llover sobre él. Se estremeció cuando algunas lo golpearon, pero no reaccionó. Las burlas parecieron incrementarse en la medida en la que se alejaba. Se tragó el deseo de responder. En el cruce de caminos, dobló a la izquierda y empezó a ir más rápido.

Al sentirse fuera del alcance de la vista de los hombres, empezó a correr de nuevo. Los músculos de sus piernas le dolían y empezaban a acalambrarse. Samuel cerró los ojos como si la oscuridad pudiera de alguna manera extraerle el dolor del cuerpo. Pero en vez de ello empezó a ser acosado por imágenes en su mente: su padre arreglándose el bigote; su madre puliendo y limando sus uñas;

Heinrich desplomado en una silla de esquina, resentido por algo; Lena con pantalones de montar color café; un enano derribándolo y riendo a carcajadas.

Samuel cayó hacia atrás, antes de desmayarse, sobre un montón de rocas.

Cuando abrió los ojos, estaba acostado de espaldas y miraba a Joshua, quien tenía el ceño fruncido y las manos en las caderas.

—¿Qué le pasó, señor Berkow? Casi no pude reconocerlo. Sus ropas están rasgadas y sucias. Déjeme ayudarlo —dijo, extendiendo sus brazos.

Samuel se apartó. No podía dejar que el hombre lo viera a los ojos. Se miró sus propias manos, rasguñadas y lastimadas, pero no pudo reconocerlas. Se las limpió en los pantalones.

—¿Estuvo en alguna pelea, hombre? ¡Dígame!

Samuel tosió.

—Sólo me resbalé en el lodo.

—Bueno, parece como si lo hubiera atropellado un carro.

—Me resbalé, ya se lo dije —Samuel se tocó detrás de la cabeza y sintió un abultamiento del tamaño de una nuez.

Se volteó a uno de sus costados e intentó levantarse. Le flaquearon las piernas, pero de alguna forma logró pararse por sí mismo.

—Nada sucedió.

—Eso es difícil de creer —Joshua tomó con fuerza el brazo de Samuel.

—Se lo repito, me caí. No tiene el derecho de detenerme. No hice nada, déjeme ir por favor, ¡tengo que llegar a mi cuarto!

—No le creo, señor Berkow. Usted está cubierto de sangre. Algo terrible debe haber pasado. Puede confiar en mí.

—Yo no confío en nadie —Samuel miró a la distancia.

Joshua lo tomó de la cabeza. Samuel trató de alejarse, pero Joshua no lo dejó.

—Aquí está solo, se lo dije esta mañana. No puede sobrevivir en este mundo por usted mismo. Si quiere no me crea, pero lo que sí es cierto es que me necesita.

Samuel se limpió la nariz con el dorso de la mano. No sabía qué hacer. Reconoció que no tenía nadie a quien recurrir y eso lo golpeó severamente.

—¿Recuerda nuestra conversación de esta tarde?

—Hablamos de muchas cosas.

—Sí, así es. Pero en determinado momento le pregunté si alguna vez había matado a un hombre.

—Lo recuerdo.

Samuel bajó la vista hacia sus manos.

—Siempre tuve tanto miedo de sobresalir, de verme involucrado en algún escándalo. Mi padre le decía a mi madre que me consentía demasiado. Tal vez por eso me enlisté en el ejército... Yo pensé que me desempeñaría mejor en un grupo, en donde nadie se percataría de mi presencia. Pude irla pasando... Pero esta noche..., sucedió tan rápido..., toda esa bebida..., los gritos...

Joshua dio un paso atrás.

—¿Qué hizo usted?

Samuel fijó la vista.

—Pienso que maté a un hombre.

Joshua abrió los ojos desmesuradamente. Hizo un vago intento de irse, desentenderse de este lío, pero se detuvo.

—¿Está seguro de que lo mató? ¿No podría simplemente haberlo golpeado? De todos modos, ¿de quién estamos hablando?

Samuel sacudió la cabeza y arrugó la cara.

—¿Dónde está el cuerpo?

Samuel señaló detrás de él con el dedo gordo de su mano derecha.

—Por allá. No le puedo decir qué tan lejos. En un restaurante oriental con un generador, luces eléctricas...

—Comedor Pekín —dijo Joshua—. ¿El del Chino?

—Sí, en ese lugar.

—¿Y a quién mató? ¡De seguro no fue al Chino!

—Me parece recordar a ese enano riéndose de mí —dijo mientras se frotaba la cabeza.

—¿Al señor Price, el enano que hace trabajitos y que es espía de la policía?

Samuel negó con la cabeza.

—Él estaba allí, pero al mismo tiempo no estaba. Y Lena, mi primera esposa, también, pero eso es imposible... Ella vive en Sudáfrica... Estoy tan confundido... Había tres amigos..., dos de ellos hermanos..., uno me amenazó con un cuchillo..., tenía bigote..., el hermano del taxista.

—¡Menino! —dijo Joshua, apretando sus labios contra los dientes—. Lo conozco. Se fue de Puerto Barrios hace como siete años. Tuvo algunos problemas con Alfred Lewis. Un matón, si me permite decírselo... ¿Y piensa que lo mató?

—Le rompí una botella en el cuello —dijo Samuel, levantando el brazo en el aire y golpeando a un oponente imaginario—. Cayó al suelo, sangrando, encima de su hermano. Escapé de allí. Hace unos minutos vi pasar el taxi frente al Hotel Palace...

Joshua tiró de su barba.

—¿Hacia dónde iba el carro?

—Dio la vuelta hacia la derecha en la intersección... ¿A quién le importa hacia dónde iba el auto? Estoy seguro de que Menino está muerto.

—Tal vez no. Si fueran a la estación de policía, tendrían que haber seguido recto. Si doblaron a la derecha, iban a la casa del doctor Heriberto. A lo mejor Menino todavía está vivo.

Absorto en su tristeza, Samuel no respondió.

—Señor Berkow, tal vez no está muerto.

—Sí, sí lo está. Y yo estoy acabado.

Joshua le presionó los hombros.

—Contrólese. No puede simplemente rodar y dejarse morir como un ternero enfermo...

—Ya no hay esperanza. Todo es inútil. Ni siquiera puedo esperar la ayuda de mi primo.

—Olvídese de su primo. Hablamos de su vida. Escúcheme... Regrese al hotel y empaque sus cosas. Pero hágalo en silencio. No despierte ni siquiera a un pollo. Yo voy a ir al restaurante y trataré de averiguar lo que pasó. No me puede esperar en el hotel, es demasiado peligroso, me voy a esconder detrás de la concha acústica. Silbaré dos veces, así sabrá que soy yo. Le buscaré un lugar seguro para pasar la noche. En la mañana debe irse de Puerto Barrios, en barco o en algún camión. No creo que haya un tren hasta en la noche...

—Sí lo hay —interrumpió Samuel. Sintió que se le helaba la sangre en las venas; empezó a temblar un poco—. A las seis de la mañana. Me lo dijo el empleado de la estación hace unas horas. El tren ya debe estar cargado.

—Probablemente la estación esté llena de soldados y policías, pero es su mejor opción.

—Le dije a Menino que me iba de Puerto Barrios pasado mañana.

—Eso no importa. Tiene poco tiempo. ¿Sabe lo que debe hacer ahora?

Samuel negó con la cabeza.

—Irse. No tenemos tiempo que perder —dijo Joshua, dando la vuelta.

Samuel lo tomó del brazo.

—¡Espere!

—¿Qué pasa?

—Dejé mi sombrero en el restaurante —dijo, abatido.

Joshua lo vio sorprendido.

—Un sombrero es un sombrero. Puede comprar otro.

—Le di a Menino un nombre falso, Rodolfo Fuchs. Temía que algo así sucediera. Pensé que era lo mejor. Bueno, ¿de qué sirve ahora? Mi nombre real está bordado en la banda, dentro del sombrero.

Joshua gruñó.

—Voy a ver si de algún modo lo puedo traer.

—Debe hacerlo, si no todo este plan no servirá de nada. Lo dejé en la silla.

—Hombre, no creo que nadie busque su nombre en el interior del sombrero —Joshua empezó a caminar.

Samuel se quedó allí un momento, observando el lugar por el que desapareció Joshua. Ahora que la luna se había puesto, todo estaba completamente oscuro, a excepción de los destellos ocasionales de alguna luciérnaga.

Capítulo veintidós

En cuanto Samuel dobló hacia la entrada que llevaba al hotel, un perro huesudo salió de un arbusto de hibiscos en donde estaba durmiendo y ladró. Fue un medio ladrido cansado, pero aún así se escuchó en el silencio de la noche. Samuel intentó callarlo poniéndole la mano encima. El perro levantó sus ojos somnolientos, gruñó tristemente y se acurrucó en el camino. Samuel tuvo que pasar por encima del animal para continuar.

Las luces del hotel estaban apagadas, excepto por las de la recepción y el bar. Samuel subió por las gradas y jaló la puerta del porche. Las bisagras rechinaron, pero la música de marimba que sonaba a esas horas, desde algún bar lejano, ocultó el ruido.

Se movió despacio a través de la recepción. Al pasar frente al mostrador, escuchó una conversación confusa desde el bar. Se aproximó en silencio y vio a George y a Willie juntos en el extremo más alejado. La iguana se estiraba lánguidamente en su toalla, sobre la barra. Samuel caminó de regreso a la recepción. Mirando a la izquierda y a la derecha, pasó del otro lado del mostrador y sacó el registro del hotel de una de las gavetas. Lo puso encima y empezó a pasar las hojas. Encontró su nombre en la última y la arrancó. Escuchó pasos en el techo, sobre él. Cerró el registro y lo regresó a su lugar.

Se dirigió al segundo piso, caminando suavemente. Al final del corredor, la brisa sopló a través de la malla metálica y Samuel pudo ver las luces del muelle parpadear entre los árboles. Su cuarto estaba justo encima del bar; tenía que ser cuidadoso.

Cuando se aproximaba a su habitación, vio que la puerta estaba abierta y la luz encendida. Se detuvo en seco. Por un segundo pensó dar vuelta y huir. ¿Estaría la policía en su cuarto, esperando por él? Se acercó un poco más, pero antes de que pudiera ver quién estaba adentro, la persona le habló.

—Pensé que nunca iba a venir. Usted es tan impredecible como el Mesías. ¿Por qué tardó tanto?

El Padre Cabezón estaba acostado en la cama de Samuel, con las manos detrás de la cabeza. Traía puesta su sotana negra y tenía los pies sucios sobre las sábanas. Parecía muy cómodo, casi con descaro. Unas velas largas estaban encendidas en el buró y la cera se había chorreado por los costados del mueble y formado una costra en el suelo.

—No tiene derecho a estar aquí.

El cura se sentó. Los incisivos de oro brillaron desde su sonrisa torcida.

—Pero usted me invitó, hoy en la mañana.

Samuel entró a la habitación y puso el pasador en la puerta. Estaba seguro de que George y Willie lo escucharon entrar al cuarto.

—Nunca hice semejante cosa —dijo entre dientes—. Apenas lo conozco. ¿Por qué le iba a permitir entrar a mi cuarto y acostarse en mi cama? ¡Qué absurdo!

El Padre Cabezón levantó un dedo.

—Shhh, hable quedito, usted, especialmente, debería saber que el diablo tiene el sueño ligero. San Agustín lo dijo —le lanzó una toalla a Samuel y frunció el ceño—. Está hecho un desastre. ¿Por qué no se limpia?

Samuel atrapó la toalla, pero la intromisión del cura lo sorprendió tanto que estaba paralizado y no supo qué hacer a continuación. Movió la cabeza y fue hacia el aguamanil y se lavó la cara. El agua tibia le sentó bien, lo refrescó. Ahora debía encontrar la manera de sacar al sacerdote de su cuarto y luego escapar en secreto.

—Padre, ¿podemos hablar por la mañana?

El hombre lo vio con una inmensa sorpresa.

—No entiendo. ¿No me pidió que viniera a confesarlo?

—¿Confesarme? No le pedí tal cosa. ¿Por qué iba a hacerlo? Ni siquiera soy católico. ¡Esto es ridículo!

Samuel sintió un repentino olor a whiskey barato.

El Padre Cabezón subió sus hombros huesudos, después se paró.

—Tampoco lo son los indios ni los caribeños de por aquí y confieso a varias docenas de ellos todos los días en el mercado o en el muelle. Algunos vienen con collares de cuentas y plata. Me dicen Kinich Ahau porque hace algunos años les vendí unas velas trucadas que me dio el mago de un circo, allá en la capital. Usted debe conocerlas. Esas que después de apagarlas vuelven a encenderse solas... No sé cómo voy a engañarlos cuando se me acaben... Oh, bueno... *Sprechen sie Deutsch?*

—*Natürlich* —respondió Samuel.

—*Ich auch nicht!* —dijo el sacerdote—. Y si lo hablara, no sabría cómo confesarlo en otro idioma. Bueno, hagamos de caso que traje conmigo mi confesionario. Pongámoslo aquí —señaló un espacio entre la cama y el buró con las candelas—. Yo me voy a poner detrás de esta puerta simulada y usted puede arrodillarse o sentarse en la cama. Todo lo que voy a hacer es poner mi mano sobre su cabeza (esto es un poco contra la doctrina, pero nadie nos está viendo) y usted puede contarme todos sus pecados.

—Pero yo no he hecho nada —Samuel se resistió. El humo de las candelas lo mareó un poco. Se inclinó.

El sacerdote pasó una mano sobre la cabeza de Samuel. Él se sintió agradecido con el contacto humano, la calidez y la gentileza.

—Este *chinchón* en su cabeza, ¿cómo se lo hizo?

Samuel se tocó el cuero cabelludo.

—Me lo debo de haber hecho cuando me caí.

—Oh, sí —dijo el cura, presionando la cabeza de Samuel y cerrando los ojos—. En una pelea, por supuesto. Es la forma en la que la gente resuelve sus problemas aquí.

—Yo no estuve en una pelea —respondió Samuel, agitado.

—Por favor, por favor, sin mentir —dijo el padre severamente—. Usted está aquí conmigo porque desea ser perdonado. Los hombres, por ser como son, débiles, depravados y con poca fuerza de voluntad, siempre caen en el error. Si confiesa sus pecados a Dios, en presencia de uno de sus representantes terrenales, en este caso, yo, y con la determinación de no pecar de nuevo, podrá ser purificado y obtener la absolución. Aunque repita el mismo pecado dentro de unos minutos, se le volverá a perdonar... Entonces, ¿en dónde estábamos? Ah, sí, el *chinchón* en su cabeza.

—No sé nada al respecto.

—Si el humo de las candelas lo está molestando, ¡con mucho gusto las apago! —el cura se rió—. Oh, se me olvidaba, volverían a encenderse —se acarició la barbilla—. Pero no sé si estas velas largas son de las trucadas...

—¿Qué es esta locura? —preguntó Samuel, nervioso.

—Cierre los ojos y dígame lo que hay en su corazón.

—No lo haré —dijo, cada vez más agitado.

El sacerdote se inclinó con todo y su aliento a whiskey y cerró los ojos.

—Se sentirá mejor.

Todo quedó en silencio, un enorme y envolvente silencio. Sin quererlo y sin pensar, Samuel cerró los ojos y se escuchó a sí mismo decir:

—Podría haber matado a un hombre, padre.

El sacerdote inhaló y exhaló a través de la selva de vellos en su nariz.

—Bien, esto, ciertamente, es serio. Muy serio —abrió los ojos y se rascó un mechón de pelo en la garganta—. Pero yo no estoy aquí para juzgar sus crímenes. De hecho, para un sacerdote, ser atrapado vendiendo ron a sus feligreses es una grave ofensa y el obispo de Guatemala, con toda su misericordia, me perdonó. Y Dios, a su vez, necesita también ser perdonado por no fulminar a los monjes en Antigua que construyeron túneles para visitar a las monjas por la noche en su convento, después de haber jurado abstinencia. Y ciertamente, los arzobispos confiesan a los obispos, eso lo sabemos; y los cardenales a los arzobispos; los papas a los cardenales; y al final de todo, Dios le concede la absolución al Papa, a menos que designe a otro sacerdote para hacerlo. Pero, ¿quién confiesa a Dios? ¿Puede responderme esa pregunta? ¿Quién puede confesar a Dios por toda la miseria que nos ha causado, o que nos ha permitido causarnos a nosotros mismos sin su intervención divina?

—No sé de lo que está hablando —dijo Samuel.

—Hmmmm, será mejor que nos ocupemos de asuntos terrenales. Dijo que mató a un hombre. No puedo preguntarle si el hombre merecía morir. Sólo quiero saber si se arrepiente o si lo haría de nuevo.

—No tuve alternativa. Él me hubiera matado.

—Matar o morir. Yo juré nunca más vender ron, aunque, de vez en cuando, lo bebo. Entonces, ¿mataría de nuevo?

Samuel movió la cabeza.

—No quise matarlo, sólo quería noquearlo, supongo. Quería escapar, no cometer un asesinato.

El sacerdote puso un pulgar y un dedo índice en la fosa nasal izquierda. Empezó a juguetear con un vello, tirándolo y resoplando.

—Pero, ¿promete usted, en un sentido general, pues no sabemos qué circunstancias se presentarán, me promete a mí y, por lo tanto, al creador, no matar nunca más?

—No soy un asesino.

El cura asintió con la cabeza.

—En ese caso, todo le es perdonado. Usted queda absuelto, mi buen hombre. Yo lo perdono en el nombre del Padre, del Hijo y del Espíritu Santo —puso ambas manos sobre el rostro de Samuel—. ¿No fue tan difícil, verdad? Puede pararse ahora —el sacerdote caminó hacia las velas, mojó sus dedos y haciendo un sonido de chasquido con su boca, tocó todas las mechas, excepto una.

Por el cuarto se elevó una nube de humo. El Padre Cabezón regresó a donde estaba Samuel, lo ayudó a levantarse y le apretó la mano vigorosamente.

—*Viel Glück!*, o como mi maestro de alemán solía decir en Quetzaltenango: *Wahrheit gegen freund und feind.* ¿Necesito traducírselo?

—No —dijo Samuel—. "La verdad a los amigos y a los enemigos".

—Muy bien. *Auf wiedersehen* —el sacerdote puso las candelas en el bolsillo de su sotana y salió de la habitación de Samuel, sosteniendo su túnica con la mano.

Cuando Samuel estuvo seguro de que el cura se había ido, volvió a poner el pasador en la puerta. Se recostó en la cama, cansado, y acomodó su cabeza, la cual zumbaba y vibraba, entre sus manos.

Pensó dormir por unos segundos. En cuanto cerró los párpados, sintió a un insecto grande aterrizar en su pecho. Le dio un manotazo y de un brinco se levantó. Sobre su cama vio a una enorme cucaracha agitando las patas en el aire, tratando de darse vuelta. La atrapó con la sábana y la tiró a una esquina. Luego se acomodó de nuevo sobre el colchón de paja. No pudo quedarse dormido otra vez porque su cuerpo le picaba terriblemente. Imaginaba que las cucarachas habían invadido la habitación a través de las paredes, de las tablas del piso, de los hoyos en su colchón.

Su mente parecía moverse muy de prisa. De repente tuvo una revelación: el haber asesinado a un hombre podría obligarlo, tal vez, a liberarse de su vieja idea de no ser nadie y de no comprometerse con nada. Nunca más sería como un corcho flotando en las olas o como un globo a la deriva en el viento. Por primera vez en la vida tendría que actuar, y hacerlo con decisión. Con gusto enfrentaría las consecuencias.

"El asesinato es la salvación, el asesinato es la salvación", se escuchó diciendo en voz alta. No parecía importarle si alguien lo escuchaba. Demasiado tiempo vivió miserablemente sumido en la inercia y las secuelas de su propia incertidumbre. Como una cucaracha.

¿Por qué, a sus años, todavía sumía el vientre para parecer esbelto, preocupado por lo que los otros pensaran de él? ¿Por qué le preocupaba tanto parecer elegante, cuando, en verdad, él no era más que un par de zapatos viejos y rayados?

¿Por qué se afeitaba todos los días y se duchaba con agua fría sólo porque lo obligaban en su casa y luego en el ejército? ¿Por qué continuar con la charada y el embuste de la cortesía y la discreción, tan sólo con la magra esperanza de jamás escuchar a cualquiera hablar de él o llamarlo un tonto ostentoso o un asno en cuanto diera la espalda? Que dijeran lo que quisieran, en su cara, si lo deseaban. Rompería las cadenas que él mismo se había impuesto y exigía, mejor dicho, demandaba, su pretenciosa elegancia. Estuvo paralizado por mucho tiempo, sumergiéndose más y más profundamente en el pantano fabricado por sí mismo. Ahora lucharía sus propias batallas, sin esperar ni confiar en nadie para ayudarlo o salvarlo.

Cuando finalmente se quedó dormido, Samuel vio la sala del apartamento de sus padres en Hamburgo. Su papá había salido con sus amigos y su madre tocaba una polonesa de Chopin, en el crepúsculo de la tarde. Eran las siete o las ocho y él estaba recostado en la alfombra, escuchando la música. Un entorno tan pacífico... La madera ardía en la chimenea y los adornos recién pulidos, frente a ella, despedían destellos de luz hacia el trinchante que guardaba la preciosa porcelana de Wedgwood y de Dresden de su madre. Un juego de garrafa con cognac y seis copas de cristal descansaban en un azafate en la mesa de sala. En la repisa de la chimenea había tres piezas de porcelana de Capodimonte que su padre había comprado en Florencia.

Samuel nunca antes se había sentido tan en paz como en ese tiempo.

Ahora se esforzaba por abrir los ojos. La candela que el Padre Cabezón dejó en el buró se había derretido completamente y apagado. Se esforzó para levantarse. Se sentía sin fuerzas, calmado y sereno. Su alma estaba en paz.

La confesión al sacerdote, de algún modo, lo preparó para seguir adelante.

No tenía idea de cuánto durmió. De puntillas y con dificultad salió del cuarto y se asomó al corredor. Nada. Caminó hacia las escaleras y vio por la ventana hacia la concha acústica. Allí estaba Joshua moviendo sus brazos y haciéndole señas con frenesí. Samuel forzó la vista, pero no pudo ver su sombrero en las manos del telegrafista. Esto lo hizo sentirse más molesto que preocupado. Regresó a la habitación y empacó su ropa desordenadamente, sin importar que se arrugara, a excepción de un par de pantalones oscuros y una camisa de algodón que combinaba.

Arrojó dentro de la maleta el calzador, el peine, la colonia, la brocha de afeitar, el cepillo de dientes y la pasta. Estaba listo para partir. Un último vistazo al cuarto antes de dejarlo para siempre.

Algo que no había visto antes llamó su atención. Un crucifijo de madera estaba colgado de un clavo en la pared, sobre su cama.

Se acercó a examinarlo. Los brazos y las piernas deformadas de Cristo colgaban de una cruz roja. Lo extraño era que su rostro miraba fijamente hacia el frente, a los espectadores, casi desafiándolos, en vez de hacia abajo y al costado. La cara estaba pintada a mano y los ojos hechos de granos de arroz blanco.

En la parte de arriba de la cruz había una tapita de Coca-Cola. ¿Era esto la corona de espinas?

Samuel se preguntó si el crucifijo siempre estuvo en el cuarto y simplemente él no lo notó, o, ¿lo habría puesto el cura allí? Si así fue, ¿era esto una especie de broma o tenía el sacerdote poderes especiales de discernimiento que le permitían comunicarse simbólicamente? ¿Cuál era el significado secreto?

Samuel escuchó dos chiflidos estridentes. Joshua lo llamaba. Sin pensar, quitó el crucifijo de la pared y lo guardó dentro de su maleta.

Salió de su cuarto, dejó la puerta entreabierta y bajó por las escaleras. El bar estaba cerrado, las luces apagadas y la recepción en silencio. Al pasar frente al mostrador, Samuel recordó que aún debía otros cuatro dólares por la habitación. Aunque esto normalmente lo hubiera inquietado, esta vez no lo pensó dos veces. Empujó la doble puerta de malla, esperando que fuera por última vez, y vio a Joshua acercarse y hacerle señas para que se apresurara.

Samuel aplastó un mosquito que zumbaba en su oído y cruzó el parque. Se encontró con Joshua, abrió la boca para hablar, pero el mulato le puso una mano sobre ella, tomó la maleta y le hizo señas con la cabeza para que se dirigieran a la concha acústica.

—Hablemos aquí un momento.

Samuel ya no pudo estar tranquilo.

—¿Qué fue lo que averiguó?

Joshua jaló a Samuel hacia él y lo sentó sobre su maleta. El telegrafista se puso de cuclillas.

—Hablé con el Chino —tomó aire—. Estuvo en el restaurante toda la noche, incluso cuando empezó la pelea. Sí, el botellazo le dio a Menino detrás de la cabeza. Pero después de que usted se fue, se sentó y dijo algunas palabras incomprensibles. Después cerró los ojos y se desmayó. Pudo ser por causa de tanta bebida. El Chino me dijo que ya se había tomado media docena de cervezas y una botella entera de ron antes de que usted llegara. Sólo Dios sabe cuánto iban a tomar después.

—Yo no bebí nada.

—Guayo y Hugo llevaron a Menino con el doctor Heriberto, como lo imaginé. El Chino estaba lavando la sangre del piso.

—Se va a morir —dijo Samuel suavemente.

—El Chino dijo que todavía respiraba.

—Joshua, no importa si está vivo o muerto. Lo que importa es lo que yo hice —Samuel movió su cabeza—. ¿No encontró mi sombrero, verdad?

Joshua apretó los dientes.

—Hugo se lo llevó, fue lo que me dijo el Chino, pero puede también haberlo tomado él mismo. El Chino es mañoso. Cuando lo acusé de robárselo, lo negó hablando muy recio, casi gritando. Después me dijo que llegó un policía y se lo llevó como evidencia.

—Ya veo —dijo Samuel, estirando sus pies en el suelo de la concha acústica.

—Lo más seguro es que esté mintiendo, señor Berkow.

Sintió las viejas sensaciones de la guerra, la nieve cayendo, el frío quemándolo debajo de un árbol, capa sobre capa de nieve y hielo.

—El sombrero no importa —dijo—. Todos, menos esos tres, conocen mi nombre. Ese enano, el señor Price, estará más que feliz en ayudar a la investigación y verme lanzado a la cárcel.

—Vámonos de aquí, señor Berkow. La policía vendrá pronto.

—Tal vez simplemente debería rendirme. No puedo pasarme la vida huyendo.

—Escuche, no puede entregarse y hacerse el muerto sólo porque golpeó a alguien en la cabeza y porque perdió su sombrero. Olvide lo que pasó. Tenemos que pensar en escapar, lograr que se vaya de aquí lo más rápido posible.

—Tiene razón —dijo Samuel—, pero debo reconocer que no tengo a nadie, excepto a usted, por supuesto, para ayudarme. Creo que leyó el telegrama de mi primo Heinrich: palabras más, palabras menos, me mandó al infierno. Ya ni siquiera sé quién soy o adónde debería ir —Samuel metió su cabeza entre las manos—. Asesiné a un hombre, de acuerdo. Puedo aceptarlo. No me siento culpable; tenía que defenderme a mí mismo. Ese Menino estaba loco. Hasta su propio hermano y su amigo podrían admitirlo.

Pasaban los segundos. Joshua permaneció de cuclillas, como si estuviera demasiado cansado para moverse. De pronto se escucharon pasos acercándose. Samuel estaba a punto de decir algo, cuando Joshua le puso la mano sobre la boca. Si era la policía, los dos estarían metidos en un gran problema.

Un hombre caminaba de prisa, pero no directamente al hotel; después de unos pasos se desvió. Se detuvo abruptamente y regresó a los arbustos, frente a la entrada. El hombre tarareó las mismas seis notas una y otra vez mientras orinaba.

Joshua retiró la mano de la boca de Samuel y se acercó a las gradas de la concha acústica. El hombre se abotonó la braqueta e hizo sonar unas monedas en su bolsillo. Fue hacia la escalera del hotel, sin notar la presencia de ellos. Una sucesión de voces suaves se escucharon desde adentro, pero pronto se desvanecieron y las luces se apagaron.

—¿Quién era? —preguntó Samuel.

—Kingston, gracias a Dios. Pensé que estábamos arruinados.

—¿Kingston?, eso es imposible —dijo Samuel—. Él es mudo.

Joshua sonrió, mostrando su blanca dentadura.

—Eso es lo que se supone que usted debe pensar. Puede hablar perfectamente. Es más, una vez que empieza es muy difícil detenerlo.

—Pero, de todos modos, ¡George piensa que es mudo!

Joshua negó con la cabeza.

—¿Con quién cree que acaba de estar hablando, hombre? ¡Con George! Cuando Kingston fue hospitalizado, después de la huelga de los estibadores, Lewis fue a amenazarlo. Kingston no le respondió y nunca más ha vuelto a hablar en público. Es extraño, de todos modos, que haya regresado al hotel. Él tiene una pequeña casa. A lo mejor vino a avisarle o a capturarlo.

Un auto militar se detuvo, Joshua dejó de hablar. Bajaron dos soldados. Uno de ellos sacó una linterna de la parte de atrás y la encendió. Se aproximaron al hotel, hablando en voz alta. No tuvieron el menor cuidado en evitar que la puerta de malla se somatara.

Después de unos segundos de conmoción, las luces de la recepción se encendieron de nuevo. Un hombre gritó.

—Ese es George. Puedo reconocer su voz desde kilómetros.

—¿Cómo puede estar seguro?

—Estoy tan seguro de eso, como de todo. Los soldados no están buscándolo a usted. Su identidad sigue a salvo. Vámonos, ahorita mismo —Joshua jaló a Samuel de una de las mangas—, mientras tengamos oportunidad.

Samuel tomó su maleta.

—¿Pero adónde iremos? El tren no sale sino hasta las seis de la mañana, si acaso —Samuel se desesperó.

—Sí, pero no está a salvo en este sitio. Si algo serio le pasó a Menino, el primer lugar en el que va a buscar la policía es en los hoteles, y no quedan muchos en Puerto Barrios. Si vienen y no lo encuentran en su cuarto, el siguiente lugar en donde lo buscarán es aquí. Sé dónde puede quedarse. Sígame, en silencio.

Joshua se dirigió hacia las gradas. Le dio la vuelta a la concha acústica para que nadie pudiera verlos y entonces caminaron rápidamente a través del parque, hacia la bahía.

Capítulo veintitrés

Joshua llevó a Samuel hacia el cobertizo, cerca de la orilla en donde perdió su pasaporte unas horas antes. Sin la luz de la luna sobre sus cabezas, las siluetas de las grandes ruedas y los engranajes sobre el suelo eran apenas visibles en la oscuridad. Samuel podía escuchar el agua de la bahía golpeando las rocas y oler el aroma podrido de la sal, las algas y las heces mezclándose con el olor a grasa. Se sentó en una caja de madera mientras Joshua usaba una palanca para forzar el candado. Segundos después, regresó con una colcha.

—Pienso que es mejor que duerma afuera —dijo, estirando la frazada en un área con arena, detrás del cobertizo—. Si oye algún ruido, seguramente será el viento o el agua o un pájaro que pasa. No tiene nada que temer.

—¿Y la policía?

—Jamás lo van a buscar aquí... Ellos ni siquiera saben que este lugar existe. Va a estar bien. Fue inteligente de su parte dar un nombre falso, eso pudo haberle salvado la vida. Si Menino está malherido, a nadie le va a importar. Todo mundo sabe que es un peleonero. Si se muere, las cosas se pondrán difíciles. Veamos qué es lo que sucede. Señor Berkow, debe subirse a ese tren mañana, ¿qué estoy diciendo?, hoy mismo, en cuatro horas. Tiene que estar lejos de Puerto Barrios cuando vengan a buscarlo. ¿Le dijo a alguien en el restaurante del Chino adónde iba?

—A la Ciudad de Guatemala.

—Es muy peligroso que vaya para allá.

—¿Aunque Menino sobreviva?

—Es mejor no correr el riesgo —dijo Joshua, tirando de su barba.

—¡Eso no está bien!

Joshua pareció perderse en sus pensamientos.

—¡Espere!, ya sé. Puede bajarse del tren antes de que llegue a la capital. Hace muchas paradas a lo largo del camino.

—Ya veo —Samuel se sintió algo aliviado.

Imaginó al tren avanzando lentamente y se vio saltando de él.

—Pero, ¿en dónde?

—No le aconsejo que lo haga en Bananera. Es sólo una aldea y las oficinas de la Compañía están en ese lugar. Quiriguá tampoco sirve. Allí sólo hay ruinas mayas y plantaciones de banano. El Progreso es un pequeño pueblo en una zona semidesértica. Zacapa es un poco más grande. Cualquiera de los dos estará bien, si tiene cuidado. Puede empezar una nueva vida, establecerse. Quién sabe, tal vez hasta pueda casarse y formar una familia.

—Sí —dijo Samuel, sintiendo la misma desesperanza contra la que había peleado toda su vida.

"Todo irá muy bien", cómo no, un cuento de hadas, sobre todo lo de casarse y tener hijos. Pero esta vez, a lo mejor podría pasar. Luego recordó algo y la expresión sombría regresó y cubrió su rostro.

—¿Qué le pasa hora?

—No le dije. Perdí mi pasaporte. Se me cayó en el agua en algún lugar cerca de aquí.

—¿Lo perdió?

—Fue durante la tormenta. Debe haberse hundido hasta el fondo. No tengo ningún documento de identificación.

—Mmmm. Con su pasaporte podría haber probado que usted es Samuel Berkow, no ese Rodolfo Fuchs. Pero, por otro lado, a lo mejor le conviene no ser ninguno de los dos. Tiene la oportunidad de convertirse en un hombre nuevo. A mí no me importaría dejar de ser Joshua. Piénselo de esta manera, señor Berkow, puede ser quien quiera.

—Pero la policía querrá pruebas.

—Si un soldado o policía le pide identificarse en el tren, puede hacer dos cosas —aconsejó Joshua—: sentirse indignado y rehusarse a cooperar o llevarlo aparte y sobornarlo. De cualquier manera, seguramente lo dejará en paz. Tiene suerte de no ser un negro pobre.

—¿Y si no acepta? ¿Si quiere meterme en problemas? Ya le dije, no tengo pasaporte.

Joshua vio hacia la bahía, todavía oscura. Observó a las pequeñas olas bailar sobre la superficie del agua, como gusanos de plata.

—Entonces estará en problemas...

Samuel bajó la cabeza. Caminó hacia la frazada y se sentó. Sintió al rocío humedecer la parte trasera de sus pantalones. ¿Qué importaba? Vio a lo lejos un barco grande y blanco que estaba cómodamente amarrado en el muelle, en calma y en paz.

—Tengo que irme —dijo Joshua. No había nada más que pudiera hacer.

—Sí —respondió Samuel, acariciándose las palmas magulladas. Aplastó un mosquito que rondaba cerca de su oído izquierdo—. Ha hecho mucho por mí. ¿Cómo podría pagarle?

Joshua palmeó su hombro.

—Hubiera querido hacer más, pero estoy muy cansado como para pensar. Debe descansar un poco. Mañana necesitará de todas sus fuerzas.

—Lo haré. Usted ha sido un buen amigo, Joshua. Ha salvado mi vida y ha arriesgado la suya. ¿Qué más puede hacer un hombre? Si sobrevivo a esto, si de alguna forma consigo escapar de esta pesadilla, yo... —pero estaba demasiado compungido como para terminar la idea.

Se paró y abrazó a Joshua.

—Buena suerte, hombre —dijo el mulato, algo avergonzado. Se separó del cuerpo de Samuel, caminó rápidamente hacia la oscuridad y desapareció.

Samuel se sentó y se recostó en la pared del cobertizo. Escondió la maleta debajo de sus piernas y se cubrió con la colcha delgada. En poco tiempo se quedó dormido. Soñó que asistía a un funeral militar en un pequeño pueblo del altiplano desértico. Seis soldados rubios, vestidos con un uniforme caqui y calcetas largas, sostenían sobre sus hombros un ataúd de madera. Cuando se acercaron a él, bajaron el cajón para dejarlo ver su interior. El féretro estaba forrado de terciopelo rojo y adentro descansaba su propio cuerpo, impecablemente vestido con un traje oscuro y una corbata a rayas. Compungido, Samuel acarició el rostro de su propio cadáver, aún tibio al tacto. Se percató de los ojos abiertos y de las comisuras de la boca, detenidas en una eterna y ligera sonrisa. Uno de los portadores del ataúd, mujer, rubia y muy atractiva, le susurró al oído que el hombre fue ejecutado esa misma mañana por haber revelado secretos militares al enemigo. Eso era imposible, aseguró Samuel, el muerto debía ser un impostor. Él estaba vivo y nunca revelaría nada. La mujer simplemente los vio a ambos para asegurarse de que eran la misma persona, le hizo un guiño, se sacó el cigarrillo de la boca y le dio un beso en la mejilla, como queriendo decir que eso difícilmente importaba.

Samuel estaba furioso. Puso su oído en el pecho del muerto y escuchó un largo y prolongado silbido. Vio de nuevo al cadáver. Continuaba sonriendo. Le cerró los ojos y bajó las manos a la entrepierna del muerto. Le desabrochó el cinturón, bajó sus pantalones y encontró un canario disecado en donde debería estar su pene...

Despertó en un estado espantoso. Se había volcado en el suelo durante las pocas horas de sueño. Estaba a punto de amanecer. Se frotó la cara con las manos sudorosas, esperando poder borrar de su rostro todos sus rasgos.

Qué sueño más extraño, asistir a su propio funeral. Se sentó y apoyó la espalda contra la pared y trató de entender el significado. Había muerto, pero, ¿en dónde? ¡En África! Sudáfrica, para ser más exacto. Los portadores eran afrikaners, de Ciudad del Cabo. Algo tenía que ver Lena con esto. La mujer que le habló se parecía mucho a Max, su hermano, aunque en realidad era ella.

¡Así que fue eso! ¡Lena lo arregló todo! ¿Por qué no podía dejarlo en paz después de todos estos años? ¿No la dejó marcharse a su casa, en Sudáfrica, cuando su matrimonio empezó a fracasar, sin ninguna clase de obstáculo? Además, le permitió divorciarse de él. ¿Por qué continuar la tortura?

Oh, Lena. Ella estaba tan decepcionada, él podía verlo en sus ojos cada día.

Sólo estuvieron casados cinco meses. Vivían en Berlín, en donde Samuel terminaba los últimos meses de una capacitación comercial. Lena era terriblemente infeliz. Se despertaba temprano cada mañana. Se bañaba, maquillaba y se arreglaba el pelo para desayunar con Samuel antes de que él se fuera al trabajo. Luego, se pasaba el resto del día zapateando por todo el oscuro departamento, vestida con una bata de seda color canela, comiendo chocolates, abriendo y cerrando libros sin leer una sola página. A veces escuchaba sus discos de ópera de setenta y ocho revoluciones por minuto en el gramófono.

Samuel sabía, al regresar a casa con comestibles en los brazos, que ella no había hecho absolutamente nada durante todo el día. El apartamento era un caos, con sus vestidos tirados por todos lados. Debió decirle algo acerca de ese comportamiento, mientras cocinaba la cena para ambos, sugerirle que se uniera a algún club, se aficionara a algún pasatiempo o se presentara como voluntaria a la Embajada de Sudáfrica; cualquier cosa, con tal de mantenerse entretenida. Él no podía quedarse en casa a mimarla y entretenerla y aún así ganarse el sustento. Hasta Klingman, quien no sentía una particular simpatía por ella (la consideraba una niña tonta, frívola y caprichosa), le advirtió acerca de la necesidad de prestarle más atención a su esposa. Pero Samuel, como si fuera un malabarista que balanceaba diez pelotas en el aire, se sentía incapaz de discutir el problema con Lena. ¿Qué sabía él acerca de depresiones? En cuanto ella le mencionaba algo acerca de sentirse aburrida e inútil, él guardaba silencio, sintiéndose acusado de ser el causante de tal situación.

Samuel no sabía nada de cómo compartir su vida con una mujer.

Y luego Lena empezó a beber, lo cual culminó en un lamentable incidente.

Una noche, cuando el embajador de Sudáfrica se embarcó a Ciudad del Cabo, su ciudad de origen, el encargado de negocios organizó una fiesta en la embajada. Fue una velada salvaje: bufé caliente, dos bandas de jazz, cientos de invitados, descorche ininterrumpido de botellas de champán. Samuel se puso un esmoquin y Lena un largo y casi transparente vestido de lino, que ciertamente le había costado a ambos más marcos de los que querían gastar. En cuanto llegaron, ella se fue por su cuenta al "tocador de señoras" y procedió a emborracharse. A las nueve ya se reía como si fuera una corista, desplazándose desde la pista de baile a las bandejas de champán, mientras Samuel permanecía sentado, mirándola con un gesto sombrío. Ella bailó el charlestón, el fandango y la rumba con diferentes parejas. Se quitó los zapatos y se quedó sólo con las medias, mientras en Samuel crecía irremediablemente el desaliento. Media docena de veces se paró a tomarla de la mano o del codo, para acompañarla afuera a que tomara un poco de aire, pero Lena, desafiante, lo empujaba lejos. Cuando él decidió irse, aunque eso significara dejarla allí sola, ella golpeó el suelo con los pies, levantó el ruedo de su vestido con una mano y se dio la vuelta y tomó del brazo a un joven francés.

Lena no volvió a casa esa noche.

Al día siguiente, fue a la tienda después del almuerzo a disculparse, entre lágrimas, por su comportamiento. Él permaneció frío y distante. Ella le rogó que la perdonara, pero sus súplicas cayeron en el vacío, no porque él deseara castigarla o reprenderla, sino porque era incapaz de verla sin sentirse herido. Cuando Lena le puso la mano sobre el brazo, tembló.

La reacción de Samuel simplemente fue cerrar su corazón.

Esa noche, y las noches que siguieron, durmieron en cuartos separados. Después de unos días, empezaron a hablar de nuevo, con cortesía. Ella empezó a hacer la compra y a cocinar para él, incluso de vez en cuando hasta le revolvía el cabello, pero él no podía olvidar el asunto. Samuel seguía viendo a Lena desnuda en los brazos de aquel francés, cuyos rasgos no podía recordar.

Klingman le dijo que estaba siendo injusto, pero Samuel estaba en el ártico congelado, debajo de frazadas de nieve, incapaz de escuchar y sin dejarla regresar a su cama.

Ahora que puede ver la situación con más claridad, doce años después, necesita admitir que fue un error culparla. Samuel forzó a Lena a comportarse infantilmente porque fue incapaz de mostrarle su dolor y la responsabilizó de sus fracasos, de su frialdad y de su indiferencia.

Desde entonces ha sido un bastardo insensible.

Samuel se estremeció, tratando de sacudirse la imagen de sí mismo, la inamovible rectitud moral a la que aspiraba. Se odiaba: el enjuto vagabundo, deambulando de ciudad en ciudad, incapaz de establecerse, de enfrentar cualquier crisis o dificultad que pudiera surgir. Había tantos ejemplos de su naturaleza errante.

Y además estaba el asunto de su inflexibilidad. Por ejemplo, esa noche en la casa de Spielberg, en Amsterdam: ¿por qué se congratuló a sí mismo todos estos años por enfrentarse a un judío simpatizante de nazis cuando, de hecho, él se limitó a abofetear a su anfitrión y luego se retiró? ¡Otro desafío sin sentido! Una y otra vez elegía vivir dentro de una burbuja, aislado del mundo, en donde nada pudiera tocarlo.

¿Qué iba a hacer ahora?

Si no iba a la Ciudad de Guatemala, tendría que echar raíces en cualquier otro lado, no como un paria errante, sino como los primeros sionistas en Palestina, quienes se vieron obligados a construir nuevas vidas y nuevas identidades en un paisaje completamente diferente.

Así que, ¿cómo debería ser el nuevo Berkow?

En su nuevo hogar tendría que enseñarse a sí mismo a no ocultar sus sentimientos. A ser más expresivo y aprender a abrir su corazón.

Había tanto por hacer. Podría empezar a vestirse de una forma más informal, desechar su ropa elegante y sus maneras de dandi vienés acostumbrado a tomar el té dos veces al día y a dedicar su tiempo a actividades de ocio, como leer el periódico o asistir a conciertos. Dejar de acicalarse a sí mismo.

Samuel estaba en el Nuevo Mundo y finalmente empezaba a querer ser parte de él. Necesitaba, por ello, renunciar a las mentiras, a las excusas, a las racionalizaciones que aceptaba tan fácilmente, pasara lo que pasara. Era tiempo de abrir los ojos, de vivir el momento, de dejar de buscar refugio en poses y actitudes que, de hecho, no significaban nada en Guatemala.

Un gallo extraviado empezó a cantar y dos loros cruzaron por el borde de la bahía, volando tierra adentro a través del cielo rosado.

A Samuel le dolía el pecho. Buscó dentro de su camisa y encontró el crucifijo que había sustraído del hotel. Se paró, casi rígido, se puso la frazada sobre los hombros y enganchó la cruz a un clavo que sobresalía del cobertizo. Los brazos de hierro de Cristo colgaban cansadamente del madero; su rostro ahora parecía triste y aburrido, resignado a su destino.

Samuel escuchó encenderse un generador en algún lugar del muelle, desatando un alboroto de graznidos en el aire. Se frotó la cara y se sentó, de nuevo recostándose contra la pared, y con los talones pegados a las nalgas.

Casi sin pensar, llevó las esquinas de la colcha hasta sus labios y las besó como si fueran los flecos del *talit*. Bajó la cabeza y rezó para pedir por el alma de su padre muerto y también fuerza para seguir viviendo. Oró por el bienestar de Joshua y por su viejo amigo Klingman, quien seguramente habría sido ya arrestado por los nazis. Se preguntaba cómo le habría ido a su tío Jacob en la tarea de sacar a su madre de Alemania. Hasta rezó por Lena y pidió perdón:

Por haberle guardado rencor injustamente todos estos años.

Por su frialdad y sus traiciones.

Por su corazón endurecido.

Por negarse a perdonarla.

Samuel puso la frazada sobre su cabeza.

Y aunque su ánimo era de compasión y perdón, no pudo alejar de sus labios el desear la muerte de Heinrich. Le pidió a Dios arrojar un ácido invisible sobre la carne de su primo para que así su piel ardiera lentamente por toda la eternidad. Lo imaginó revolcándose en su propia malicia y crueldad por el resto de su vida. Después, cerró los ojos y recitó las únicas palabras en hebreo que recordaba de su *Bar Mitzvah*, celebrado en Hamburgo, hacía veinticinco años:

Barechu et Adonai hamevorach
Baruch Adonai hamevorach le'olam va ed.

Alabemos a Dios, a Quien debemos nuestras alabanzas.

Bendito sea Adonai, la fuente de todas las bendiciones.

Al decir estas palabras, Samuel sintió un escalofrío recorrer su cuerpo. Se limpió la nariz y luego miró hacia la pared del cobertizo. El crucifijo se había caído al suelo. Lo recogió, lo besó y lo envolvió con una mano.

Una densa niebla naranja adornaba el horizonte. Samuel se puso de pie, se estiró y bostezó como si hubiera pasado los últimos tres días apretado dentro del baúl de un automóvil. Dobló la colcha que le dio Joshua y la puso dentro del cobertizo en caso de que alguna otra alma en problemas pudiera necesitarla en el futuro.

Se estiró de nuevo. Sus huesos tronaron. Puso el crucifijo de vuelta en el clavo. Orinó en el suelo, cerca del cobertizo y luego caminó hacia el agua. Algunos rayos de luz amarilla se deslizaban sobre la superficie de la bahía, convirtiendo al carguero blanco que descansaba en el muelle en una brillante lámpara de gas.

Samuel vio hacia sus pies, donde el agua burbujeante lamía las rocas cubiertas de líquenes. En una piedra plana, algunos centímetros sobre el agua, estaba su pasaporte. Lo recogió y con cuidado secó una a una las páginas con sus pantalones. Notó que la tinta se había corrido y había borroneado un poco su nombre. Pero el resto de la información acerca de él, su edad, el lugar de nacimiento, el color de su pelo y de sus ojos, permanecían legibles.

Lo puso en el bolsillo del pantalón, sintiéndose extrañamente eufórico ante este aparente milagro. ¿Finalmente empezaba a cambiar su suerte?

Se inclinó hasta quedar sostenido por sus rodillas y sus manos y humedeció su cara en el agua de la bahía. Podía ver a los pececillos alejarse de sus dedos cada vez que los sumergía. Todo se sentía fresco, templado y húmedo en la luz de la mañana.

Dejó que el agua goteara de su cara e hiciera olas concéntricas. Se sentía tan lleno de emoción que su corazón casi se le salía del pecho. Sonrió tontamente y miró a través de la bahía. El sol estaba ahora algunos centímetros sobre el horizonte, ya no en sus ojos, y Samuel pudo ver los barcos anclados en el agua profunda. Escuchó más graznidos y observó a varias garcetas vadeando un estuario parecido a una marisma, metiendo sus picos en el agua, tratando de atrapar peces pequeños.

Samuel regresó la vista al muelle y a lo lejos vio a un hombre tirar una línea de pesca dentro del agua.

Sonaron dos fuertes silbidos del tren. Samuel levantó su maleta y empezó a moverse de nuevo.

Capítulo veinticuatro

Samuel cruzó en la esquina de la estación y vio al tren acomodado en la única plataforma. Varios trabajadores habían bajado a las vías, golpeaban las ruedas del tren y apretaban las tuercas con unas gigantescas llaves. Una que otra vez se escuchaba un fuerte zumbido de aire en el frente y carros y obreros quedaban temporalmente sumergidos en el vapor.

La plataforma hervía con toda clase de actividad, la cual Samuel sólo vio antes en Puerto Barrios en el transbordador a Livingston. Observó a un grupo de mujeres indígenas vestidas con blusas blancas de coloridos bordados y faldas enrolladas en su cintura, que les llegaban a los tobillos, y collares con una mezcla de plata, obsidiana y coral alrededor del cuello. Cerca de ellas había canastos llenos de extrañas frutas tropicales y vegetales, tecomates llenos de especias, hamacas de lazo, sacos grandes de arroz y frijoles de varios colores, sombreros de petate, vasijas de barro pintadas, pedazos de incienso encendido, pollos gordos y cerditos chillones.

Samuel se sintió agitado. Esto parecía el mercado de los sábados en la calle Luterothstrasse en Hamburgo, ¡sólo que mucho más colorido!

Estaba tan emocionado escuchando la conversación entre dos mujeres en una extraña lengua, que por el momento olvidó todos los miedos que lo atormentaron durante la noche. Debía ser cauteloso. Se paseó por toda la plataforma, valija en mano, sonriendo a las mujeres que descansaban detrás de sus mercancías. Ellas cuchicheaban y le sonreían de vuelta, escondiendo sus rostros de él.

Cerca de la taquilla, Samuel vio a una indígena adolescente quitándole los piojos a un niño y detrás de ella, a una mujer amamantando a un bebé al lado de una gran canasta de mangos amarillos. Cuando Samuel pasó frente a ella, retiró al niño de su pecho y éste empezó a llorar. La madre metió su otro pezón en la boca abierta y el bebé inmediatamente volvió a chupar y movió los dedos en el aire. La madre lo arrulló monótonamente. Al darse cuenta de que Samuel la observaba, simplemente presionó a su hijo más cerca de su pecho, tomó un mango y se lo ofreció. Él negó con la cabeza, puso algunas monedas en el regazo de la mujer y siguió caminando.

El ver a la mujer dando el pecho perturbó a Samuel, pero de una manera positiva. Se dio cuenta de que estaba cansado de estar solo, empacando y desempacando su maleta en cuartos extraños. El recién nacido y la madre lo hicieron imaginar una casa llena de color y de sol, en cuyo interior, un hombre parecido a él, sentado en el sofá, leía un libro. La esposa a su lado y un rebaño de muchachitos, tres o cuatro, jugaban alegremente a sus pies.

Si conocía a la mujer correcta, pensó, podría volver a casarse y las cosas serían diferentes. No se preocuparía tanto en cómo comportarse, sino en dedicarse a mantener felices a su joven esposa y a su familia...

Se escuchó otro silbido del tren, más largo y fuerte que el anterior, y más vapor inundó la plataforma. Hubo un repentino correteo y golpeteo de pies. El tren estaba a punto de partir.

Cuando el vapor se disipó, Samuel caminó hacia donde un empleado ayudaba a las personas a entrar en los vagones de pasajeros. Vio al Padre Cabezón sentado sobre un petate, con las piernas cruzadas, mostrando a unos indígenas cómo funcionaban sus velas mágicas. El Padre alzó la vista al ver a Samuel.

—*Guten tag, guten tag!* —exclamó.

—Hola, padre, tengo que subirme al tren.

Cabezón le hizo señas.

—Deme un minuto. Quiero enseñarle algo.

—¿Sus trucos?, ya me los enseñó antes.

—¿De verdad? Bueno, entonces no importa —vio la maleta de Samuel y dijo—: ¿Podría hacerme un favor?

—Dígame.

—Si alguna vez regresa a Puerto Barrios, ¿podría traerme algunas de estas candelas? Hay una tienda cerca del Parque Centenario, en la capital, en donde las venden por cajas.

Samuel sonrió.

—Quizás no vaya a la Ciudad de Guatemala.

El sacerdote señaló su túnica.

—Y también podría ir a la Catedral y conseguirme una nueva sotana. Como ve, esta ya está muy deshilachada.

—Seguramente nunca regresaré aquí.

El Padre Cabezón respondió algo, pero tres silbidos agudos ahogaron sus palabras. El tren se movió unos centímetros y luego paró. Hubo algunos abrazos finales y los pasajeros se apresuraron a subir al tren cargando sus bolsos, sacos y canastos de mercancías.

Más allá de donde estaba Samuel, un inspector uniformado se asomó de un compartimento y gritó que el tren saldría en dos minutos y que aún había muchos asientos disponibles en el vagón de primera clase, el cual estaba justo detrás del contenedor del carbón y la locomotora.

Samuel dijo adiós al cura y caminó por la plataforma hacia la parte delantera del tren. Pasó frente a un par de indígenas con los ojos enrojecidos y trastabillando, mientras se abrazaban el uno al otro. Vio a tres soldados en un puesto de seguridad, hablando y compartiendo el mismo cigarro. Samuel pasó delante de ellos y les preguntó la hora.

Cualquier persona hubiera sabido que los soldados no tenían reloj, pero Samuel estaba en un estado cercano a la alucinación, como si tentara al destino. El soldado más delgado, con un cinturón de balas alrededor de la cintura, lo vio de arriba para abajo y dijo entre dientes que eran cerca de las siete y si quería irse era mejor que se subiera al tren.

Samuel estuvo a punto de tocarse el sombrero, pero recordó que lo había perdido. Sonrió tímidamente y caminó delante del primer vagón de pasajeros y del carro del carbón hasta la locomotora. Saludó al maquinista, quien hacía el último examen al panel de instrumentos. El hombre respondió el saludo con la mano y regresó a su trabajo.

Un oficial del ferrocarril tomó a Samuel del brazo.

—El tren está por salir ¿Tiene su boleto?

—No, no me dio tiempo...

—Puede comprárselo al conductor, arriba —señaló al vagón y le hizo gestos para que subiera de una vez.

Samuel tomó su maleta y ascendió lentamente los peldaños de metal del carro... Correr hacia un asiento hubiera sido muy inapropiado. Entró al vagón y casi se carcajea cuando vio las bancas de madera, ¿cómo era posible que esto fuera un compartimento de primera clase? Tal vez hace diez años tuvieron respaldo de tela y asientos de mimbre.

Samuel puso su valija frente a él y se sentó. Al menos el carro estaba casi vacío.

De pronto el tren se movió hacia adelante. Samuel escogió un lugar de espaldas a la locomotora, pues prefería ver el paisaje una vez que el tren lo hubiera pasado. Bajó su ventanilla y notó a varios policías discutiendo y señalándose entre ellos. Un hombre de uniforme azul vino hasta ellos y empezó a hablar animadamente. Hubo un estruendo de cadenas, una serie de silbidos cortos y planos y el tren retrocedió unos tres metros.

Samuel agitó su cabeza. ¿Qué estaba pasando? ¿Se iría el tren por sí mismo directamente hacia el puerto?

Entonces vio al señor Price recorriendo la plataforma, mirando frenéticamente por las ventanas, seguido por un soldado que sonreía divertido. En cada vagón, el enano brincaba en el aire, tratando de ver hacia adentro. Unos segundos después, Samuel notó que el enano apretaba fuertemente su sombrero en la mano izquierda, como si éste fuera la garantía de su arresto.

Samuel se echó hacia atrás, pegando su cabeza al asiento, mientras el tren empezaba a desplazarse hacia adelante. El enano se acercaba a su vagón. Cuando saltó en la ventana de Samuel, abrió los ojos desmesuradamente al reconocerlo. Samuel simplemente se asomó y le arrebató el sombrero.

—¡Maldito, bastardo asesino!

La mano del señor Price se oscureció cuando una nube de humo inundó el compartimento. Al disiparse, el tren ya estaba más allá de la plataforma y pasaba frente a una cuadrilla de trabajadores que bebían en tazas de cerámica cerca de un cobertizo. Una bandada de golondrinas ascendía desordenadamente en el aire.

Samuel se colocó el sombrero en la cabeza. ¿Habría estado el señor Price en el restaurante, después de todo?

El tren adquirió velocidad y los ojos de Samuel absorbieron el paisaje por el que transitaban. Cada resoplar de la máquina, cada vuelta de las ruedas, sumaban un día de vida, lo alejaban del cautiverio. Avanzaban lentamente a través de gruesos bananales, que oscurecían el interior del vagón; después de pasar algunos ranchos, el tren serpenteó fuera de la selva.

Cuando el convoy empezó a subir, los bordes y los colores de los árboles y de los arbustos se dibujaron en la distancia. Pronto alcanzaron la cima de una meseta que se balanceaba precariamente entre una pequeña neblina y un mullido y verde valle más abajo.

Samuel respiró pausada y profundamente. Esto era lo que necesitaba, estar en un paisaje en el que pudiera ver cosas en la distancia y no sentirse acorralado entre arbustos y zarzas. Estaba contento mientras el tren continuaba ascendiendo, pero cuando se sumergió de nuevo en el valle, la locomotora pareció gemir. El tren bajó de velocidad y dio la impresión de ser tragado por gruesas paredes de helechos, zarzas y hojas, similares al paisaje de Puerto Barrios.

¿Darían vuelta de regreso al puerto? Samuel consideró pasarse al asiento de enfrente, para así ver el paisaje que se aproximaba. ¿Qué diferencia haría eso?

Deseaba espacios abiertos de nuevo. Un collage de imágenes de Puerto Barrios apareció en su mente y se desvaneció casi al instante. Se sentía inquieto una vez más y empezó a moverse en la banca. Sentía apretado el estómago.

Otros dos pasajeros viajaban en el carro de primera clase y trataban de dormir. Daban la impresión de estar muy tranquilos, terriblemente calmados. Y aquí estaba él, con la certeza escapándosele del cuerpo y con el pecho empezando a golpear.

Si tan solo el tren pudiera de una vez por todas salir de la selva enmarañada...

Para empeorar las cosas, un soldado entró en el vagón. Samuel siguió sus pasos por el piso de madera mientras se paseaba cautelosamente por el pasillo, rascándose el uniforme verde con la punta de un lápiz. Samuel sintió en su garganta un sentimiento de impotencia. Cerró los ojos, como si con ello pudiera borrar la presencia del soldado. Cuando los abrió de nuevo, el militar estaba parado tranquilamente cerca de su asiento.

—Su nombre, por favor.

Samuel trató de recordar el consejo de Joshua.

El soldado repitió la pregunta.

—Berkow. Samuel Berkow.

El soldado mojó la punta del lápiz en su boca y lentamente escribió el nombre en su libreta. No era un hombre feo, pero sus ojos, nariz, boca y orejas no conformaban un rostro normal. Samuel se dio cuenta de que era el mismo soldado al que le preguntó la hora hacía unos minutos, en la plataforma.

Cuando terminó de escribir, mostró la libreta a Samuel.

—¿Está bien escrito?

—Sí. Excepto porque después de la o va una w.

El soldado asintió, hizo la corrección y después puso de nuevo el lápiz en su boca.

—¿Puedo ver su pasaporte?

Samuel buscó en sus pantalones y lo sacó. Sintió que su mejilla temblaba justo debajo de la comisura derecha de la boca.

—Está mojado, señor.

—Sí, lo sé —dijo Samuel—. Ayer, durante la tormenta, bueno, se me cayó en un charco.

El soldado recorrió las hojas humedecidas, de atrás para adelante, como si buscara algo. Cuando encontró la página con la foto y el nombre, miró a Samuel y entrecerró los ojos.

—No puedo leer su nombre. Ni siquiera estoy seguro de que esto sea un pasaporte.

—Por supuesto que es un pasaporte. ¿No ve el sello de Alemania en la cubierta?

—¿Un sello oficial de Alemania?

—Sí, sí, por supuesto. No nos hagamos los tontos.

—Nadie se está haciendo el tonto, señor. Voy a pedirle que se baje conmigo en Bananera —dijo el soldado, pasando sus manos sobre la cubierta del pasaporte.

—¡Pero mis documentos están en orden!

El soldado cerró el documento y lo puso en el bolsillo de su propia camisa.

—Un hombre fue atacado anoche en Puerto Barrios. Murió hace poco más de una hora, cuando el tren estaba a punto de salir. Hay testigos. Tengo órdenes de detener a cualquiera que parezca ser alemán. El sospechoso puede estar en este tren en camino a... —el soldado se detuvo, imaginando que hablaba de más—. ¡Usted podría ser el asesino!

—Yo no tuve nada que ver con eso —dijo Samuel, tratando de que no se le quebrara la voz—. Absolutamente nada. Usted está cometiendo un grave error, lo cual le va a causar muchos problemas. Ojalá lo sepa.

—Tengo órdenes.

—Muy bien —dijo Samuel, descansando la cabeza contra el asiento.

Vio hacia afuera y observó que el tren estaba sobre un puente y cruzaba un río. Se imaginó a sí mismo saliendo por la ventana y lanzándose al agua. En ese instante recordó el consejo de Joshua de ofrecer algún soborno.

—Tenemos testigos —repitió el soldado y se sentó en el asiento del otro lado del pasillo.

—Muy bien.

—Testigos de fiar.

Samuel cerró los ojos. Podía imaginarse la corte en Puerto Barrios, con una larga fila de testigos "de fiar". Hugo, Guayo, el señor Price, el cocinero, la prostituta del Hotel Palace, la niña del transbordador a Livingston, incluso Joshua, listos para atestiguar en su contra. Una foto del cadáver de Menino, infestado de moscas, sería mostrada al jurado. No habría forma de negar el crimen, pero tal vez podría argumentar que actuó en defensa propia. Decir al juez que varios nazis guatemaltecos planeaban lincharlo en el restaurante.

Si fuera encontrado culpable, tendría que rogar clemencia al juez. Sería una bendición si lo deportaba, aunque eso significara regresar a Alemania. Puso la mano en su bolsillo y empezó a sacar los billetes que le quedaban.

De pronto escuchó una voz familiar.

—Samuelito, ¿dónde se había escondido? Pensé que no venía en el tren.

Alfred Lewis caminaba por el pasillo con su fina valija de cocodrilo en el hombro. Tenía una gorra de piel de mapache en la cabeza y parecía vestir la misma ropa del día en el que lo conoció en el *Chicacao*.

El soldado se paró, bloqueando el paso a Lewis.

—¿Conoce a este hombre?

—Por supuesto. Es un socio y además mi amigo.

El soldado no dejó pasar a Lewis.

—¿Me permite? —preguntó molesto.

—Este hombre es mi prisionero.

Lewis se quitó la gorra y se rascó la cabeza.

—Dígame, ¿sabe con quién está hablando, soldado?

—Tengo órdenes de llevar a este hombre a Bananera.

Lewis lo miró con incredulidad.

—Esto es absurdo. Total y absolutamente absurdo. ¿Sabe quién soy? Alfred Lewis, a cargo de todas las operaciones del puerto de la *United Fruit Company*. Para su información, ¡puedo hacer que lo fusilen!

El soldado dudó.

—¿Quién es este señor?

—Samuel Berkow.

—Anoche alguien mató a Menino Álvarez, el hermano del taxista, en Puerto Barrios. Este hombre se parece a la descripción del atacante, Rodolfo Fuchs.

Lewis miró a Samuel, después se frotó el cuello y acercó su rostro al del soldado.

—¿Rodolfo Fuchs? ¿Qué clase de nombrecito es ese? Ya le dije que este hombre es Samuel Berkow. Yo lo traje en mi barco desde Panamá hasta Puerto Barrios. Es un asociado de la frutera.

—¿Cómo sé yo que usted no estuvo involucrado en el asesinato? —preguntó el soldado, empezando a perder la seguridad en sí mismo.

Lewis puso un dedo en el pecho del militar.

—¿Está usted tratando de que lo maten, soldado? ¡Escúcheme! Este señor es un importante hombre de negocios alemán. ¡Mire cómo está vestido! Y, además, es un amigo personal del presidente. Sí sabe quién es Jorge Ubico, ¿verdad?

—Sí —contestó el soldado, más inseguro.

—Ya se lo dije. Este hombre es mi socio. Cenamos juntos anoche en mi casa y nos quedamos hasta tarde discutiendo acerca de la construcción de una nueva destilería de vinagre en Puerto Barrios. Era tan tarde que lo invité a pasar la noche conmigo. Ambos planeamos viajar juntos en este tren, pero mi colega tuvo que ir a recoger su equipaje, como ve, al Hotel del Norte, en donde se estuvo hospedando. Quedamos de juntarnos en el tren porque aún tenemos negocios que discutir antes de que yo me baje en Bananera.

El soldado parecía estar cada vez más confuso.

—Escuché acerca del asesinato —dijo Lewis—, justo antes de subirme al tren. Si me pregunta, esto parece un pleito de bar, nada más, entre *su propia* gente.

—Lo que usted dice puede ser verdad, señor Lewis. Pero el guía turístico, el señor Price, confirmó la descripción del asesino.

Lewis rió despectivamente.

—¡No lo dice en serio! Ese "medio metro", ese pobre remedo de ser humano no es un guía turístico. ¡En el mejor de los casos es un mentiroso y un ladrón!

—Puede ser.

—¡Ese tipo es un ratero! Puede vender hasta a su propia madre río abajo por un miserable dólar. *¿Capiche?*

—También está la descripción que dio el taxista.

—Mire, detestaría ver que usted pierde su trabajo a causa de este error —Lewis sacó dos billetes de veinte quetzales de su billetera y los acomodó dentro de la mano del soldado—. Esto despejará sus dudas, estoy seguro. Cómprese algo. Una casa para su madre. Únicamente dígale a sus superiores que nadie en el tren se ajustaba a la descripción. En cuanto regrese, de seguro ya tendrá otro crimen para resolver. Ahora, si nos permite, este señor y yo tenemos negocios importantes que discutir.

El soldado miró alrededor del carro; la pareja en el frente no les ponía atención. Dobló los billetes y los deslizó dentro de uno de los lados de su bota derecha.

—Disculpe que los haya molestado.

—No hay problema.

—No puedo cometer errores —dijo el soldado, devolviéndole el pasaporte a Samuel—. Por si acaso, señor —agregó, hablando muy recio, para que lo oyeran los otros pasajeros—, ¿para dónde va?

Lewis palmeó el hombro de Samuel y se abanicó con las manos.

—Quiriguá —respondió Samuel—. Planeo visitar las ruinas. Un chofer me recogerá allí más tarde para llevarme a Zacapa.

—Bueno —dijo el soldado, tocándose la gorra—. El asesino se dirige a la capital. Disfrute su paseo, señor.

—Gracias.

Samuel exhaló y sintió como si una cuerda se aflojara, soltándole la garganta.

Cuando el soldado salió del vagón, Samuel movió su maleta para que Lewis se sentara.

—Pensé que había dejado el pueblo.

—Se desató la tormenta y me vi en la necesidad de cambiar de planes —dijo Lewis, sentándose en el asiento frente a Samuel.

—Me salvó la vida de nuevo.

Lewis se inclinó y puso su mano sobre la rodilla de Samuel.

—¡Tonterías! Admito que la idea de que usted estuvo envuelto en ese pleito de borrachos cruzó mi mente. Si yo fuera un buen ciudadano y patriota guatemalteco, seguro lo culparía. Todo el mundo en la estación hablaba acerca de una pelea entre un alemán y unos lugareños. Tuve la corazonada de que tal vez había estado involucrado.

—Fuchs fue el nombre que usé anoche.

—Bueno, eso me confundió un poco, Berkow. ¡Por Dios! No sabía que tenía las pelotas para hacer algo como eso. Fue muy atrevido. ¿Por qué mató al bastardo?

No tenía sentido echarse para atrás.

—Estábamos juntos en el restaurante. Ni siquiera recuerdo cómo llegué allí. Quería irme, pero él y sus amigos me amenazaron y no me dejaron marcharme. Así que escapé. Le rompí una botella en el cuello. No quería matarlo.

—Queriéndolo o no, lo mató. Es un hecho —Lewis abrió su valija de piel de cocodrilo y sacó un puro. Lo encendió y empezó a fumar alegremente—. Y no necesita sentirse avergonzado de ello, maldita sea.

—Fue horrible. Los insultos, la sangre...

Lewis le palmeó las rodillas.

—Hey, Berkow, no se va a pasar el resto de la vida lamentando lo que hizo. Se lo dice alguien que ha estado en la misma situación. ¿O necesito recordarle lo que pasó conmigo?

—No. Lo recuerdo.

—Por supuesto que lo recuerda. Yo maté a un vago en Ohio y ahora usted mató a un vago en Puerto Barrios. Chico, esos vagos muertos se están acumulando. Menino Álvarez siempre estaba azuzando a las personas con sus mentiras y acusaciones. Apuesto que era un maldito nazi, además, y que recolectaba dinero para Hitler. Quiso sacarme algunos dólares cuando Kingston resultó herido. Le dijo que yo lo iba a hacer leña si alguna vez se volvía a meter en esas mierdas —Lewis vio a Samuel con orgullo—. Pero usted se encargó del asunto, mi muchacho —puso su mano en forma de pistola—. ¡Pow! ¡Pow! Va a ser objeto de muchos brindis en Bananera. Le hizo un servicio a la Compañía... ¡Debería ser condecorado! Maldita sea, no puedo creerlo.

—No tuve otra opción.

—Por supuesto que no. Algunas veces uno se encuentra atrapado en un camino difícil, peligroso quiero decir, sin la posibilidad de escapar, y es necesario seguir moviendo el trasero hasta encontrar la salida. Usted se deshizo de una real basura, se lo aseguro, y no tiene sentido el estar pensando y repensando lo que pasó. Se lo dije la primera vez que nos vimos en el *Chicacao*. Alemania quedó atrás, amigo. Y ahora esta muerte quedó atrás también. Nadie lo molestará por ello, créame.

Samuel miró a través de la ventana.

—Bien, tal vez tenga razón.

—Maldita sea que sí.

El paisaje se había ampliado considerablemente. Campos planos de color ocre se extendían hacia las faldas de una impresionante cordillera azul. Árboles frutales jóvenes, a la altura de la rodilla, crecían en líneas rectas y ordenadas, paralelas a las vías del tren. De vez en vez, campesinos, cubiertos con sombreros de petate, labraban el suelo con azadones y rastrillos.

Samuel decidió simplemente cerrar la boca. Lewis miraba las cosas de manera diferente. ¿Por qué deliberar con él acerca del remordimiento o el arrepentimiento? Era como discutir a Schiller con alguien que apenas sabía leer. Lewis no era un hombre malo, al menos no para él. Entonces, ¿qué caso tenía continuar argumentando? Y en verdad, el hombre acababa de salvarle la vida.

Empezó a sonar el silbato y el tren disminuyó la marcha. Se arrastró, como una serpiente, a través de un puente tambaleante sobre un arroyo seco. En el otro lado aparecieron algunos ranchos de paja. Perros huesudos se aproximaron a las vías, dando unos ladridos lastimeros. El convoy entró en una especie de patio de carga, lleno de carros de banano y plataformas de carga, en donde una cuadrilla de trabajadores construía un terraplén con rocas y grava y tendían nuevas vías.

Los frenos del tren, metal rozando contra metal, ensordecían cualquier otro sonido. Después de que disminuyó el chirrido, el silbato sonó de nuevo. El vapor se precipitó a través de las ventanas y el convoy se detuvo completamente. Un conductor a quien el uniforme no le quedaba bien, corrió hacia ellos para revisar los boletos.

Lewis pagó por ambos y se levantó.

—Esta es mi parada, Samuelito —dijo, tirando el puro encendido por la ventana, sin importarle en dónde podía aterrizar. Tomó su maleta—. Bueno, estoy llegando a la antesala del cielo, también conocida como Bananera. Tengo una reunión con Dexter McKinley y alguno de los otros peces gordos. Están muy contentos acerca de cómo van las cosas en los muelles, allá en la costa. Tal vez esta sea mi oportunidad de hacer una buena presentación y quedarme aquí permanentemente, salir de Barrios, ese pueblo de mierda.

Samuel trató de levantarse.

—Nah, no se moleste —Lewis tosió por causa del humo que entraba a través de las ventanas abiertas y que giraba dentro del compartimento—. Pienso que pusieron el vagón de primera clase detrás del horno para que todos nos muramos debido al humo del carbón... Estoy contento de haberlo visto de nuevo, Berkow. Ni siquiera tuve la oportunidad de preguntarle, ¿de dónde sacó las pelotas para matar a ese vago, eh? Bueno, me lo contará en la siguiente oportunidad.

—Algún día le voy a pagar, señor Lewis, todo lo que ha hecho por mí.

—Olvídelo, Berkow. Los cuarenta quetzales no los pagué de mi dinero. Los voy a declarar como gastos de funcionamiento —Lewis rió entre dientes—. De todos modos, ahora sabemos cosas uno del otro que nadie más sabe. Eso de alguna forma nos hace hermanos, ¿no le parece?

Samuel dio la respuesta esperada.

—Así es. Hermanos.

El silbato sonó de nuevo.

—Me tengo que ir, Samuelito. Ese soldado se queda aquí, pero yo le aconsejo que demore su viaje a la capital. Bájese en Zacapa o en El Progreso y descanse allí un par de días... Y ya sabe dónde buscarme si regresa por estos rumbos. Recuerde, mantenga protegida la barbilla, pequeño demonio.

Lewis, jugueteando, golpeó a Samuel en el mentón, luego se apresuró por el pasillo, empujando y haciendo a un lado a los pocos pasajeros que abordaban el tren.

Capítulo veinticinco

Algunas mujeres y niños estaban reunidos en la plataforma, vendiendo tortillas con gallina a través de las ventanas abiertas. Samuel vio a Lewis y al soldado que lo interrogó caminando juntos. Lewis parecía bromear con él y en cierto momento puso su brazo alrededor de la cintura del soldado y le hizo cosquillas en el estómago.

Samuel se dejó caer hacia atrás en el asiento. Estaba a salvo.

Unos segundos después, se escucharon tres silbidos fuertes y el tren se movió hacia adelante. Media docena de obreros entraron por las puertas del vagón de primera clase y se sentaron, dos o tres en la misma banca, cerca del carro del carbón y el horno. Se volvió a abrir la puerta y entró un hombre vestido con pantalones cortos de color caqui y una camisa de algodón. Llevaba unos binoculares y una cámara de cajón colgada del cuello; blocs de dibujo y cajas de crayones se asomaban de su bolso de mano. Cuando pasó cerca de Samuel, sonrió y las múltiples pecas en su cara se iluminaron.

—Dígame, ¿le importaría si me siento a su lado?

—Para nada —dijo Samuel, corriéndose de mala gana hacia la ventana. Quería estar a solas con sus pensamientos, pero tal vez la compañía le evitaría preocuparse en exceso.

—Me llamo Eddie Blassingame. Soy de Little Compton, Rhode Island.

—Samuel Berkow. Mucho gusto en conocerlo.

—Llegué a Guatemala hace una semana en uno de los barcos de la Flota Blanca, desde Boston y pasé los dos últimos días en una casa de huéspedes, cortesía de la Compañía Frutera. Soy un artista —dijo con orgullo, señalando la parafernalia que había acomodado en el asiento al otro lado del pasillo—. ¿Y usted?

—Yo voy hacia la capital.

—Yo también.

Le contó a Samuel que planeaba pasar los próximos seis meses pintando a los indígenas del altiplano en su entorno natural y visitando a varios de sus amigos norteamericanos, retirados, quienes compraron fincas muy baratas por todo el país. Su esposa se le uniría el próximo mes. Le preguntó a Samuel si había leído los artículos de Sylvanus Morley en la *Geographic* acerca de sus descubrimientos de ruinas mayas.

—El que escribió acerca de Quiriguá es sorprendente. Esa es mi siguiente parada. Voy a dibujar las estelas y las piedras zoomórficas, tan grandes como una casa, dicen, y a visitar a mi amigo el doctor Clifford que dirige el hospital del área, cerca de allí.

Samuel sólo respondía con un amigable sí o con un no, o simplemente hacía gestos aprobatorios: al locuaz Eddie Blassingame claramente le encantaba hablar y se deleitaba con el sonido de su propia voz. Mientras el tren se desplazaba, le describió sus primeros días en Guatemala, a quién había conocido, qué había visto, lo que había hecho, y parecía estar tan maravillado, que Samuel empezó a preguntarse si estuvieron en el mismo país.

Mientras que Samuel se sumergía en un laberinto de callejones sin salida, Blassingame realizó una travesía en yate a través del Río Dulce para dibujar el castillo de San Felipe y salió de pesca en las afueras de la bahía de Amatique. Atrapó un mero de ciento ochenta libras, arponeó a un pequeño tiburón de arena y enganchó a un par de barracudas luchadoras. Hasta vio a un tiburón cabeza de martillo y a un montón de delfines. Después de algunos días agradables en los que dibujó aves y marineros caribeños, fue llevado a Bananera. Allí jugó tenis por las mañanas, leyó libros en el calor de la tarde y pintó al atardecer, cuando descendía la temperatura. Festejó y tomó cocteles con los encargados hasta tarde en la noche, en la cantina de la Compañía.

—Realmente siento no haber traído mis pinturas. Hice algunas maravillosas acuarelas de tucanes y guacamayas y algunos dibujos de indios cortando racimos de bananos en el campo.

Samuel escuchaba en silencio, asombrado, sin reconocer ni una simple escena de las que

Blassingame describía. Después de que la lengua del artista cabalgó por veinte minutos seguidos, le preguntó a Samuel acerca de sus propias experiencias. Él apenas murmuró que había estado descansando en su hotel con aire acondicionado, en Puerto Barrios.

¿Qué otra cosa podía hacer? ¿Hablarle acerca de los nazis en Alemania; del enano señor Price; del abortado viaje a Livingston; de su primo Heinrich? ¿Debería contarle a Blassingame cómo tuvo que arrastrarse como un gusano y reptar hasta poder rescatar el respeto a sí mismo, o mejor dicho, la vida, matando a una persona?

¿Cómo podría este incansable parlanchín entenderlo? Samuel ni siquiera estaba seguro de poder explicar estas últimas cuarenta y ocho horas a su amigo Klingman, un hombre que lo conocía por dentro y por fuera. Se dio cuenta de que había estado en algo tan único, que jamás de los jamases sería capaz de explicárselo a alguien.

La locomotora silbó muy recio y el tren comenzó a disminuir de nuevo la velocidad. Casi había pasado una hora. No era poco para Samuel, a quien se le habían dormido las piernas debido a la incómoda posición y cuyo cerebro era incapaz de seguir absorbiendo el optimista parloteo de Blassingame.

Cuando el tren se detuvo, el norteamericano hizo grandes esfuerzos para poner en orden sus utensilios.

—Disfruté de su compañía y siento mucho el que no hayamos podido conocernos mejor.

Cuando Samuel le ofreció su mano, Blassingame la zarandeó de arriba para abajo casi una docena de veces y luego salió de prisa del compartimento. Se reunió con un hombre de pelo gris quien de seguro era el doctor Clifford, pues vestía un traje blanco de popelina, y con un sirviente descalzo que cargó todas sus pertenencias.

No había estación en Quiriguá, pero un puñado de indígenas se acercaron a los lados del tren a vender comida. Un minuto después, el tren abandonó el lugar. Los sembradíos de banano dieron paso a un terreno plano y marrón y eventualmente al desierto y los cactus. El aire se puso más caliente y seco. Samuel pudo finalmente respirar de nuevo sin sentir sus pulmones pegajosos debido a la humedad.

El suelo anaranjado se extendía por kilómetros hasta encontrarse con una muralla azul de montañas. Samuel vio un río que fluía rápidamente, el Motagua, en donde los remeros peleaban por evitar que sus cayucos fueran arrastrados por la corriente.

El desierto fascinó a Samuel. Los cactus eran orgullosas e inflexibles esculturas de color oliva oscuro cuyos múltiples brazos, ya bien se abrían suplicantes al cielo, o en ángulo, caían a los lados y hacia abajo, sin ninguna razón aparente. A pesar de estar atrapados en un paisaje árido y polvoriento, de algún modo se las arreglaban, no sólo para sobrevivir, sino hasta para florecer y dar frutos rosados.

Samuel miró hacia el cielo. Ni un solo rastro de nubes empañaba la sombrilla azul sobre la cual brillaba el sol. El astro ya no era simplemente una masa de gases ardientes, sino una piedra sagrada, una bola de fuego que forzaba a la gente a arrodillarse y a implorar por su fuerza y poder...

¿Cómo serían las noches en el desierto? Samuel imaginó a la luna plateada contra una sábana de terciopelo negro. Sintió el frío del atardecer extenderse sobre él y vio un sinnúmero de estrellas en su campo visual. Las constelaciones se deslizaban en cámara lenta a través del cielo como si fueran caravanas del desierto. Aprendió a identificar y a rastrear a la Osa Mayor, a Aries, a Géminis, al gran cazador Orión, a las Pléyades, al arquero Sagitario. También pudo reconocer a Escorpión, su propio signo del zodíaco, con su curvo aguijón tenso y listo en el cielo.

En algún punto del camino, el tren se detuvo abruptamente en la zona desértica, a medio camino de Zacapa. Aturdido y con los ojos adormecidos, Samuel se asomó por la ventana. Dos muchachos pastoreaban frenéticamente a docenas de cabras a través de las vías. El maquinista pitaba insistentemente, pero la procesión de pezuñas y tintineos de campana continuaba a su propio ritmo.

Los niños en el vagón empezaron a correr por el pasillo, mientras sus padres los llamaban, riéndose. No había nada que celebrar. Después de todo, el tren se estaba retrasando, pero a los pasajeros no les importaba. Su viaje no tenía ningún sentido de urgencia. Se sentían libres de disfrutar el momento.

La alegría circundante contagió a Samuel y pronto él también estaba gritando insultos divertidos y haciéndole sonidos a las cabras.

Pasaron quince minutos. Las cabras cruzaron las vías sólo para dar repentinos corcoveos y regresar por donde habían venido. Los gritos, las vociferaciones y los bailes continuaron en el vagón. Finalmente, se oyó un disparo y el rebaño salió en estampida. El tren avanzó y los pasajeros regresaron a sentarse en sus asientos.

Pronto Samuel se sintió somnoliento.

Una hora más tarde, alrededor del mediodía, el tren entró a la estación de Zacapa. Samuel no sabía si debía desembarcar. Hasta ahora se había librado de que lo capturaran, pero aún era buscado. Lewis le sugirió pasar unos días aquí hasta que todo el alboroto hubiera disminuido.

Las ruedas del tren fueron aseguradas. El conductor abrió la puerta del vagón y anunció que harían una parada de media hora para hacer reparaciones; los pasajeros podían dejar sus pertenencias en los asientos. Había suficiente tiempo para bajarse e ir a almorzar.

Los niños aullaron y pasaron corriendo a los lados del conductor y los padres se apresuraron a salir detrás de ellos. Cuando el carro estuvo completamente vacío, Samuel tomó su maleta, pagó por el tramo recién recorrido y bajó por los escalones metálicos hasta la plataforma.

El brillante sol le irritó la cara. Se sentía tan bien. Un escalofrío recorrió de arriba para abajo su cuerpo como si el calor absorbiera la humedad de sus articulaciones y de sus rótulas. Bajó su valija a la plataforma y se estiró hasta que cada hueso de su cuerpo pareció crujir.

Una niña de nueve o diez años se aproximó.

—¿Tortilla con frijoles o con carne de coche, señor? Baratas.

Estaba descalza y vestía sólo con un costal de algodón. Fruncía los ojos a pesar de tener un sombrero de paja que le hacía sombra.

—¿Tienes algo de queso y pan?

La niña sonrió.

—¿Pan? No hay pan en Zacapa.

—¿No hay pan? ¿Cómo es eso posible?

La niña echó su cabeza hacia atrás y le gritó a una mujer que tenía el pelo gris atado en un moño y que ofrecía tortillas a otros pasajeros desde un lugar sombreado en el suelo.

—Mamá, ¿verdad que en Zacapa no hay pan?

Sin disminuir la velocidad de sus hábiles manos, la señora respondió:

—La panadería más cercana está en El Progreso.

—¿Ya ve? —dijo la niña.

Samuel sonrió.

Lo que había perdido estas dos últimas semanas, primero en el crucero desde Hamburgo y luego en Puerto Barrios, era el sentido de utilidad, un propósito en la vida. Demasiado tiempo libre. ¡Necesitaba trabajar!

Sacó algunas monedas y compró dos tortillas con frijoles a la niña. Se las engulló casi sin masticar y compró otras dos.

Le había vuelto el apetito. "Pan", pensó rápidamente, "es una buena idea". No sabía cómo podría hacerlo, pero estaba convencido de que aún sin saber nada de Zacapa o de cómo fabricar pan, ¡podría abrir una panadería aquí! No para vender un elegante pan de centeno o pasteles de nuez, sino algo simple y saludable. Harina, levadura, sal y agua.

Samuel se sentó en su maleta a pensar. Un par de muchachos se le acercaron y extendieron las manos para pedir dinero. Les dio algunos centavos. Se veían tan contentos. Al lado de la madre que vendía tortillas, una vieja bruja discutía con un lisiado acerca de quién tenía permiso de vender semillas de marañón en ese lugar. Parecían estar a punto de golpearse el uno al otro.

Un niño vino hasta Samuel, le mostró una tarjeta manchada, y le ofreció llevar su maleta al mejor hotel de Zacapa. Samuel negó con la cabeza, pero el joven no se fue.

Vio hacia afuera del pueblo y observó las ceibas sin hojas. ¿Qué sabía acerca de hacer pan? Sería tonto. No podía quedarse en Zacapa. Tenía una misión. Ya sea que Heinrich quisiera verlo o no, Samuel había prometido a su tío Jacob que le daría sus saludos personales.

Finalmente le pidió al niño que cargara su maleta y que lo acompañara al interior de la estación. Fue directo hacia la oficina de telégrafos y le pidió al telegrafista una forma, la cual rellenó.

```
Heinrich. Llego hoy en el
ferrocarril procedente de Puerto
Barrios. Con o sin trabajo,
necesito verte. Tenemos mucho de
que hablar.
```

Se escuchó el silbato del tren y Samuel pagó el telegrama. Le pidió al niño acompañarlo al mismo vagón del que había venido. Afortunadamente, nadie ocupó su asiento. Le dio al muchacho algunas monedas, se acomodó en la banca, y trató de dormir de nuevo.

***

Cuando el tren retomó el camino, Samuel empezó a pensar lo que debía "discutir" con Heinrich. Ciertamente necesitaban hablar acerca del "incidente" que los alejó cuando niños. Era hora de afrontar la verdad y admitir que le falló a su primo.

Habían sido tan buenos amigos, inseparables, jugaban juntos y emprendían las mismas aventuras. Con tantas niñas en la familia, ellos eran casi hermanos. Una vez, cuando Samuel pasaba el fin de semana en el apartamento de su tío, Heinrich le confesó que él no lo miraba como a un primo, sino como a un hermano y el mejor de sus amigos. "Somos como gemelos", dijo Heinrich, como hijos de la misma madre.

Acostado en la cama individual, al lado de su primo, hacía ya tantos años, Samuel se quedó callado, preguntándose qué debía decir. En lugar de responder algo como, "eres mi mejor amigo también", se sintió sofocado con la confesión de Heinrich. No pudo hablar.

—Samuel, ¿escuchaste lo que te dije?

Samuel fingió dormir, hasta dejó escapar un falso ronquido.

Heinrich se dio la vuelta, pensando que ellos eran los mejores amigos.

Era más allá de la mitad del verano. Al día siguiente, Heinrich, sus hermanas y sus padres se marcharon a un *spa* en Interlaken, en Suiza.

Hacia el final de agosto, las familias se reunieron de nuevo en el apartamento del tío Jacob y de la tía Gertie. Heinrich estuvo muy aburrido al pasar tanto tiempo sólo con sus hermanas. Sonrió al ver a Samuel y le dio un gran abrazo. De nuevo Samuel se sintió perturbado ante las muestras de cariño y se acercó más a sus primas, quienes quedaron muy contentas al tener otra compañía masculina.

Después del almuerzo, ese primer día, la madre y la tía de Samuel se llevaron a las niñas de compras al centro de Hamburgo y los muchachos se quedaron solos mientras los tíos hablaban. Heinrich le preguntó a Samuel si quería ir con él a nadar al lago cercano. Luego de vacilar un poco, Samuel aceptó y se fueron caminando por la sombra para evitar el calor del sol, recogiendo moras a lo largo del camino, actuando como si todo fuera normal entre ellos. Pero algo era diferente.

La orilla del lago estaba llena de veraneantes. Después de darse unos chapuzones por allí y jugar a lanzarse una pelota con algunos amigos que Heinrich había conocido en la sinagoga, los dos primos decidieron nadar a través del lago hasta su lugar favorito, una boscosa isla en el centro, en donde había una cuerda por la que podían lanzarse desde un árbol hasta el agua.

Eran unos setecientos metros hasta la isla, pero los dos nadaban bien. Una vez allí, escalaron por la orilla escarpada y se tiraron a descansar sobre una piedra plana justo debajo de la cuerda, para recuperar la respiración. Después de unos minutos, Heinrich le preguntó a Samuel si estaba molesto por alguna razón.

Samuel negó con la cabeza. Momentos después confesó que sus padres peleaban constantemente. Estaba preocupado de que fueran a divorciarse.

—Estás muy callado —dijo Heinrich, con su voz aguda a punto de quebrarse.

Samuel vio al otro lado del lago.

—No sé, Heinrich, pero últimamente prefiero estar solo. Eso me da la oportunidad de pensar. Quiero estar conmigo mismo.

Heinrich se enderezó.

—¿Qué quieres decir con eso?

—Necesito saber qué es lo que quiero hacer.

—Pero Samuel, ¿no soy yo tu mejor amigo?

Antes de que Samuel pudiera responder alguna excusa superficial, una mentira inocua, Martin Gibbel, un muchacho algunos años mayor que ellos, salió de entre los árboles. Heinrich lo conocía del gimnasio y él y sus compañeros de clase lo consideraban un buscapleitos. Les ordenó a Samuel y a Heinrich que se fueran porque esta roca le pertenecía. Era un muchacho de hombros anchos y fuertes, a quien ya le había brotado una sombra de bigote. Tenía ojos de un profundo azul, como el cobalto, y muy fríos.

A Samuel no le gustaban las peleas y se paró para irse. Heinrich, por otro lado, pensó que en principio la piedra no pertenecía a nadie y se lo dijo.

Martin empujó bruscamente a Heinrich. Éste se cayó en la roca y gritó de dolor. Una cortada muy grande se le había abierto en la espalda. Martin se fue encima de Heinrich y empezaron a pelear. Rodaron y cayeron, con los brazos entrelazados, sobre una alfombra de hojas de pino. Heinrich llamó a gritos a Samuel, para que lo ayudara, porque el otro muchacho, más fuerte, lo estaba golpeando.

Hubiera sido tan simple para Samuel ir en ayuda de su primo...

En lugar de ello, sin saber por qué, simplemente corrió hasta la cuerda, la tomó, se deslizó hacia el lago y se lanzó en él. Se sumergió hasta que sintió los dedos de sus pies tocando el fondo blando. Después se impulsó despacio, hacia arriba. Sentía sus pulmones a punto de estallar, debido a la presión, pero aún así no apresuró el ascenso. Cuando se asomó a la superficie del lago, tosió y jadeó en busca de oxígeno. Exageró el esfuerzo, para simular a algún probable testigo que no fue en ayuda de su primo porque se resbaló de la piedra y estaba a punto de ahogarse.

Samuel nadó, despacio, de regreso a la roca, manteniendo la cabeza dentro del agua para no escuchar nada de lo que sucedía. Cuando llegó a la isla, Heinrich estaba parado en la piedra, sosteniéndose el codo izquierdo. Su ojo derecho estaba morado y cerrado y su labio inferior inflamado, casi al doble de su tamaño.

—No hiciste nada para ayudarme —gimió.

Samuel estaba jadeando.

—Iba a ayudarte, pero me resbalé y me caí en el lago. Casi me ahogo. ¿No te diste cuenta?

—No te resbalaste —lloró Heinrich—. Cuando Martin me atacó saltaste al lago, para escapar.

—Mentiroso. No te importa nada lo que me sucedió. Casi me ahogo. ¡Pensé que Martin era amigo tuyo de la escuela y que sólo estaban jugando!

—¿Jugando? ¡Mírame! —gritó Heinrich, jalando su labio inferior, lo cual hizo que le saliera más sangre—. ¿Esto te parece un juego?

Samuel empujó a su primo.

—¿Quién te manda a pelearte con ese gran tronco? Cualquiera puede darse cuenta de que podía darnos una paliza a los dos. Fue muy estúpido de tu parte.

—Me traicionaste.

—No eres más que un niñito —replicó Samuel.

Heinrich vio a su primo y escupió sangre en el suelo.

—Nunca te voy a perdonar por esto.

—Bueno, de todos modos ya estoy cansado de ti —dijo Samuel antes de lanzarse al agua y nadar de regreso.

Los dos primos nunca más volvieron a discutir el incidente. Fue todo lo que se dijeron uno al otro esa tarde y muchas de las que vinieron.

Varios meses después empezaron a hablarse otra vez, pero en una forma completamente distinta, casi como dos parientes forzados a socializar. Su amistad nunca volvió a ser la misma.

Samuel descansaba en su asiento con los ojos cerrados mientras el tren ascendía por una montaña. Continuaba viendo la cara ensangrentada de Heinrich. No sólo falló en ayudar a su primo, sino que se rehusó a responsabilizarse de su cobardía. De hecho, en secreto, disfrutó la paliza que le dieron a Heinrich. Lo consideraba un justo castigo por haber tratado de vincularse más íntimamente a él durante el verano.

Todos estos años, Samuel se negó a aceptar la culpa. Había visto suficiente brutalidad y carnicería en el campo de batalla y se convirtió en un experto en recoger a camaradas heridos y cadáveres después de un ataque. Por ello, no sentía ninguna responsabilidad por lo que probablemente fue, para Heinrich, la más horrorosa tarde de su vida.

Él abandonó a su primo. Esa era la verdad.

¿Fue Samuel tan idiota, tan ensimismado, como para pensar que Heinrich alguna vez olvidó el incidente?

El tren se detuvo brevemente en El Progreso, un pequeño pueblo conocido por sus semillas de marañón, antes de emprender el ascenso a las planicies centrales del país. Tres horas más tarde el convoy ingresaba al edificio de la Estación Central en la Ciudad de Guatemala. Docenas de pasajeros descendieron rápidamente.

Samuel fue casi el último en dejar el compartimento. El sol se estaba ocultando y el alumbrado público ya había sido encendido. El aire era cristalino y frío, casi como un atardecer de septiembre en Hamburgo, cuando parecía como si los días dudaran entre regresar al verano o iniciar el lento descenso hacia el invierno.

En la plataforma, permitió a uno de los innumerables patojos descalzos cargar su maleta. El niño parecía saber exactamente adonde llevarlo. Caminaron por las calles recientemente empedradas, que ascendían levemente, hasta detenerse frente a un pequeño hotel con el curioso nombre *La*

Casita, en la Séptima Avenida. Mientras el muchacho esperaba con la maleta justo delante de la puerta de entrada, Samuel caminó a través del dintel de madera hacia una pequeña mesa, en la recepción, en la cual rellenó las formas de registro. El empleado le dio la llave de una habitación en el segundo piso. Después el niño entró, cargando la valija.

Samuel abrió la puerta del cuarto y el muchacho puso la maleta en la cama. Samuel le dio una generosa propina y se quedó esperando una respuesta. El niño se señaló el cuello, indicando que era mudo. Samuel sonrió y movió la cabeza a manera de agradecimiento.

La habitación tenía muebles de madera fina y una cobija típica de lana sobre la cama. Samuel cerró la puerta, abrió su valija y puso sus pocas camisas, pantalones y ropa interior en el lugar apropiado dentro de un armario que olía a naftalina. Vio alrededor del cuarto; una palomilla trataba frenéticamente de liberar una de sus alas de una rajadura en la ventana.

Samuel salió de nuevo del hotel y se metió al primer restaurante que encontró. Después de comer una simple cena de carne, papas y güicoyitos, caminó por la Séptima Avenida hasta El Portal, en donde recorrió las tiendas. Disfrutaba el aire frío de la tarde y se sentó en una banca de piedra en el Parque Central, debajo de un árbol de hoja de hule. Se le acercaron algunos lustradores y le señalaron sus zapatos sucios, pero Samuel negó con la cabeza. Necesitaba el silencio y a solas. Estaba cautivado por la austera fachada de piedra de la Catedral Metropolitana frente a él. A su izquierda vio grandes bloques de lajas verdes, apiladas detrás de una cerca de alambre espigado, las cuales serían parte del nuevo Palacio Nacional.

Tradición y renovación.

Momentos después emprendió el camino de vuelta al hotel y a su cama, para pasar la noche. ¿Dormiría bien? Sintió que esa clase de descanso se encontraba a meses de distancia.

Se quitó la ropa y se metió dentro de las sábanas frías. Estaba exhausto. En una rápida sucesión vio las caras de Lena, Alfred Lewis, el señor Price, Joshua y, finalmente, la cabeza ensangrentada de Menino. Aunque de alguna forma aún se sintiera incómodo, había escapado y le alegraba el estar al fin en la Ciudad de Guatemala.

El siguiente iba a ser un día muy importante. ¿Podría hacer las paces con su primo simplemente disculpándose por lo sucedido décadas atrás? De seguro, las disculpas no harían ninguna diferencia. Iría a la tienda de su primo, *La Preciosa*, a saludarlo, lo miraría a los ojos y le pediría perdón.

Lo que Heinrich dijera o hiciera sería otro asunto.